조이스 문학의 강의

『젊은 예술가의 초상』

조이스 문학의 강의

『젊은 예술가의 초상』

민태운 · 전은경 · 홍덕선 지음

한국제임스조이스학회

시작하면서

　문학을 공부하는 사람이라면 으레 당면하게 되는 문제는 문학작품을 어떻게 이해해야 하는 것인지, 읽고 있는 작품에 대하여 자신은 어떻게 반응해야 하는지이다. 특히 깊이 있는 고전명작일 경우에는 더욱 더 그러하다. 『젊은 예술가의 초상』(이후 『초상』으로 약칭)에 대한 이 해설서는 조이스의 작품을 어떻게 이해해야 하는지를 위한 하나의 가이드라인을 제시함으로써 그의 작품 이해에 도움이 되도록 씌어졌다. 우선 조이스 문학 이해를 위하여 그의 문학적 특징을 몇 가지 제시하고자 한다.

　유럽의 서쪽 끝에 위치한 조그만 섬나라인 아일랜드에서 태어나 유럽을 떠돌며 작가생활을 했던 조이스는 서구현대문학의 틀을 마련한 작가이다. 전통적 문학기법에서 벗어나 현대소설의 문을 연 조이스의 글쓰기 방식은 매우 독특하다. 조이스는 디킨즈(Charles Dickens)나 하아디(Thomas Hardy)와 같은 전통적인 소설기법을 구사하지 않았다. 그는 전통소설에서처럼 작품에 모든 내용을 명료하고 세세하게 묘사하여 독자에게 작가자신의 생각을 전달하기보다는 대신 독자로 하여금 스스로 생각하도록 하였다. 그리고 독자가 작품에 대하여 다양하게 반응하고 다각적으로 이해하게 하였다. 작가의 관점 또한 결코 고정적이거나 안정적이지 않으며 지속적으로 동요한다. 이러한 조이스 작품은 전통적인 소설을 읽을 때와는 다른 태도로 임해야 하며 독자는 관점의 혼란스러움과 이해의 다양성 그 자체를 즐길 필요가 있다. 원래 관점과 해석의 다양함을 즐기도록 씌어졌으니까.

작품의 소재면에서도 조이스 문학은 전통적 문학과 판이하게 다르다. 사소하게 보이는 일상의 생활을 주요 소재로 삼은 조이스의 작품에서는 전통적인 소설에서 보는 큰 사건 중심으로 스토리가 전개되는 것을 기대할 수 없다. 조이스 작품의 주요 사건은 외부에서 일어나기보다는 인물의 내면에서 일어난다. 조이스에게는 외부의 사건보다 인물의 마음속에 일어나는 생각이나 외부의 사건에 대한 그의 반응이 더 중요한 의미를 갖기 때문이다. 따라서 조이스의 작품은 무엇보다도 인물의 심리적 상태와 그 흐름에 지대한 관심을 갖게 한다. 물론 물리적 현상이 중요하지 않다는 것은 아니나 조이스의 경우 단지 현상 그 자체만을 위하여 글을 쓰지는 않았다. 오히려 외부의 일들은 인물의 내면의식을 반영하는 계기로 작용한다. 조이스에게 문학에서 가장 중요하게 여겨졌던 것은 드라마틱한 플롯이나 장면이 아니라 인간 그 자체이기 때문이다. 조이스는 인간에 대한 탐구, 인간의 속성과 본질, 그리고 무엇보다도 인간의 의식에 매혹되었다. 조이스는 그의 작품에서 이를 중점적으로 다루기 위하여 전통소설과는 다른 새로운 형태의 서술방안을 발굴해야 했고, 이로부터 그의 실험적 문학기법이 탄생했다.

조이스는 자서전적인 소설가이다. 작품 속 주인공은 많은 경우 그를 닮은 분신적인 존재처럼 보이며『초상』의 경우 특히 그러하다. 이러한 점에서 그의 작품의 배경이 되는 그의 전기를 알아둘 필요가 있겠다. 또한 조이스의 모든 작품에는 가족이 중심에 있으며 그의 가족은 세계에 대한 소우주를 이룬다. 가족 중 어머니는 시종 변화하고 불안정한 그의 작품세계에서 언제나 이타적인 사랑과 확신의 원천으로 존재하는데 어머니에 대하여 만큼은 흔들리지 않는 불변의 이미지가 있으며 이 이미지는 조이스 자신의 어머니로부터 왔다.

전기를 쓸 때에는 사람이 체험한 외부적 사건을 단순히 열거하는 것이 아니라 인물이 체험한 사건들이 그에게 어떠한 영향을 끼쳤는지, 그가 자신에게 닥친 사건들을 어떻게 처리해 가는지가 더욱 중요하다 하겠다. 자서전적인 소설인 『초상』에서 조이스는 주인공의 성장과정에서 그가 겪게 되는 외부적인 사건보다는 이 사건이 그의 내면에 어떠한 생각을 일게 했는지를 더 중요하게 다루었다. 조이스가 이 작품에서 구사한 서술방법은 독자로 하여금 스티븐의 마음에 일어난 긴장감을 더욱 세밀하게 이해하고 느끼게 하며 『초상』의 많은 부분이 이 내면의 심리적 굴곡을 다루었다.

조이스의 작품에서 가톨릭 종교는 주요 주제로 자리 잡는다. 조이스는 대학에 들어갔을 때 더 이상 가톨릭교회의 근본적인 교리를 받아들일 수 없어서 가톨릭 종교를 포기했다. 그러나 교회는 마치 그의 어머니처럼 그의 작품 곳곳에 스며들어 있다. 그는 성직자보다는 예술가로서 살고자 하였고 이를 위하여 교회를 포기했다. 교회의 교리라는 획일적인 권위에 속박되어있는 한 예술가적 창조력과 상상력을 펼치며 자유롭고 충만하게 자신의 내적 비전을 표현할 수 없다고 생각했기 때문이다.

조이스는 대학졸업 후 유럽으로 건너가 영구적인 망명을 했으며 유럽의 여러 도시를 떠돌며 작품을 썼다. 그러나 그는 평생 모국을 마음에 품고 살았고 모국 아일랜드의 수도 더블린을 그의 모든 작품의 배경으로 삼았다. 그러나 작품 속의 더블린은 결코 그의 향수의 대상으로 그려지지 않았다. 조이스는 이 도시를 이상화하거나 감상적으로 그리지 않고 대단히 리얼하게 표현했다. 그는 때로는 아이러니컬하게 때로는 우울하게 더블린을 그려냈다. 더블린을 이처럼 그려낸 그 바탕에는 교회와 대영제국의 지배를 받고 있는 고향에 대한 그의 동정적인 심경이 자리 잡고 있었다. 그의 모국은 가난하지만 문학적 전통이 깊은 나라이었으므로 그는 평생 자신이 아일랜드 출신임을 자랑스럽게 생각했으며 옛 아일랜드 작가들에 대해서도 매우 강한 긍지를 지녔었다.

그러나 예술가로서 조이스에게는 모국에 대한 애정에 앞서 그의 예술이 존재하였다. 『다이얼』(*The Dial*)이라는 문예지에서 존 메이시(John Macy)는 조이스에 대하여 "만일 사람들이 더블린에 조이스 동상을 세우더라도 그가 살아있는 동안은 아닐 것이다. 왜냐하면 그는 예술과 인간성과 언어 외에는 그 어느 것도 존경하지 않는 사람이니까"라고 말한 적이 있다. 메이시의 이 지적은 조이스의 인간에 대한 그의 깊은 관찰과 이해, 언어와 예술에 대한 본능적일 만큼 맹목적인 사랑을 단적으로 지적하고 있다.

이 책을 세 사람이 공동저술 하면서 내용을 분담했다. 『초상』의 다섯 개의 장 중 1, 2장은 민태운, 3, 4장은 전은경, 5장은 홍덕선 교수가 맡아서 집필했다. 『초상』의 원전은 체스터 G. 앤더슨(Chester G. Anderson)이 편집한 *A Portrait of the Artist as a Young Man*(1968)으로 펭귄출판사 The Viking Critical Library의 책을 사용했고 인용문에는 이 책의 쪽수를 표기했다.

이 책이 조이스의 문학과 그의 『초상』을 이해하는데 다소나마 도움이 되기를 바라며, 이 소설에 대하여 더욱 흥미를 느끼도록 이끌 길잡이가 되기를 바란다.

C ·O ·N ·T· E · N· T·S

제1부
조이스의 생애와 문학세계

제1장
조이스, 역사, 그리고 정치

영국과 아일랜드는 지형적으로 같은 섬나라이고 그 구성원들도 인종적으로 같은 백인이었지만 결코 좋은 이웃은 아니었다. 영국의 아일랜드에 대한 침략과 억압은 12세기부터 시작되어 800여 년 동안 지속되었지만 영국 왕이 아일랜드를 직접 통치하게 된 것은 16세기에 이르러서였다. 이 시기에 또한 영국의 식민정책의 일환으로 수많은 개신교도 영국인/스코틀랜드인들이 아일랜드로 이주하였고 이때부터 주로 가톨릭 신자인 토종 아일랜드인들과 개신교도인 이주민들 사이의 갈등이 시작되었다. 이러한 역사적 사실의 결과로 나중에 아일랜드가 독립하게 되었을 때 이주민들이 많은 북부의 얼스터(Ulster) 지방은 북아일랜드라는 이름으로 영국에 남기로 결정하였고 그 이후로 그 곳에서는 주로 합병주의자(Unionist)인 개신교도와 주로 민족주의자(Nationalist)인 가톨릭 신자들과의 갈등은 지금까지도 계속되고 있는 실정이다. 17세기는 아일랜드 역사상 아마 가장 피비린내 나는 시기였을 것이다. 1641년에 가톨릭 신자들은 영국인 개신교도 지배층에 대한 반란을 일으켰고 이 과정에서 그들은 수천 명의 개신교 신자들을 대량 살상하였다. 하지만 가톨릭 신자들이 지배한 것은 짧은 기간에 불과했고 곧 올리버 크롬웰(Oliver Cromwell)이 다시 아일랜드를 재정복하였다. 이 과정에서 아일랜드 인구의 약 3분의 1이 죽었거나 망명하였다고 하니 얼마나 끔찍한 전쟁이었을지 과히 짐작해 볼 수 있다. 1688년에는 영국에서 명예혁명이 일어나 가톨릭 신자인 제임스 2세가 사위인 네덜란드 오렌지가의 윌리엄에게 영국의 왕위를 빼앗기고 아일랜드로 피신하였다. 아일랜드 가톨릭 신자들의 지지를 받은 제임스 2세와 개신교 이주자들의 지지를 받은 윌리엄은 아일랜드를 두고 전쟁을 벌였고 결국 1690년의 보인 전투(Battle of the Boyne)에서 이긴 윌리엄의 승리로 끝났다. 그리고 아일랜드에 대한 영국 왕의 식민통치가 시작되었다. 1801년에는 합병법(Act of Union)에 의해 아일랜드는 대영제국(United Kingdom of Great Britain and Ireland)에 속하게 되었다. 그 후 1922년에 이르러서야 아일랜드 남쪽과 서쪽의 26개 카운티(counties)가 영국에서 떨어져 나와 독립적인 아일랜드 자유국(Irish Free State)이 되었고 1948년 이후에는 아일랜드 공화국(Republic of Ireland)이 되었다. 나머지 부분은 북아일랜드로 알려져 있고 영국의 일부로 남아 있게 되었다.

『젊은 예술가의 초상』의 서문 부분에서 아기 터쿠(baby tuckoo)가 길을 내려오다 음메 소를 만나듯이, 조이스는 1882년 더블린의 중산층 가톨릭 가정에서 태어나면서 아일랜드를 조국으로 만나 그 역사 속으로 들어오게 된다. 그가 태어나기 얼마 전에는 그의 아버지가 넉넉한 월급을 받는 공직에 임명되면서 가족은 부유한 삶을 누릴 수 있었다. 장남인 조이스에게 큰 기대를 품고 있던 아버지는 1888년 그를 예수회(Jesuit)가 운영하는 기숙학교인 클롱고우스 우드 학교(Clongowes Wood College)에 보냈다. 하지만 과음을 일삼는 아버지는 많은 빚을 지게 되었고 조이스를 더 이상 기숙학교에 보낼 수 없게 되자 1891년 그 학교를 자퇴시켰다. 결국 아버지는 실직을 하고 그의 경제적 형편은 파산의 지경에 이르렀으며, 조이스 가족은 더블린 남쪽의 안락한 생활을 접고 북쪽의 가난한 지역으로 이사를 다니지 않으면 안 되었다. 11년에 걸쳐서 9번 이사를 다녔다는 사실에서 보아도 경제적 형편이 얼마나 불안했는지를 짐작할 수 있다. 공교롭게도 조이스 가족의 몰락은 그에게 많은 영향을 미친 아일랜드의 정치가 파넬(Charles Stewart Parnell)의 몰락과 일치하였다. 조이스가 클롱고우스 학교를 자퇴하기 얼마 전 파넬의 죽음과 장례식이 있었다.

파넬은 19세기 말 아일랜드의 독립을 위해 헌신적인 활동을 한 정치가였다. 그는 영국계 아일랜드인으로 아일랜드 국민과 많은 영국인들로부터 신망을 받고 있었다. 그는 아일랜드 자치(Home Rule)를 이루기 위해 정치적인 수완을 발휘하고 있었으며 1880년에는 아일랜드 의회당의 의장이 되었다. 그는 1880년대에 활동하면서 1801년에 합병법에 의해 통합된 아일랜드와 영국의 합병을 해체하기 위해 갖은 노력을 다 한 사람이었다. 파넬은 아일랜드의 자부심, 아일랜드와 영국의 대등함, 그리고 국제무대에서 아일랜드의 존재를 나타내는 인물이었다. 어느 정도였느냐 하면, 파넬이 죽은 지 수년이 지난 후 애비 극장(Abbey Theatre)에서 관중이 통제할 수 없을 정도의 소동을 일으켰을 때에 예이츠(W. B. Yeats)가 "찰스...스튜어트...파넬"이라는 세 단어를 기도

하듯이 읊조림으로써 폭동을 잠재울 수 있었다고 한다.[1] 1889년에 파넬을 피닉스 공원 살인 사건에 연루시키려는 음모가 있었지만 실패로 돌아간 후 그는 민족적 영웅으로 떠올랐다. 하지만 같은 해에 일어난 파넬의 몰락은, 조이스의 표현을 빌리자면, "마른 하늘에 청천벽력처럼"[2] 일어났다. 그것은 "아일랜드를 그의 이미지로 가득 채우고 있었다"[3]고 할 정도로 그의 정치적 인기가 하늘 높은 줄 모르고 치솟고 있을 때인 1889년 크리스마스 이브에 생긴 일이었다. 이 날 윌리엄 오쉐이(Wiliam Henry O'Shea)는 파넬과 오랫동안 내연의 관계를 맺고 있던 자기 아내 캐써린(Katharine) 혹은 키티(Kitty)를 상대로 영국법원에 이혼청구소송을 제기하면서 간통 상대자인 파넬을 공동피고인으로 고소했다. 파넬은 캐써린을 1880년부터 만났었고 그들의 관계는 이미 정치권에서 공공연한 비밀이 되어 있었다. 하여튼 이때부터 파넬은 비극적 영웅이 걷게 되는 경사 급한 몰락의 내리막길을 걷게 되었다. 곧 가톨릭교의 주교들과 아일랜드의 시골지역 사람들은 파넬에게 등을 돌리고 그를 비난했다. 또한 파넬이 이끌면서 힘 있는, 단합된 정치단체로 만들었던 아일랜드 의회당조차도 파넬 파와 반 파넬 파로 양분되었고 파넬이 하나로 뭉치게 하려고 애썼던 아일랜드 자체도 즉시 둘로 나뉘어졌다. 『젊은 예술가의 초상』의 크리스마스 만찬 장면에서 가톨릭 신부들을 옹호하는 반파넬 파의 댄티(Dante Riordan)와 이에 격렬하게 맞서는 파넬 파의 케이시(John Casey)의 경우가 당시의 이러한 상황을 잘 설명해준다. 그리고 약속의 땅을 눈앞에 두고 지도자를 버리지 않아야 한다고 외쳤던 같은 당의 힐리(Tim Healy) 를 포함한

---

1) Richard Ellmann, *Yeats: The Man and the Masks* (London: 1949), p. 179.
2) James Joyce, *The Critical Writings*, ed. Ellsworth Mason and Richard Ellmann (New York: Viking, 1959), p. 227.
3) Richard Ellmann, *James Joyce*, rev. ed. (New York: Oxford UP, 1982), p. 32.

정치가들은 파넬을 당에서 축출하는 등 그를 막다른 골목으로 내몰았다. 얼마 후 파넬의 당은 무너지고 파넬은 1891년에 영국에서 사망했다.

조이스의 아버지는 파넬이 배반당한 사실에 분개했고 아홉 살의 조이스도 아버지 못지않게 분노를 느끼며 시이저를 배신한 부르터스에 힐리를 비유한 시 「힐리, 너마저」(Et Tu, Healy)를 썼다. 대견하게 생각한 아버지는 이 시를 인쇄해서 친구들에게 나누어주었다고 한다. 시의 원고는 남아있지 않지만, 조이스의 동생 스태니슬로스(Stanislaus)에 의하면 시의 끝부분에 파넬은 알랑거리는 아일랜드의 정치꾼들을 내려다보고 있는 독수리에 비유되고 있다고 한다. 파넬에 대한 조이스의 지지, 나아가서 그의 파넬과의 동일시는 세월이 흘러도 변하지 않았다. 그가 1912년에 쓴 신랄한 글 "화구(火口)에서 나온 가스"(Gas from a Burner)에서 조이스는 아일랜드를 "지도자를 배반하는" 나라로 비난하고, 이 나라가 또한 파넬의 눈에 석회를 던졌다고 쓰고 있다. 조이스에게 있어서 이제 "배반"은 중요한 주제가 되었다. 조이스가 파넬의 몰락에 대해서 쓴 「파넬의 망령」(The Shade of Parnell)은 조이스가 개인적으로 파넬의 비극에 대해서 어떻게 느꼈는지를 잘 보여준다.

그가 이끌고 있던 83명의 의원들 중에서 단지 8명만이 끝까지 그를 배반하지 않았다. 고위직과 하위직의 성직자들이 그를 파멸시키기 위한 사람들의 명단에 자신들의 이름을 써넣었다. 아일랜드 언론은 그와 그가 사랑했던 여자 위에 질투의 독약을 쏟아 부었다. 캐슬코머의 시민들은 그의 눈에 석회를 던졌다. 그는 이마에 죽음의 그림자를 드리운 유령처럼 이 카운티에서 저 카운티로, 이 도시에서 저 도시로 '사냥꾼에 쫓기는 사슴처럼' 돌아다녔다. 일 년 안에 그는 상심으로 인하여 45세의 나이로 죽었다. . . . 그는 그의 동포들에게 마지막으로 처절하게 호소하기를, 그들이 그들 주위에서 울부짖고 있는 영국 늑대들에게 자신을 던지지 말 것을 부탁하였다. . . . 그들은 그를 영국의 늑대들에게 던지지 않았다. 그들은 직접 자신들의 손으로 그를 갈기갈기 찢었던 것이다.(*The Critical Writings* 227-28)

이 인용문의 어조는 파넬의 종말이 조이스의 의식에 얼마나 선명하게 각인되어 있는지를 잘 보여준다. 조이스에게 파넬은 "곤경에 처했을 때에 제자들 중의 한 명에게 배신당한"(*The Critical Writings* 228) 예수의 모습으로 남아 있다. 이처럼 파넬은 조이스에게 깊은 영향을 주었고 그의 망령은 조이스의 의식에서 평생 동안 사라지지 않았다. 조이스는 아일랜드에서『더블린 사람들』을 출판하는데 어려움을 겪자 자신의 운명을 배신당한 영웅인 파넬의 운명과 동일시하여 아일랜드를 지도자를 몰아내고 "작가들과 예술가들을 항상 추방하여 몰아내는" 곳으로 공격하기도 하였다. 이것은 그가『젊은 예술가의 초상』에서 아일랜드를 "새끼 돼지를 잡아먹는 늙은 암퇘지"에 비유한 것과 일맥상통한다.

조이스에게서 보이는 교권반대주의(anticlericalism)도 파넬의 몰락에 성직자들이 미친 영향과 무관하지 않다. 역사적으로 아일랜드 가톨릭 교회는 자주 영국과 타협하는 편을 선택해왔을 뿐만 아니라 영국정부에 협조하기도 했다. 그런 점에서 교회는 민족주의 단체인 피니언단(Fenians)과 적대적이었다. 피니언단은 독립된 아일랜드 공화국을 목표로 하는 단체로서 독립이 힘에 의해서 이루어질 수 있다고 믿었다. 조이스의 집안은 대대로 교회보다는 피니언단과 더 밀접한 인연을 가지고 있었다고 전해진다. 조이스의 아버지의 할아버지는 피니언단의 전신이라고 할 수 있는 농촌의 비밀결사대 회원이자 격렬한 교권반대주의자였다고 한다. 조이스의 아버지도 피니언단의 영향을 받았으며 그 단체에 속한 친구들과 가까이 지냈다. 참고로,『젊은 예술가의 초상』의 크리스마스 만찬 장면에서 교권에 강하게 맞서는 케이시도 바로 그런 단체의 회원이다. 이와 관련하여 파넬도 이혼 스캔들 사건 이후에 피니언단을 아일랜드 민족주의의 중심에 있는 단체로 여겼고 피니언단도 파넬에 대한 무조건적인 지지를 보냈다는 점을 주목할 만하다. 『율리시스』(*Ulysses*)에서 스티븐이 "나는 두 주인을 섬기는 종이다. 한분은 영국인이고 다른 한분은 이탈리아인"이라고 함으로써(U1.638), 영국의 정치적 지배와 로마 가톨릭의 종교적 지배를 의미했던 것에서 알 수 있듯이, 조이스는 아일랜드에 크게 두 가지 형태의 억압이 있다는 것을 제시하면서 가톨릭 교회가 저항해야할 대상임을 암시했다. 『젊은 예술가의 초상』에서 주인공 스티븐은 작가 조이스와 마찬가지로 예수회가 운영하는 학교에 다니면서 가톨릭 교회의 영향을 많이 받게 되고, 사춘기 때의 사창가를 드나든 시절을 지나 경건한 신앙인이 되기도 하지만, 결국 교회를 거부하게 된다. 물론 그렇다고 해서 조이스나 스티븐이 피니언단 회원인 것은 아니다. 둘 다 피니언단의 저항정신을 공유하고 있지만 폭력을 혐오하는 평화주의자이기 때문이다. 또한 조이스가 민족주의에 대해서 복합적인 태도를 취했다는 것을 고려할 필요가 있다. 그는 순수 혈통을 외치는 국수주의적인 민족주의라든지, 문화의 동질성, 게일어의 부활 등을 주장하는 문화민족주의에 반대하였다.

경제적인 이유로 클롱고우스 우드 학교를 그만 다녀야 했던 조이스는 2년 뒤인 1893년부터 1898년까지 또 다른 예수회 학교인 벨비디어 학교(Belvedere College)를 다니게 되었다. 이 학교에서 그는 라틴어, 프랑스어, 이탈리아어 등 외국어를 배우게 되었고 이러한 다양한 언어에 대한 그의 관심은 나중에 그가 『피네건즈 웨이크』(*Finnegans Wake*)에서 보여주듯이 수많은 외국어를 구사할 수 있게 되는 배경이 된다. 그는 좋은 성적을 유지하는 모범

학생이었지만 14세에 만난 창녀에게 동정을 줄 정도로 성적인 면에서 반항적이었다. 조이스의 이러한 경향은 좀 더 복합적인 맥락에서 살펴볼 필요가 있다. 강한 가톨릭 국가인 아일랜드는 빅토리아 시대의 영국과 마찬가지로 성적인 면에서 청교도적이고 억압적이었다. 그것은 아일랜드 민족주의도 마찬가지였다. 간통 혐의로 촉발된 파넬의 몰락은 이러한 억압적인 아일랜드의 문화와 밀접한 관련이 있었다. 조이스는 이러한 문화에 저항적이었다고 할 수 있을 것이다. 『젊은 예술가의 초상』에서 친구들이 테니슨을 최고의 시인으로 꼽을 때 스티븐이 도덕적으로 악명 높은 바이런을 고집스럽게 옹호하는 것도 이러한 맥락에서 이해할 수 있을 것이다. 당시의 억압적인 지배문화와 인간의 기본적인 욕구 간의 대립 양상에서 조이스는 전자에 저항한 것이다. 이러한 대결은 나중에 조이스가 『율리시스』를 출간하여 외설시비에 오르면서 미국의 청교도적인 지배문화와 맞서는 것으로 연결된다.

1898년, 조이스는 뉴먼(Henry Newman)이 특별히 아일랜드 가톨릭계를 위해 세웠던 대학(University College, Dublin)에 입학하는데 이 대학 시절에 가톨릭교와 편협한 애국주의/민족주의에 대한 그의 저항이 구체화된다. 앞서도 언급했듯이 조이스는 파넬을 자신과 동일시 할 정도로 그로부터 많은 영향을 받았다. 그것은 파넬의 사후에 조이스가 보여준 성격의 일면에서도 볼 수 있다. 파넬과 마찬가지로 조이스는 오만함, (지적인) 초연함, 혹은 (주위 세상에 대해) 무관심의 분위기를 풍기는 청년이었다. 아마 아버지의 경제적인 몰락으로 창피스러울 정도로 궁핍한 집안 형편을 숨기려는 방어기제에서 나온 것일 수도 있고 파넬을 배신한 아일랜드 문화에 대한 본능적인 반응에서 나온 것인지 모른다. 어쨌든 가장 널리 알려진 예가 1899년 극장에서 예이츠의 『캐슬린 백작부인』(*The Countess Cathleen*)이 무대에 올려 졌을 때 (아일랜드를 상징하는 캐슬린이 굶주린 백성을 위하여 악마에게 영혼을 팔아넘긴다는 내용이 비애국적이고 불경스럽다는 이유로) 대부분의 젊은 대학생들은 격렬한 야유를 보냈지만 조이스는 도전적으로/오만하게 박수를 친 몇 안 된 관중 중의 한 명이었다. 곧 이어 가톨릭 민족주의 학생들이 항의의 서한을 쓴 뒤 다른 학생들과 마찬가지로 조이스도 서명할 것을 요구했지만 그는 거절하였다. 편협한 애국주의적 열정에 혐오감을 느꼈기 때문이다.

　물론 그렇다고 해서 조이스가 예이츠 등이 앞장 선 문예부흥운동에 동조한 것은 전혀 아니었다. 그가 파넬 사후에 세워진 '민족주의적인' 두 단체, 즉 게일연맹(Gaelic League)과 아일랜드 문예극장(Irish Literary Theatre)에 대해 보인 반감은 널리 알려져 있다. 그는 피어스(Padraic Pearse)로부터 게일어를 배우고 있었는데 피어스의 언어적 국수주의에 대한 반감으로 이 언어수업을 그만 두었을 뿐만 아니라, 아일랜드 문예극장이 게일어로 된 희곡과 켈트 문화의 영웅적 전설을 토대로 하여 쓴 예이츠의 희곡을 무대에 올린다고 발표하자 「오합지졸의 날」(The Day of Rabblement)이라는 글을 써서 항의하였기 때문이다. 그는 『캐슬린 백작부인』의 공연에는 박수를 보냈지만, 유럽 대륙의 작품들이 다루어질 것으로 기대했는데 게일어로 된 작품들만 공연된다고 하자 분노하여 문예극장을 이끄는 사람들을 비롯한 아일랜드 사람들이 오합지졸의, 후진적인 사람들이라며 공격한 것이다. 그 당시 민족주의 운동의 목표는 궁극적으로 아일랜드에서 문화적 동질성을 이루어내는 것이었다. 그들은 식민화된 문화는 원래의 민족적 본질이 오염된 것으로서 그러한 본질을 회복시키는 것이 문화의 건전한 발전에 필수불가결한 것으로 보았다. 그리고 정통한 문화의 결핍은 민족의 죽음이고 그러한 문화를 소생시키는 것이 민족을 부활시키는 것으로 생각했다. 그러나 이러한 배타적 동질성에 대한 주장은 조이스가 보기에 비현실적일 뿐만 아니라 영국과 로마 가톨릭의 제국주의적 주장과 다를 바 없었다. 조이스는 편협한 애국주의를 지양하고 세계주의(cosmopolitanism)를 지지하였다. 그는 예이츠의 시를 인정하였지만 아일랜드 작가들의 좁은 영역에서 벗어나 더 넓은 유럽대륙에서 본받을 만한 문인 선배를 찾고자 했고, 그가 찾아낸 작가가 바로 노르웨이의 극작가인 입센(Henrik Ibsen)이었다. 18세도 되기 전인 1900년에 조이스는 입센에 대한 서평을 런던의 영향력 있는 『격주평론』(Fortnightly Review)에 발표함으로써 주위를 놀라게 했다. 조이스에게 입센은 노르웨이의 파넬이나 다름없었다. 입센은 자신의 주장이 격렬한 논쟁을 불러일으켜도, 파넬처럼 초연하게, 조용히 글을 쓰는 작가였다. 파넬이 수많은 난관에도 불구하고 꾸준하게 독립된 아일랜드에 대한 비전을 보여주었듯이, 그는 근대화된 노르웨이에 대한 자신의 비전을 고집스럽게 지키고 있었다. 조이스가 보기에 아일랜드의 예술계는 입센과 같은 존재를 아직 배출하지 못했다. 오히려 문예극장이 그렇듯이 후진적인 오합지졸에게 이끌리고 있는 형편이었다. 이는, 다시 말하자면, 아일랜드 사람들이 역사의 굴레에 발이 묶인 채 근대성의 도전에 맞서기를 가장 꺼려하는 사람들이라는 그의 비판이다.

맹건(James Clarence Mangan)도 이런 궁지에 몰린 시인이다. 조이스는 대학 마지막 학년 때 이 19세기의 불운한 아일랜드 시인에 대한 에세이를 쓴다. 맹건은 식민주의의 불의에 도전하였으나 값싼 도덕주의와 편협한 애국심의 희생물이 되었다. 조이스의 평에 의하면, 그가 "근대의 켈트인들 가운데 가장 뛰어난 시인"이었음에도 불구하고 불운한 삶을 산 이유는 그가 아일랜드의 비극적 역사로부터 자유로울 수 없었기 때문이었다. 그는 사후에 아일랜드 사람들의 기억 속에 망각된 시인이었다. 조이스가 보기에 그는 같은 민족에 의해서 전형적인 배신의 방법으로 버림받은 예술가였다. 조이스는 도덕적 편협성과 배신만이 판을 치는 아일랜드에서 파넬과 맹건과 같은 운명을 맞는 것을 피하기 위해 망명을 생각하게 된다. "자존심이 있는 사람은 그 누구도 아일랜드에 머물지 않는다"라는 조이스의 생각은 『젊은 예술가의 초상』에서 조국을 떠날 계획을 하는 스티븐의 생각과 다르지 않다.

1904년 10월 8일 조이스는 네 달 전에 만나 사랑에 빠진 노라(Nora Barnacle)와 함께 밤배를 타고 더블린을 떠나 유럽으로 향한다. 그 당시에 많은 아일랜드인들이 경제적으로 더 나은 삶을 찾아서 이민을 갔지만 조이스의 경우는, 그가 동생 스태니슬로스에게 말한 대로, "자발적인 망명"이었다. 과거에 전쟁으로 황폐해진 유럽대륙으로 많은 "성인들과 학자들"(saints and scholars)을 내보냈던 아일랜드 전통을 따라 조이스는 유럽대륙으로 들어간 셈이다. 혹은 "야생 거위들"(wild geese)이라 불리는 많은 정치적 망명자들, 즉 아일랜드를 떠나 유럽에서 투쟁하는 사람들에게 합류한 것이다. 야생거위들은 영국의 그물에 포획되지 않기 위해서 유럽으로 날아간 사람들이었다. 물론 조이스의 경우에는 엄밀한 의미에서 정치적 망명자들과 다르다. 그들이 정치적 투쟁을 통해서 아일랜드의 구원자가 되기를 꿈꾸었다면 조이스는 예술을 통해서 조국을 구하겠다는 의도를 가지고 있었을 것이기 때문이다. 비록 조이스는 아일랜드를 떠나 살았지만, 이후 그의 작품은 모두 " 사랑하는 더러운 더블린"(dear, dirty, Dublin)에 관한 것이었다는 점에서 그가 조국을 한시도 잊지 않았다는 것을 알 수 있다. 또한 야생거위들이 영국의 억압을 피해 도망갔다면, 조이스는 오히려 아일랜드의 억압을 피해 외국으로 갔다고 할 수 있을 것이다.

조이스의 관점에서 더블린은 곰팡내 나는 병실 같았다. 그 안에 있는 모든 사람들은 외부에서 진실의 신선한 공기를 들어오게 하는 대신 창문을 닫아 두는데 급급했다. 아일랜드의 해방을 위해 필요한 것은 의식의 확장이었고 그 일은 예술가가 감당해야 하는 의무였다. 하지만 그 당시 더블린의 예술가들은 편협한 애국심에 눈이 멀어 미래에 대한 통찰력을 보여주는 대신 과거의 신화를 실제 이상으로 미화하거나 초속적(超俗的)인 것에 탐닉하여 현실을 제대로 보지 못하고 있었다. 이와 같은 갇혀 있는 사고방식을 확장시켜주기 위해서는 더블린 사람들에게 듣기 좋은 칭찬을 해주기보다는 밖에서 (유럽에서) 객관적으로 그들의 자화상을 보여주는 것이 필요했다. 조이스가 『더블린 사람들』(Dubliners)의 집필목적에 대해서 말한 것과 마찬가지로, "아일랜드 사람들로 하여금 잘 닦인 거울에서 자신들의 모습을 잘 볼 수 있게" 하는 것이 필요했던 것이다4). 조이스는 "오합지졸"의 아일랜드인들 무리, 예술가들을 배신하는 그들, 외부로 향한 창문을 닫아걸고 과거의 민족 신화를 이상화하며 그 속에 자족하는 그들로부터 자신을 떼어놓기 위해 유럽으로 망명한 것이다. 그리고 그의 망명 후에 시작된 더블린에 대한 집필은 더블린 사람들에게 자신들의 자화상을 보게 함으로써 그들의 의식을 확장시키고자 함이었다. 이것은 정치적 망명자들과는 다른 방법으로 조국을 해방시키는 길이었다.

---

4) James Joyce, *Letters of James Joyce*, vol I. ed. Stuart Gilbert (New York: Viking, 1957), p. 63-64.

제2장
『젊은 예술가의 초상』 작품 분석

『초상』의 시작에 오비디우스(Ovidius)의 『변신』(*Metamorphoses*)의 한 구절이 제사(題詞)로 나온다. "Et ignotas animum dimittit in artes"(*Metamorphoses*, VIII, 188)라는 구절은 "그리고 그는 알려지지 않은 기술에 자신의 마음이 가도록 했다"("and he turned his mind to unknown arts")라고 풀이될 수 있겠다. 이 구절은 크레타 섬의 미노스왕이 고대 희랍의 명장인 다이달로스와 그의 아들 이카러스를 빠져나갈 수 없는 미궁에 가두겠다고 하자 다이달로스가 한 말이다. 다이달로스와 이카러스는 스스로 설계한 미궁을 탈출하기 위하여 섬에 날아드는 새들의 깃털을 밀랍으로 붙여 만든 날개를 달고 섬을 빠져 나가는데 아들 이카러스는 너무도 태양 가까이 날다가 밀랍이 녹는 바람에 바다에 빠져 죽는다. 이 제시는 『초상』에서 주인공이 성장 과정에 겪는 환희와 좌절의 굴곡을 잘 반영한다. 『초상』의 끝에서 예술가를 지향하는 스티븐 데덜러스(Stephen Dedalus)는 희랍의 명장 다이달로스가 날개를 달고 섬을 빠져나가듯 예술가의 자유로운 정신을 억압하는 미궁과 같은 더블린을 떠나 유럽으로 향한다.

『초상』은 주인공의 유년시절부터 대학 졸업까지의 기록으로 그가 예술가로 소명의식을 갖기까지의 성장 과정을 그리고 있다. 작품에서 주인공은 유년시절부터 성장의 정신적 토양이 되어 주었던 자신을 에워싼 종교, 가정, 민족이라는 중심 가치를 거부하고 급기야는 세속의 신부로서 예술에 자신을 헌신하고자 한다. 그러나 작품에서는 주인공이 성숙한 예술가로 활동하는 것을 그리지는 않았고, 이보다는 한 젊은이가 그의 성장배경의 틀이 되어주었던 교회, 가족, 모국에서 벗어나 세속의 아름다움("worldly beauty")을 추구하는 주체적 자아를 얻게 되기까지의 과정을 묘사하였다.

1. 『젊은 예술가의 초상』의 출판

1904년 초 조이스는 「예술가의 초상」('A Portrait of the Artist')이라는 제목으로 짤막한 자서전적 내용의 산문체로 된 글을 썼는데 그는 이를 더블린의 문예지인 『다나』(*Dana*)에 싣고자 했다. 그러나 당시 『다나』의 편집인이었던 존 에글린톤(John Eglinton)과 프레데릭 라이언(Frederick Ryan)은 조이스의 글 내용이 이 문예지의 성격에 맞지 않는다는 이유로 원고를 싣기를 거절하였다. 조이스는 이에 굴하지 않고 그 다음 해에 좀 더 긴 자서전적인 소설로 이 글을 개작하였고 동생이 제안한대로 『영웅 스티븐』(*Stephen Hero*)이라는 제목을 붙였다. 1905년 절반 정도 써나가다가 도중에 『더블린 사람들』

(*Dubliners*)의 마지막 이야기인 「죽은 자들」('The Dead')을 마칠 때까지 미루어 두었다. 그러다가 조이스는 1907년 9월 『영웅 스티븐』에서 사용했던 전통적인 19세기 소설형식에 등을 돌리고 『영웅 스티븐』의 원고를 전면적으로 수정해나갔다. 이 과정에서 그는 『영웅 스티븐』에서 취했던 사실주의적이고 자연주의적인 필치에서 모더니스트의 필치로 전환함으로써 소재에 대하여 아주 다른 문학적 접근방법을 시도하였다. 에피소드 식으로 개인적 사건들을 기록하던 작품의 내용도 긴밀한 짜임새를 이루며 근대적 주체의 확고한 자아를 성립해 가는 일관된 내용으로 압축되었다. 드디어 1914년에 기법이나 내용 모든 면에서 마치 모더니스트 텍스트의 원형과도 같은 『젊은 예술가의 초상』이 완성되었다. 『초상』의 맨 끝에 "더블린 1904 – 트리에스테 1914"라고 표기되어 있는 것은 바로 이러한 집필과정을 나타내고자 한 것으로 보인다.

『초상』은 『에고이스트』(*The Egoist*)라는 문예지에서 첫 선을 보였는데 실험적 문학작품을 실었던 이 잡지에 1914년 2월 7일부터 1915년 9월 1일까지 연재되었다. 그러나 단행본으로 출판하기까지 조이스는 그의 다른 작품에서와 마찬가지로 어려움을 겪었는데, 그 주된 이유는 출판사에서 이 작품에서 처음 시도된 실험적 문학기법에 대하여 "형식이 갖추어지지 않은 작품"으로 간주하며 이해하지 못했던 탓이었다. 그러나 『초상』이 발표되자 예이츠(William Butler Yeats)와 에즈라 파운드(Ezra Pound)는 똑같이 이 소설을 극찬하였다. 예이츠는 조이스를 가리켜 "오늘날 아일랜드에서 가장 괄목할만한 새로운 재주를 지닌 자'로 부르는가 하면, 파운드는 조이스를 플로베르(Gustave Flaubert)와 스탕달(Stendhal)에 비교했다. 다행히도 조이스의 후원자이자 『에고이스트』지의 편집자이기도 했던 헤리엇 위버(Harriet Weaver)는 이 작품을 책으로 출판하기로 결정하여, 마침내『초상』은 1916년 12월에 미국에서 처음 출판되었고, 영국에서는 1917년 2월에 출판되었다.『초상』은 조이스를 당대의 가장 혁신적이고 대담하며 기대되는 작가로 인정받게 한 소설이었다.

2. 20세기 초 아일랜드 사회와 문화

조이스는 대학을 졸업한 후 1902년 프랑스 파리로 유학했다가 어머니가 위독하다는 소식에 아일랜드에 돌아왔다. 이듬해 1903년 어머니가 세상을 뜬 후 1904년에는 아예 유럽으로 스스로 망명하였다.『초상』의 집필이 이루어진 1900년대 초 조이스는 트리에스테(Trieste: 이탈리아와 유고슬라비아에 걸쳐있는 항구도시)의 영어학원에서 영어를 가르치고 있었는데, 이 시기 그의 고국 아일랜드는 영국의 식민지 상태여서 많은 정치적 소요를 겪었다.『초상』은 조이스 자신의 예술가로의 성장에 대한 자서전적인 작품이지만 또한 모국에 대한 기록이라고 할 만큼 아일랜드의 정치, 사회적 문제가 작품 전반에 걸쳐 치밀하게 내재되어 있다. 사회문제와 관련하여 조이스가 무엇보다도 분노하고 우려했던 점은 아일랜드가 두 지배자, 곧 종교적으로는 로마 가톨릭 교회와 정치적으로는 영국제국에 예속되어 있다는 것으로, 이러한 조이스의 사회의식은 자연히『초상』에 깊이 투영되었다.

조이스의 학창시절인 1890년대는 아일랜드로서는 문예부흥의 시기였고 조이스에게는 작가로 성숙해가는 시기였다. 하지만 지향하는 바는 각기 달랐다. 저널리스트로 유나이티드 아이리쉬맨(United Irishman) 신문의 편집장을 지냈고 정치가로서 아일랜드 민족주의 운동인 신 페인(Sinn Fein) 창립(1905년)의 주역이었던 아더 그리피스(Arthur Griffith)는 1903년 10월 17일자 신문에서 "세계주의(cosmopolitanism)는 위대한 예술가를 창출해 내지 못하며 지금까지 그래왔듯이 앞으로도 위대한 예술가나 사람이라면 세계주의를 지향하지 않을 것이다"라고 주장한 바 있는데 이는 당시 아일랜드의 사회·문화적 동향을 말해준다. 당시 게일 연맹(Gaelic League)의 대표를 지냈고 아일랜드 독립 후 첫 대통령이었던 더글라스 하이드(Douglas Hyde)를 위시하여 당시 아일랜드 사회·문화적 기류는 오랫동안 축적되어온 토속적인 문화 전통이 현대 아일랜드에 큰 영향력을 지녔다고 주장했는데 많은 아일랜드 작가들이 이에 공감하였고 이러한 사고를 바탕으로 창작을 하였다. 그러나 조이스는 이러한 사회·문화 풍토에 근본적으로 회의를 가졌으며 민속학을 주제로 한 예이츠의 극을 지지할 수 없었다.

아일랜드에서 작가들이 자국의 토속문학에 힘을 기울이고 있을 때 조이스의 생각과 관심은 이들과 반대로 세계주의를 지향하며 유럽을 향하고 있었다. 조이스는 게일 연맹 활동이 그 어느 곳보다도 활발하게 진행되었던 유니버스티 칼리지(University College)에서 프랑스어와 이탈리어를 공부했고 하우프만(Hauptmann), 베르렌느(Verlaine), 톨스토이(Tolstoy), 다눈치오(D'Annunzio) 등 유럽 작가들의 작품을 읽었다. 그러나 대학시절 그 어느 작가보다도 그가 가장 심취했던 작가는 입센이었는데 『초상』에 배어 있는 예술가와 사회의 필연적인 괴리에 대한 조이스의 입장은 입센의 영향을 받아 조성된 것으로 보인다. 조이스의 세계주의적인 생각과 문학은 현대문화와 정신의 창출에 있어서 게일어와 토속문화만을 옹호하는 민족주의자들의 주장보다 훨씬 앞서 나간 것이다.

유럽으로 건너가 트리에스테에서 지내며 어느 정도 거리를 두고 보게 되면서 아일랜드에 대한 조이스의 태도는 다소 누그러진 듯하다. 1907년 그

곳에서 아일랜드 관련 주제로 세 차례 연속 강연을 한 바 있는데 첫 강연 제목이 "성자와 현자의 나라, 아일랜드("Ireland, Island of Saints and Sages")"이었다. 여기서 그가 아일랜드 역사에 대하여 상당히 민족주의적인 해석을 한 것으로 미루어보아 조이스가 비판했던 것은 아일랜드의 문화가 아닌 아일랜드의 사회적 상황으로 보인다. 그러나 모국의 문화적 전통에 대한 긍지를 잃지 않았음에도 불구하고 조이스는 자신이 아일랜드의 토속적인 문학전통을 이어받았다고 한 적이 없다. 그는 아일랜드의 민속적인 색채를 띤 글쓰기에 관심을 가지기보다는 아일랜드 주제들을 다루는데 있어 플로베르(Flaubert)나 뒤자르댕(Dujardin)과 같은 유럽대륙의 작가들이 구사한 문학기법을 적용하였다.

3. 『초상』에 대한 당시 문학계의 반응과 조이스 작품 연구의 흐름

에즈라 파운드(Ezra Pound)의 권유로 『에고이스트』지에 『초상』이 연재되었던 1914년 2월 2일부터 1915년 9월까지 이 소설은 문학계에서 상당한 반향을 불러일으켰다. 『초상』이 처음 출판되었을 때 평론가들의 반응은 크게 엇갈렸다. 낯선 예술적 기교와 실험적 기법에 대하여 반발하는 평이 많았는데 우선 작품에 "플롯이 없다"는 점에 대하여 당혹스러운 반응을 보였다. 그러나 조이스가 선보인 새로운 작법에 대하여 긍정적인 평을 내리기도 했는데, 한 평자는 "에피소드, 센세이션, 꿈, 감정이 사소하든 비극적이든, 또는 이것들이 서로 맥을 이루어 나가든 단절적이든 이들은 연속적으로 이어진다. 이것들은 각기 한 순간 생생하게 발달되다가 각 장에 대한 구분이 있거나 없거나 간에 다음 순간 슬며시 사라져 버린다." 버지니아 울프도 아름다운 찬사를 보냈는데 "머리를 통하여 쏟아지는 무수한 메시지들을 번득이며 비추어내는 내면 깊은 곳의 불길이 어른대는 것과 같다"라고 평했다. 울프는 "현대소설"("Modern Novels")이라는 에세이에서 조이스가 보인 새로운 작품소재와 기법을 소개하며 그를 H .G. 웰즈(H.G. Wells), 아놀드 베넷트(Arnold Bennett), 존 골스위시(John Galsworthy)와 같은 당대 영국작가들과 비교했는데, 그녀는 이들을 가리켜 "물질주의자"로 분류한 반면 조이스는 "정신적"인 작가라고 평했다.

그러나 불만에 찬 평도 많이 나왔다. 당시 H. G. 웰즈는 『네이션』(*Nation*) 지에서 이 작품이 보이는 즉각적인 감각과 실험적인 구조에 대하여는 높이 평가하지만 "배설에 대한 강박증"이 있는 작품이라고 깎아 내렸다. 『맨체스터 가디언』(*Manchester Guardian*)지 역시 스티븐은 "고약한 냄새가 나는 것들에 대하여 열정"을 지니고 있다고 꼬집었다. 점잖은, 또는 도덕적 고양성이라는 전통적 예술의 지표를 조이스가 의도적으로 무산시키려 함에 평론가들은 적지 않은 적의를 보인 것이다. 이에 비하여 조이스의 지지자였던 에즈라 파운드는 "점잖음"이라는 기준이 아닌 문학적인 측면에서 이 작품을 보고자 했으며 이 소설이 보여준 고도로 절제된 명료함에 대하여 찬사를 보내며 "영어로 쓰여진 플로베르적인 문장에 가장 가까운" 소설이라고 주장했다.

『초상』에 대한 초기비평에서 의견이 엇갈렸던 것과는 달리 1960년대에 이르면 『초상』은 서구현대문학사에 있어 중추적인 존재로 확실하게 자리매김한다. 60년대에 세 권의 평론집이 나왔는데 이로써 조이스 소설이 학계에서 연구대상으로 인정받고 있음을 말해준다. 이 시기는 조이스의 작품의 미학이론에 대한 연구가 활발했다. 그런가하면 『초상』을 전통적인 문학의 한 범주인 "성장 소설"로 분류하여 이해하려는 시도도 있었다. 레빈(Harry Levin)과 같은 비평가는 예술가의 성장을 다루는 소설인 Kunstlerroman(artist's novel)이라는 유럽적인 문학의 범주에 넣으려 했고 미첼(Breon Mitchell)(1976)은 이보다는 더 보편적으로 주인공의 성장과정을 다룬 소설인 Bildungsroman으로 분류했다. 그러나 누구보다도 휴 케너(Hugh Kenner)의 분석은 탁월했으며 작품을 이해하는데 큰 도움을 주었다.

근자에 이르러 조이스에 대한 비평은 완연히 달라졌다. 현대비평은 심리분석적인 비평, 해체주의, 페미니즘, 맑시즘, 신역사주의, 문화비평, 탈식민주의 등 접근방법이 다양하지만 이들을 크게 세 갈래로 정리해 보면 해체주의, 조이스의 문화적 맥락, 페미니즘이라고 할 수 있다. 해체주의 비평에서 최초의 것이자 가장 돋보이는 평저로는 콜린 맥케이브(Colin MacCabe)의 『제임스 조이스와 언어 혁명』(*James Joyce and the Revolution of the Word*)(1978)을 손꼽을 수 있겠다. 이 비평의 기본 주장은 조이스의 텍스트는 사실주의 소설과 달리 한 목소리가 다른 목소리들을 지배하려 하는 서술방식이 아니라는 것이다. 지배적 목소리가 부재된 『초상』은 각기 다른 "담론들의 몽타주"일 뿐이어서 독자에게 하나의 일관된 스토리를 말하기를 거부한다. 조이스는 언어를 관장하는 일에는 정치적 제도적 권력이 작용하고 있음을 누구보다도 더 잘 꿰뚫고 있었으므로 담론들 간에 반복적인 충돌을 극화시키는 방안을 택한 것이다.

수사적 기법에 골몰하다보면 내용을 소홀하게 대하기 쉬운데 맹가니엘로(Dominic Manganiello)는 그의 저서 『조이스의 정치학』(*Joyce's Politics*) (1980)에서 조이스에 대한 상아탑적인 미학 논의를 떠나 그의 정치적인 국면을 날카롭게 간파했다. 그는 조이스가 아일랜드 문예부흥에 관여했으며 신페인(Sinn Fein)을 원래는 지지했다고 주장했다. 그는 지적하기를 조이스가 민족주의 간행물들을 꼼꼼하게 구독했고 경제적인 측면에서 아일랜드는 자국의 주장을 할 필요가 있다는 점과 지배권력으로서의 영국에 대하여 민족주의적 인식을 했다는 점을 강조한다. 그런가하면 한편 허(Cheryl Herr)는『조이스의 문화분석』(*Joyce's Anatomy of Culture*)(1986)에서 조이스가 당대의 문화형태에 대하여 날카로운 통찰을 하고 있었음을 역설하며 신문, 연극, 노래, 설교 등을 통해서 반복적으로 전달되는 제도적으로 정립된 메시지에 주목했음을 지적한다. 조이스는 당시의 문화 속에 내재된 특정 담론을 감지한 것이다. 근자에 많이 논의되고 있는 포스트식민주의(Postcolonialism)적 비평이론도 조이스 문학과 관련하여 상당히 많이 연구되고 있으며 조이스작품 이해를 위하여 매우 유용한 관점을 제공한다. 다양한 서술과 담론을 제시하는 조이스의 글쓰기 자체가 제국주의적인 특정한 지배담론을 해체하는 효과를 거두기 때문이다. 특히 다양한 서술과 문체는 조이스의『율리시스』와 같은 작품에서 특히 두드러진다.

페미니즘 평론에서는 1982년 헨케(Suzette Henke)와 언켈레스(Elaine Unkeless)의 공저인『조이스 작품 속의 여성들』(*Women in Joyce*)의 출판을 필두로 조이스 작품에 대한 밀도있는 페미니스트적 분석이 이루어지기 시작했다. 이후 스콧(Bonnie Kim Scott)은『조이스와 페미니즘』(*Joyce and Feminism*)(1984)에서 모드 곤(Maud Gonne)이나 조이스의 부인인 노라 바나클(Nora Banacle)과 같은 여성인물이 조이스의 생애에서 어떠한 역할을 했는지에 대한 전기적인 분석을 했고, 이어서『제임스 조이스』(*James Joyce*)(1987)에서는 젠더의 역할에 따른 표현방식에 대해서 논하며 어떻게 담론에 내재하는 권력과 정치학에 젠더가 연결되는지에 대하여 집중적으로 분석했다. 스콧은 스티븐이 예수회(Jesuits)의 고전과 신학적 교육으로부터 학구적인 남성 담론을 습득했다고 주장하며 크리스마스 만찬의 장면에서 스티븐의 아버지인 사이먼 데덜러스가 구사한 수사적 전략에 대한 흥미로운 분석을 하며 남성들의 수사법은 여성의 역할을 보조적 역할에 머물게 했다고 지적했다.

앞서 열거한 여러 접근은 그 자체로 이 작품이 다차원적임을 말해준다. 이렇듯 다양한 비평적 접근이 가능한 작품이기에 조이스의 작품을 하나의 비평적 관점으로 제한하는 것은 그의 문학적 깊이와 다양한 접근을 배제할 위험을 내포한다.

4. 『초상』의 구성

『초상』의 큰 줄거리를 보면, 예술가로의 삶을 지향하는 주인공이 1980년대의 아일랜드의 문화와 정치적 동요 속에서 성장해 가면서 자신이 누구인지, 앞으로 어떠한 일을 하게 될 것인지 자신의 정체성과 소명의식을 깨닫게 되면서 아일랜드 사회의 본질을 이루는 가족, 교회, 민족주의 운동에 점차 환멸감을 느끼게 되며 이들로부터 벗어나고자 한다. 자신의 소명으로 여겨지는 일을 하기에는 사회적 장치와 이념들이 그에게 정신적 억압을 가하며 위협적으로 인식되었기 때문이다. 주인공은 종교적인 권위와 같은 사회적으로 인정받는 문화적 권위를 타파하고 자신의 체험의 의미를 재구성하려 한다. 작품의 마지막 부분에서 스티븐의 의지와 결단은 절정을 이루게 된다.

조이스는 『영웅 스티븐』을 『초상』으로 개작하면서 다섯 개의 장 (chapter)으로 재구성하여 첫 세 장을 일 년만에 마쳤다. 조이스 자신의 분신 격인 스티븐의 성장 과정이 유년기부터 대학 졸업 후 파리를 향해 떠나려는 시점에 이르기까지 그가 겪는 여러 시련들을 통해 다섯 개의 장에 그려져 있다. 『초상』의 구성에서 주요 특징이라면 내용의 리드미컬한 전개이다. 작품의 구조는 굴곡을 이루는 스티븐의 감정을 따라 각 장들은 바로 앞 장의 끝에서 보인 환희, 희열감과 날카로운 대조를 이루며 시작한다. 제1장은 스티븐이 수업 중 돌란 신부로부터 부당하게 매를 맞고 이를 학교 교장에게 항의함으로써 권위에 용감하게 맞섰을 때, 그에게 찬사를 보내는 학교 급우들에게 둘러싸인 스티븐의 승리감으로 끝을 맺는다. 제2장은 사춘기에 접어든 소년으로 음울하게 시작되는데 급기야는 매춘부의 팔에 안기어 성욕의 문제를 해결하는 것으로 끝난다. 3장의 끝에서는 스티븐은 자신의 죄를 뉘우치고 고백성사를 통해서 죄를 사면 받음으로써 신앙인으로 거듭나고 마음의 평화를 갖게 된다. 그러나 4장에서는 신부가 아닌 예술가로서의 소명의식을 깨달은 스티븐은 새로운 정신적인 전환점을 맞는다. 그는 자신에게 예술세계를 열어준 뮤즈를 해변에서 보게 되고 성직을 거부한다. 마지막 장인 5장의 끝에서 그는 새로운 소명과 삶을 구가하며 스스로를 축복하는 기도처럼 이렇게 외친다. "오라, 인생이여! 나는 수백 만 번 삶의 실체(reality)를 마주하러 갈 것이고 내 영혼이라는 용광로 속에서 나의 민족의 창조되지 않은 양심을 빚기 위하여 갈 것이다." 득의만만한 감정은 불가피하게 침체될 수밖에 없어 『초상』의 결말에서 스티븐이 느꼈던 승리감은 그 다음에 이어지는 작품인 『율리시스』의 첫 장의 시작에서 다시 위축되어 스티븐은 의기소침한 모습으로 나온다.

휴 케너를 위시한 전통적 비평가들은 『초상』의 정서상 굴곡이 심한 리드미컬한 구성과 이 작품에서 어떤 해결점이 없이 반복과 대조의 기법이 복잡하게 얽혀져 연속적으로 반복되어 가는 진행방식을 곱지 않은 시선으로 지적해 왔다. 그러나 최근의 해체주의 비평가들은 『초상』에서 안정적인 구성형태보다는 오히려 수시로 예측불허하게 변화하고 포착이 잘 되지 않는 담론 형태를 주목하며 이를 높이 평가한다.

5. 『초상』의 문학적 특징

　『초상』은 빅토리아조 소설에 대한 모더니스트로서의 도전이라 할 수 있다. 조이스는 작가로서 누구보다도 영국을 위시한 유럽문학의 전통을 답습하고 있었지만, 이 전통을 따르지 않고 자신만의 고유한 방식을 개발함으로써 옛 영국소설 전통에서 자유로워져 새로운 생각을 담아낼 새로운 문학스타일을 추구하고 있었다.

　『초상』은 여러 면에서 모더니스트 소설의 특성을 구현하고 있는데 이전의 소설에서 보이는 문학적 관습과 선을 긋고 진지하게 미학적 비전의 구현에 헌신하는 점에서 특히 그러하다. 또한 19세기 말의 상징주의와 자연주의의 결합으로 이해된 모더니즘의 전형으로 이카러스 신화를 연상시키는 새에 대한 상징과 이미지, 아일랜드 정치를 떠올리게 하는 붉은 색, 초록색의 옷솔들, 물, 꽃 잎, 박쥐에 대한 이미지는 작품 전체에 걸쳐 반복적으로 나타나는데 이러한 주요 상징물과 모티브를 통하여 의미 전달을 하고 있다. 에즈라 파운드는 조이스를 사실주의와 상징주의를 합성한 모더니즘 소설의 아버지격인 플로베르와 비교하였다. 『초상』의 이해에 있어 상징적 이미지 통합의 발굴에 주력했던 조이스 비평가로는 윌리엄 요크 틴달(William York Tindall)을 손꼽을 수 있겠다.

　『초상』은 장르 구분이 모호하다. 『초상』은 문학형식에 있어서 전통적인 장르의 구분을 따르지 않고 시, 소설, 에세이, 자서전 등 여러 요인들이 복합적으로 들어있다. 작품 내에서 다양한 스타일들이 계속해서 달라져가며 사용되었지만 이들 스타일간에 우선시되는 스타일은 없다. 자서전적인 이 소설에서는 허구적인 인물이나 허구적인 줄거리(플롯)도 없다. 사건이 있다면 그것은 내면의 세계에서 일어나는 일로서 주인공이 성장과정에서 겪는 종교적인 위기, 사춘기 시절 성적 유혹에 대한 고민 등으로 주로 내면적인 갈등이다.

『초상』을 바로 이전의 작품인『더블린 사람들』과 비교할 때, 일보 진전한 기법은 무엇보다도 서술이 내적독백과 대화로 대치된 점이다. 그러나 『초상』은 주로 내면의 의식세계를 다루고 있어 내적독백(interior monologue), 의식의 흐름(stream of consciousness)의 기법이 많이 사용되었음에도 불구하고 한편 아주 순수한 리얼리스트 기법으로 쓰여 있어 서술자의 주관적 생각을 철저하게 배제하고 있다. 이 점에서 조이스의 리얼리즘은 빅토리아조의 영국 소설가의 리얼리즘과는 완연하게 구분된다. 조이스의 리얼리즘은 고찰 대상에 대하여 거리를 둔 초연함이 너무도 냉정하여 거의 비인간적으로 느껴질 정도이다. 작가 개인의 생각과 감정이 완전히 배제되어 있으며 어떤 특별한 주장도 펴지 않는 리얼리즘이기에, 조이스의 리얼리즘 글은 같은 문구라도 읽는 이에 따라 여러 해석을 낳게 한다. 리얼리즘이면서도 다양한 관점을 불러일으킨다는 점에서 전통적 영국소설에서 보는 리얼리즘과는 확연하게 다르다. 또한 여러 해석을 가능하게 하기 때문에 모더니즘, 리얼리즘, 형식주의, 신비평주의, 구조주의, 후기구조주의, 포스트모더니즘, 탈식민주의 등 그 어느 비평이론도 적용시킬 수 있다.

6. 『초상』의 서술기법

『초상』은 『더블린 사람들』을 특징짓는 문체인 "꼼꼼한 비속성"("scrupulous meanness")의 필치로 대담한 실험적 문학기법을 구사함으로써 20세기 전반 서구문학을 주도했던 모더니즘 형식으로 가고 있는 작품이다. 이 점에서 그 전신이었던『영웅 스티븐』과는 완연하게 다르다.『영웅 스티븐』이 여전히 19세기 문학형식에서 크게 벗어나지 못하고 있는데 비하여 문학기법에서 실로 큰 발전을 한 셈이다.

『초상』의 스토리는 짧고 파편적인 에피소드들로 구성되어 있다. 소설의 전개는 전통적인 소설처럼 주인공에 대한 세부적인 설명을 순차적이고 일관성 있게 이야기하는 방식을 취하지 않는다. 대신 한 에피소드에서 다른 에피소드로, 현재에서 과거로 마치 필름의 장면이 바뀌듯 중간에 연결되는 내용이 없이 주인공의 의식에 따라 자유롭게 이동하며 진행하는 방식이다. 따라서 전통소설에서 보듯이 논리 정연한 진행을 따르지 않고 의식의 흐름의 방식대로 종잡을 수 없이 진행된다. 『초상』의 스토리 전개방식은 이전의 소설들과 완연하게 다르다. 이야기는 주인공의 기억, 생각, 감정 위주로 전개된다. 에피소드나 감정, 꿈 등이 각 장의 구분과 같은 기계적이며 정형화된 형식에 맞추지 않고 또 장면이 바뀌는 것에 대한 설명도 없이 두서없지만 선명하게 한동안 서술되다가 이내 사라지면서 다음의 내용으로 옮겨간다. 그저 자연스럽게 주인공의 마음을 따라가는 듯한 이 서술전개 방식은 우리의 의식의 흐름 방식을 닮았다.

서술기법의 측면을 보자면, 조이스는 『영웅 스티븐』에서 보였던 전통적인 일직선적 서술전개(linear narrative)에서 탈피하여, 『초상』에서는 스토리 진행을 동시다발적 진행(complex progression)으로 전환했다. 서술전개상 불연속성이 있지만, 이야기가 "의식의 흐름" 방식에 따라 전개되기 때문에 스티븐의 의식 속에서 연상 작용에 의하여 조각들이 서로 연결된다. 이 점에서 『초상』은 헨리 제임스(Henry James), 콘라드(Joseph Conrad), 또는 포드(Ford Madox Ford)와 같은 작가가 구사한 모더니스트 문학기법인 제한적 시점(limited point of view)과 같은 기법을 사용하고 있다.

이 작품에서는 하나의 목소리가 일관되게 지배하기보다는 대조를 이루는 상호모순적인 목소리들이 부딪치며 공존하고 있다. 하나의 담론이 작품 전체를 지배하지 않고 다양한 담론들이 서로 충돌하고 각축을 벌이면서 공존하고 있는 효과를 거두게 된다. 『초상』의 중심에는 기존질서 및 권위와 개인적 자유간의 갈등의 문제가 놓여 있으며 작품의 주인공 스티븐은 그가 당면하는 국가, 사회, 가정의 다양한 주장들이 내재된 다양한 담론들을 헤쳐 나가며 자신만의 길을 찾아가게 된다.

에피소드와 장면, 각 장들은 에피퍼니의 순간을 중심으로 리드미컬하게 전개되는데 장면이 바뀔 때 아무런 설명이 없기 때문에 독자가 연결고리를 유추해내야만 한다. 이러한 방식의 전개가 산만한 듯 보이지만 전체적으로는 주제 중심으로 내용들이 서로 긴밀하게 연결되어있다.

언어구사에서도 『영웅 스티븐』과는 달리 『초상』에서는 언어의 절제가 두드러진다. 또한 인물의 제시면에서도 『영웅 스티븐』에서 보다는 스티븐을 좀 더 솔직하게 그렸다. 『영웅 스티븐』에서 다소 영웅시되었던 스티븐과는 달리 『초상』에서 그는 풍자적이며 아이러니컬하게 그려졌다. 『영웅 스티븐』에서는 "영웅(Hero)"이라는 작품의 제목이 암시하듯 비꼬듯이 묘사하다가 때로는 경탄하듯이 주인공을 그려낸 데 비하여, 『초상』에서는 스티븐의 미학 이론이 요구한 바와 같이 작가의 개입은 거의 찾아볼 수 없다. 대신 스티븐의 의식을 통하여 이야기되고 있다. 작가는 스티븐의 체험에 대하여 말할 때에는 철저하게 객관적인 관찰자의 입장을 취했다. 전체적으로는 스티븐이 체험하고 그가 마음을 쓰고 있는 것만 이야기하고 있어 작품은 오로지 그의 생각과 느낌을 전달하고 있는 듯하다.

그러나 무엇보다도 이 두 작품의 가장 근본적인 차이점은 『초상』에서는 주인공이 예술가로 성장하는 하나의 테마에 초점이 맞추어져 있다. 그 외의

것들, 그의 가족과 친구, 종교, 교육, 모국의 정치와 같은 주제들은 모두 다
이 테마에 연관되어 있다는 면에서 존재가치가 있다. 민감한 소년이 한 젊은
이로 성장해 가는 성장 단계 위주로 내용들이 전개되기 때문에, 『영웅 스티
븐』에 비하여 『초상』은 내용에 군더더기가 없이 날카롭게 중심 주제에 집중
된 작품이 되었다.

7. 『초상』에서의 언어문제

　『초상』은 주인공 스티븐이 아버지를 위시하여 어머니와 단테 아주머니
에 둘러싸여 있는 장면으로 시작한다. 어린 스티븐에게 아버지가 동화를 이
야기해주자 그는 혀 짧은 소리로 노래를 불렀다. 식탁 밑에 숨은 스티븐에게
어머니는 스티븐이 사과할 것이라고 말하자　단테 아주머니는 "사과하지 않
으면 독수리들이 눈알을 빼어 버릴 것"이라고 겁을 주는 말을 한다. 『초상』
의 시작에서 연약한 어린아이는 어른들의 언어에 의하여 위협을 받는다. 그
러나 작품이 진행해 감에 따라 주인공은 성장하고 그의 성장과정은 언어를
통하여 드러난다. 그리고 작품의 끝에서는 주인공이 언어를 숙달하는 것으로
끝맺는다. 『초상』이 다른 성장소설과 구분된다면 그것은 언어의 성장을 통
해서 주인공의 성장을 표현한 점이다. 언어는 『초상』에서 주요 구성요인으
로 작용한다. 언어는 스티븐의 성숙단계를 반영하고 있어 역으로 언어가 스
티븐의 성숙을 주도하고 있다는 느낌이 들 정도로 언어의 문제는 이 작품의
중심적 주제이다. 『초상』이 기존의 문학적 전통과 제일 차등화 되는 점이 바
로 언어의 새로운 측면을 개발한 점이다.

　스토리의 진전은 언어 성장을 통해서 스티븐의 정신적 성장을 나타내는
데 각 장마다 독특한 언어가 사용되었다. 스티븐의 유년시절을 다룬 1장은

어린아이의 언어가 사용되는데 비하여 대학생인 스티븐을 보여주는 5장은 어휘와 문장이 상당히 난해하다. 1장의 유년시절에는 언어가 어떤 물체나 신체적 감각과 직결되어 있어 언어는 이성적인 의사소통의 도구라기보다는 촉감, 소리나 육체적 쾌감을 나타낸다. 동요의 반복과 같은, 언어의 의미보다는 소리가 위주로 된 언어의 물질성이 두드러진다. 2장에서 사춘기에 들어선 스티븐이 읽는 로맨틱한 문학의 언어는 그에게 감상적이며 감정의 기폭이 큰 시적인 정서를 나타내기도 하고 영웅심도 들게 한다. 그런가하면 3장에서 아널 신부의 지옥에 대한 장황하고 생생한 설교와 이를 들은 후 스티븐이 꿈의 형태로 상상한 악마로 추정되는 괴물의 중얼거림은 인상적이다. 스티븐의 지옥은 오로지 아널 신부의 말과 악마의 중얼거림으로 이루어진 것 같이 보인다. 그런가하면 스티븐이 예술가로의 사명감을 갖게 되는 것도 언어의 힘에서 우러나왔다. 친구와 미학을 논하고 예술가를 지망하며 스스로 망명을 준비하는 5장에서 스티븐의 언어는 일상의 세계를 나타내는 일상어라기보다는 그의 지적인 수준과 사고방식을 보여주는 형이상학적 특징을 지닌다. 5장은 아일랜드의 정치적 사회적 문제에 휩싸이는 대학시절을 그리는 장인만큼 난해하고 정치적, 이념적 어휘가 사용된다. 스티븐은 학교 학감인 영국 출신 사제와의 대화에서 영국에서는 이미 사장된 옛 영어 단어로 램프에 기름을 부을 때 사용하는 기구인 깔때기를 가리키는 "tundish"라는 16세기에 사용되었던 말을 아직도 아일랜드인들이 사용하고 있음을 발견하고 언어를 통해서 드러난 수 세기동안 대영제국의 지배를 받아온 피식민주의 국가의 비애를 느낀다.

스티븐이 태어난 아일랜드는 강한 가톨릭 국가이며 당시는 영국의 식민지 국가로서 자국어가 제국의 언어에 의하여 대치된 나라이다. 『율리시스』

에서 스티븐은 영국인 헤인즈에게 "아일랜드는 두 종을 섬기는 나라이다. 하나는 로마 가톨릭이고, 다른 하나는 영국이다"라고 말한다. 『초상』에서 학교의 수업시간에도 로마 가톨릭 교회의 언어인 라틴어 공부를 하고 있다. 라틴어는 신성한 언어로 종교의식을 행할 때 사용되는 특권을 지닌 언어이며 사제인 교사가 학생을 교육하고 훈련시킬 때 사용하는 언어이기도 하다. 1장에서는 라틴어 문법과 클론고우스의 엄격한 훈련이 밀접하게 연결되어 있다. 문법이 틀리면 벌을 받고 매까지 맞는다. 기도문과 응답송은 아일랜드 고유의 언어가 아닌 라틴어로 가톨릭교회의 언어이다. 언어훈련은 곧 정신훈련으로 이어질 것이므로 기도문과 응답송의 암송과 같은 로마 가톨릭 언어의 교육은 곧 가톨릭적 사고의 교육을 의미한다.

스티븐의 대학 시절 그가 학교에서 공부하는 불어와 이탈리어는 문화적으로 공인된 언어로서 아일랜드의 민족주의자들이 사용하기를 주장했었던 아일랜드 고유의 토착어인 게일어와 사회적 위상을 놓고 서로 겨루고 있었다. 스티븐에게 새로운 세계란 새로운 언어체계를 의미한다. 4장에서 스티븐이 대륙으로 탈출하는 것을 꿈꿀 때 유럽을 가리켜 "기이한 말을 하는 유럽"이라고 말하고 있는데, 그에게는 유럽도 언어를 통해서 그 모습을 드러내고 있다.

『초상』에서 영어에 대한 문제는 복잡하며 민감한 사안이다. 누구보다도 언어에 예민한 작가 지망생으로서 자국어가 아닌 제국의 언어로 글을 써야만 하는 딜레마가 스티븐의 앞길에 해결이 되지 않는 문제로 놓여있기 때문이다. 조이스 자신이 이 문제에서 결코 자유롭지 않았음을 보여준다. 20세기초 아일랜드에서는 어떤 말이 국어(national language)가 되어야 하는지를 두고 열띤 논쟁이 벌어졌다. 아일랜드의 첫 대통령이었던 더글라스 하이드는 1893년에 게일 연맹을 설립했는데 그는 1892년에 지지자들을 모아서 영국의 억압적인 문화적 영향을 아일랜드에서 정화시켜 나가고자 했다. 이를 위하여 하이드가 착수한 첫 작업은 언어에 대한 일이었다. 그는 아일랜드가 영국문화권에 편입되는 것을 막기 위해서는 언어의 잠식을 즉시 중단시켜야 되며 아일랜드인은 여전히 아일랜드 고유의 언어를 사용하는 농부들로부터 애국적인 영감을 얻어 이를 지펴야 한다고 역설했다.

하이드의 영국에 대한 문화적 저항에 대하여 영국계 아일랜드인인 예이츠(W.B. Yeats)와 같은 시인은 이에 전적으로 동의할 수만은 없었다. 예이츠는 1892년 「유나이티드 아일랜드」(*United Ireland*)라는 간행물에 답신하기를 하이드는 사실상 실행 불가능한 일을 하도록 주장하는데 그렇게 하기보다는 가장 훌륭한 아일랜드 고대의 문학을 영어로 번역하여 말하는 편이 아일랜드 고유의 리듬과 스타일을 살리게 될 것이라고 주장하며 중도 노선을 표명했다. 1890년대에는 이와 같이 게일어의 노선을 고집하는 민족주의자들과 아일랜드어적인 영어를 추구하는 사람들 사이에 전선이 형성되었다. 당시 아일랜드의 이러한 기류를 반영하는 장면이 주인공 스티븐 데덜러스의 대학시절을 다루는 『초상』의 5장에 나오는데, 조이스가 다녔던 유니버스티 칼리지(University College)는 민족주의 문화의 산실이었으므로 여기서 예이츠 극이 상연될 때 이를 야유하는 학생들의 모습이 나온다. 그러나 이러한 상황 속에서 스티븐은 학생들의 예이츠 극 반대 운동에 서명하기를 거부한다.

유럽으로 망명하려하는 스티븐은 자신이 속했던 국가와 사회에서 자유로워져 자신만의 언어를 창조하고자 한다.

제2부
『젊은 예술가의 초상』 작품 분석

조이스가 클롱고우스 학교에 입학하기 전 아
버지, 어머니, 외할아버지와 함께

클롱고우스 학교에서 맨 앞줄에 앉아 있는 조이스

파넬과 오쉐이

조이스가 태어난 집

제1장

1. 작품 구성

> Section 1: 서장
> Section 2: 클롱고우스 우드 기숙학교에서의 이틀
> Section 3: 집에서 맞이한 크리스마스 만찬
> Section 4: 학교에서의 시련

　제1장은 네 개 섹션으로 나뉘어져 있다. 첫 섹션은 제1장 혹은 소설 전체에 대한 서장(序章)으로 300개보다 약간 더 많은 단어들로 이루어진 짧은 부분이다. 주인공 스티븐의 가장 어릴 적 기억들을 모아놓은 것으로서 나중에

나올 주요 모티프들을 도입시킨다. 두 번째 섹션은 스티븐이 클롱고우스 우드 기숙학교(Clongowes Wood College)에서 보내고 있는 이틀을 기록하고 있다. 어린 나이에 가정을 떠난, 감수성이 예민한 스티븐이 새로운 세계에 적응하는 과정을 보여준다. 난폭한 학생인 웰즈(Wells)가 그를 시궁창으로 떠미는 바람에 그가 열이 나 앓아눕기도 한다. 세 번째 섹션은 그가 집으로 돌아와 크리스마스 만찬에 참여하는 부분을 그린다. 아늑한 명절의 분위기는 고인이 된 지도자를 신부들이 어떻게 다루었나를 놓고 정치적 색체를 띤 논쟁이 시작되면서 파넬 지지자와 가톨릭 성직자 지지자 사이에 험악한 말싸움으로 바뀐다. 이 장면은 정치와 종교의 파괴적인 힘을 소설의 배경으로서 설정해 준다. 네 번째 섹션은 다시 클롱고우스 학교로 돌아온 스티븐의 이야기를 다룬다. 학생들 간의 성적인 에피소드도 담겨 있지만 돌런 신부(Father Dolan)로부터 회초리로 맞는 스티븐의 에피소드가 초점이 된다. 이 작품의 모든 장에서 주인공은 위기를 맞지만 끝부분은 그것이 해소되면서 승리감으로 끝난다. 이 장의 끝 부분에서도 스티븐은 용감하게 교장에게 찾아가서 돌런 신부에 의한 처벌의 부당성을 호소함으로써 그가 맞이한 위기를 해소하게 된다. 그가 교장실에서 나왔을 때, 친구들은 그를 영웅으로 대접하게 되고 그는 승리의 기쁨을 누리게 된다. 제1장의 구조를 정리해 보면, 이 장은 중심이 되는 에피소드인 크리스마스 만찬 장면을 전후로 스티븐의 학교생활이 액자처럼 둘러쳐져 있다.

2. 내용 분석

2-1. Section 1: 서장

서장은 스티븐의 어린 시절의 파편적인 어렴풋한 기억들을 기록하고 있

는 것으로 스티븐의 예술적 성향뿐만 아니라 작품 전체의 주요 모티프들을
보여준다는 점에서 중요하다.

① 권위와 전통의 아버지

아버지는 베이비 터쿠라 불리는 아기 스티븐에게 동화를 들려준다.

> 옛날 옛적 호랑이 담배 피던 시절이었지. 길을 따라 내려오던 음매소가 있
> 었단다. 길을 따라 내려오던 이 음매소가 아기 터쿠라 불리는 멋진 남자
> 아기를 만났단다.
> 아버지는 그에게 그 이야기를 들려주었다. 아버지는 외알 안경으로 그를
> 바라보았다. 털복숭이 얼굴이었다.
> 그는 아기 터쿠였다. (7)

아일랜드를 가리키는 음매 소가 길을 따라 내려오다 스티븐을 만났다는 말
은 아일랜드의 역사의 한 시점에서 스티븐이 탄생했다는 것을 의미할 수 있
을 것이다. 이로써 작품의 첫 부분부터 아버지는 스티븐이 아일랜드의 역사
및 문화로부터 벗어날 수 없는 관계에 있음을 선언한다. "털복숭이의" 위협
적이고 권위적인 아버지는 그의 이야기를 통해 스티븐을 (그가 나중에 벗어
나려고 애쓰게 되는) 기존질서 안에, 혹은 아일랜드 문화와 역사의 맥락 속에
위치시키는 역할을 한다. 스티븐은 아버지의 이야기를 통해 "아기 터쿠"라는
정체성을 얻게 된다. 이러한 가부장적인 아버지의 모습은 크리스마스 만찬
파티에서 절정에 이른다. 그가 식탁의 상석에 앉아 가족들에게 칠면조 고기
를 잘라주는 모습은 「죽은 사람들」에서 유사한 모습으로 나타나는 게이브리
얼과 마찬가지로 전통적인 가부장적 사회의 가장이 누리는 권위를 보여주기

에 충분하다. 하지만 아버지의 권위는 점점 힘을 잃게 되고 2장 코크로의 여행에서 아버지의 이야기는 공허한 것으로 전락한다. 이 작품은 아버지의 이야기로 시작해서 스티븐 자신의 이야기(일기)로 끝난다. 그것은 스티븐이 (아버지의) 기존 질서를 무너뜨리고 자신만의 독창적인 질서를 창조하는 예술가가 된다는 것을 암시한다.

② 상상의 세계와 정치적인 현실

또한 유아의 주관적인 인상들이 청각, 미각, 촉각, 후각, 시각 등 다섯 가지 감각을 통하여 제시되고 있는 이 서장에서 스티븐의 음악과 노래에 대한 사랑을 통해 그의 예술적 성향이 드러난다. 그가 어렴풋이 기억해낸 동요는 다른 사람들의 노래가 아니라 "그의 노래"였다. 또한 그가 아기의 혀짤배기 소리로 부른 "아, 초록색 장미가 피었네"(O, the green wothe botheth)에서 세상에 존재하지도 않는, 상상의 세계에서만 피어나는 "초록색 장미"를 노래했다는 점에서 그가 새로운 언어를 창조하는 예술가가 될 것임을 암시해 준다. 그리고 어머니의 피아노 음에 맞추어 춤을 추는 부분에서 가톨릭 교회와 자주 동일시되는 어머니가 아들의 양심에 미치는 영향력을 볼 수 있다. 스티븐이 나중에 교회를 거부하는 것은 곧 어머니를 거부하는 것과 연결되며, 『율리시스』에서 그는 어머니의 임종 때 그녀의 영혼을 위해 기도해 달라는 그녀의 마지막 요청을 거절한 것에 대해 양심의 가책에 사로잡히게 된다. 또한 댄티의 녹색과 황갈색 두 옷솔은 각각 아일랜드와 영국을 가리키는 것으로 영국의 식민지인 아일랜드의 정치적 문제가 이 작품에서도 다루어질 것임을 시사한다. 실제로 크리스마스 만찬에서는 종교와 정치의 문제가 크게 부각되는 것을 볼 수 있다.

③ 성에 억압적인 아일랜드의 가톨릭 문화

가족에 대해서 말하던 스티븐은 이내 이웃에 살던 밴스 가족을 기억한
다. 그가 개신교도인 그 집안의 딸인 아일린(Eileen)과 결혼하겠다고 하자 어
머니는 "스티븐은 사과할 거야"라고 말하고, 이에 덧붙여서 독실한 가톨릭
신자인 댄티는 "사과해라, 그렇지 않으면 독수리가 "눈알을 파먹을 거야"라
고 위협한다. 잠재적 예술가인 스티븐은 이 위협을 운(rhyme) − "eyes"와
"apologise"의 끝 모음이 같은 음 − 이 있는 동시로 바꾸어 노래한다.

> 눈알을 파먹을 거야
> 사과해라
> 사과해라
> 눈알을 파먹을 거야
>
> 눈알을 파먹을 거야
> 사과해라
> 사과해라
> 눈알을 파먹을 거야 (8)

무엇보다도 먼저, 성에 대해 억압적인 아일랜드의 가톨릭 중심 문화를 엿볼
수 있다. 여기서 독수리는 처벌자를 가리킨다. 나중에 학교의 처벌자인 돌런
신부가 스티븐을 회초리로 때렸을 때 스티븐은 불을 훔친 죄로 제우스에 의
해서 독수리에 간이 쪼여 먹히는 처벌을 받는 신화 속의 프로메테우스의 처
지인양 눈을 공격받기라도 한 것처럼 눈에서 뜨거운 눈물이 나오게 된다. 참
고로 작가인 조이스와 마찬가지로 주인공 스티븐은 심한 근시로 시력이 약
하다. 여기서 주목할 것은 스티븐이 작품을 통해서 자주 "사과해라", "인정해

라"(admit), "복종해라"(submit)라는 말을 듣게 된다는 것이다. 이러한 말은 스티븐으로 하여금 기존질서의 권위에 순종하게 하기 위한 위협이다. 서장은 스티븐이 독수리의 위협을 피해 식탁 밑에 숨는 것으로 끝난다. 스티븐은 앞으로도 계속 순응을 요구하는 외부세계의 위협과 대면하게 되면서 자신만의 내면의 세계 속으로 숨어들어 그 세계를 탐험하게 될 것이다.

▶ **생각해 볼 문제**

1. 아버지가 아들에게 이야기를 들려준다는 것은 무엇을 의미하는 것일까?
2. 서장은 어떻게 전체 작품의 주제를 미리 보여주고 있는가?
3. "사과해라"는 명령은 예술가가 되려는 스티븐이 무엇을 극복해야 함을 암시하는가?

2-2. Section 2: 클롱고우스 우드 기숙학교에서의 이틀

유아의 세계를 몽타주처럼 잠시 보여준 후 바로 9세의 어린 나이에 기숙학교에 다니고 있는 스티븐의 하루를 보여준다. 이때의 스티븐은 『더블린 사람들』의 첫 세 이야기에 등장하는 어린 소년들과 나이와 성향에 있어서 유사하다. 서장이 유아 스티븐의 의식의 흐름과 유사한 기법으로 쓰였다면 이 부분은 객관적이고 초연한 관점으로 시작한다. "넓은 운동장은 소년들로 꽉 차 있다. 소년들은 모두 큰 소리로 외치고 있었고 선생님들은 큰 소리로 그들을 죄어치고 있었다"(8). 이러한 관점은 단락의 끝부분에 이르면서 어린 스티븐의 의식과 언어를 닮은 것으로 바뀌게 된다. "로디 키컴(Rody Kickham)은 그렇지 않았다. 모두들 그가 기초학년의 회장이 될 거라고 했다"(8). 이 두 번째 목소리, 즉 제한된 의식의 흐름 기법을 보여주는 관점이 이 에피소드의 지배적인 목소리이다. 조이스는 『젊은 예술가의 초상』에서 이 두 가지 관점을 교묘하게 혼합하여 사용하고 있다.

① 남자 아이들 사회에서의 국외자

어린 나이에 집과 가족을 떠나 살고 있는 연약한 근시안의 소년의 삶은 안쓰럽다고 할 정도로 애처롭기 그지없다. 클롱고우스 학교에서의 삶이 너무 힘들어서 그는 크리스마스 방학까지 남은 날을 매일 계산할 정도인데, 이 날도 책상 안쪽의 숫자를 77에서 76으로 고친다. (그러므로 이 시작부분은 10월의 하루를 다루고 있다). 스티븐이 클롱고우스에서 행복하게 느끼는 유일한 순간은 방학을 맞아 집으로 돌아가 있는 것을 상상하는 때이다. 대부분 그는 우울한 분위기에 젖어있고 앓아누워 있을 때에는 심지어 죽음을 생각하기조차 한다. 그는 거친 남자아이들이 사회로 입문하기 위해 필요한 고통을 겪고 있는지 모른다. 웰즈와 네이스티 로치(Nasty Roche)는 스티븐에게 불쾌한 심문을 한다. 웰즈는 스티븐이 잠자기 전에 어머니에게 키스하는지를 물음으로써 난처하게 만들고 로치는 스티븐의 아버지의 직업을 물음으로써 스티븐의 사회적 열등성을 확인시키려 한다. 먼저 웰즈의 질문에 대해 스티븐은 키스한다고 대답했다가 친구들이 웃자 당황하여 다시 하지 않는다고 정정한다. 하지만 웰즈는 다시 그 대답을 가지고 스티븐을 놀리고 친구들은 모두 웃는다. 스티븐이 국외자로서 소외되어 있음을 보여주는 대목이다. 혹은 아직 남자 아이들 사회의 의미망 속으로 들어가지 못했음을 보여준다. 로치는 스티븐의 아버지가 치안판사(magistrate)인지 묻는다. 스티븐은 아버지가 다른 친구들의 아버지들과 달리 치안판사가 아닌 것을 부끄럽게 생각한다. 그는 나중에 집으로 돌아간 꿈을 꾸면서 아버지가 치안판사보다 높은 군대의 고위직 장교가 되어 있는 것을 발견한다. 그가 무의식적으로 아버지의 사회적 지위가 높았으면 하고 바란 것이 반영된 듯하다. 이 시점부터 아버지의 권위는 스티븐의 의식 속에서 서서히 무너지기 시작한다. 꿈속에서 좀 더 나은 아버지를 찾는 스티븐은 나중에 희랍 신화 속의 장인이며 자신의 성(Dedalus, 데덜러스)과 거의 같은 다이달로스(Daedalus)를 이상화하기에 이른다. 하지만 『율리시스』에서는 새로운 정신적인 아버지를 추구하고 그것은 아들을 상실한 블룸(Bloom)의 아들 찾기와 연결된다.

② 웰즈와 스티븐의 대조

연약하고 예민한 스티븐은 거친 소년들 사이에서 부대낀다. 그에게 가장 큰 고통을 준 사건은 역시 웰즈가 스티븐을 시궁창에 밀어 넣은 것이다. 스티븐은 고통을 잊기 위해 따뜻한 가정으로 귀환하는 꿈을 꾼다.

> 웰즈가 40승을 한 노련한 자신의 밤을 조그마한 코담배갑을 바꾸어주지 않는다고 그[스티븐]을 어깨로 밀쳐 시궁창에 빠지게 한 것은 비열했다. 시궁창 물은 얼마나 차갑고 끈적끈적했던가! 한번은 한 아이가 큰 쥐가 시궁창 위에 떠 있는 거품 속으로 뛰어드는 것을 보았다고 한다. 어머니는 댄티와 함께 벽난로 앞에 앉아 브리지드가 차를 들여오기를 기다리고 있었다. 어머니는 난로 울에 발을 올려놓고 있었는데 화려한 실내화가 매우 뜨거워져서 좋은 따뜻한 냄새를 풍겼다! (10)

먼저 스티븐의 문학적이고 섬세한 영역을 나타내는 조그마한 정교한 코담배갑과 웰즈의 힘과 폭력의 세계를 나타내는 단단한 밤이 대조가 된다. 또한 서장에서 오줌을 싸서 적실 때 "처음에 따뜻했다가 이내 차가워지는" 물의 이미지가 "차갑고 끈적끈적한 것"으로서 이제 매우 위협적인 것으로 그려져 있다. 스티븐의 물 공포증(aquaphobia)은 아마 이 때부터 시작되었는지 모른다. 나중에 목욕과 수영을 싫어하는 청년이 되는 그는 4장에서 "그의 육체가 얼마나 바다의 차가운 비인간적인 — 원문대로 하면 인간이하의 — 냄새를 혐오하는지"를 느끼게 된다. 이것은 나중에 스티븐이 예술가가 되기 위하여 다이달로스를 아버지로 받아들일 때 신화에서 그의 아들인 이카러스(Icarus)와 동일시되는 상황을 연상시킨다. 이카러스는 태양 가까이 날지 말라는 아버지의 경고를 무시하고 날았다가 물속으로 추락한다. 실제로 『율리시스』 시작 부분에 보면 아일랜드를 떠나 비상을 시도했던 스티븐이 이카러스처럼 추락한 모습으로 등장한다. 한편, 웰즈의 행동을 말하는 중에 갑자기 어머니가 등장하는데 이는 스티븐의 몽상, 환상으로 거칠고 폭력적인 남성적 세계로부터 벗어나 어머니의 세계로 돌아가고 싶은 그의 심정을 보여준다. 어머니가 편안하게 벽난로 울에 발을 올려놓고 있고 차를 가져오는 하녀 브리지드가 있는 아늑한 가정의 모습이 현재의 우울한 상황과 대조가 된다. 웰즈로 대표되는 클롱고우스 학교의 사회는 거칠고 조야한 영역이며 감수성이 예민한 스티븐으로 대변되는 예술적인 세계와 대조가 된다.

③ 단어에 민감한 잠재적 예술가

스티븐은 단어에 관심이 많고 민감하게 반응한다. 그는 어느 날 한 친구가 캔트웰(Cantwell)에게 "당장 한 대 갈기고 싶다"(I'd give you such a belt in a second)라고 말하는 것을 듣고 "belt"라는 단어가 허리띠를 가리킬 뿐만 아니라 세게 때리기의 의미를 지니고 있다는 것을 알게 된다. 한 친구가 사이몬 무난(Simon Moonan)을 맥글레이드 신부의 "아첨꾼"(suck)이라 불렀을 때 스티븐은 이 "suck"이란 단어에 대해서 예민하게 생각하기 시작한다.

그 친구는 사이몬 무난을 그렇게 불렀다. 왜냐하면 사이몬 무난은 신부의 어깨에서 소맷자락으로 내려와 있는 두 줄의 긴 천을 그의 등 뒤에서 묶곤 했고 신부는 화가 난 시늉을 하곤 했기 때문이다. 하지만 단어의 발음은 고약했다. 한 번은 위클로우 호텔의 화장실에서 그가 손을 씻은 뒤 아버지가 쇠줄에 연결되어 있는 마개를 뺐을 때 더러운 물이 세면기의 구멍을 통해 빠져나갔다. 그리고 물이 모두 천천히 빠져나갔을 때, 세면대 속의 구멍이 그런 소리를 냈었다. 썩. 단지 좀 더 큰 소리로. (11)

이와 유사하게 스티븐은 나중에 바렛 선생님(Mr Barrett)이 가죽끈 회초리(pandybat)를 칠면조(turkey)라고 부르는 것을 무심히 지나치지 않고 생각하게 된다. (참고로 이 매로 손바닥을 때리면 손바닥이 칠면조처럼 빨갛게 달아오르므로 칠면조라 부른다). 스티븐은 이처럼 단어를 통해서 세상을 배우게 된다. 작가와 단어 혹은 언어는 매우 밀접한 관련이 있다. 잠재적 작가인 스티븐은 지금 언어를 통해 싸움꾼, 아첨꾼 등이 있는 세상을 알아가고 있지만 작가가 되면 세상을 언어로 재창조할 것을 꿈꿀 것이다.

④ 내면으로의 피신

스티븐은 외부의 세계로부터 벗어나고 싶을 때 환상 속으로 빠져들 뿐만 아니라 예술적인 자신만의 내면의 세계로 들어가기도 한다. 마치 서장에서 어머니와 댄티의 위협 앞에서 식탁 밑으로 숨었듯이 말이다. 그것은 아널 신부(Father Arnall)의 권위적인 목소리가 지배하는 산수시간에도 마찬가지이다. 장미 전쟁이 붉은 장미를 상징으로 쓰는 랭카스터가와 흰 장미를 가문의 상징으로 쓰는 요크가 간에 일어났듯이, 신부는 학생들을 붉은 장미와 흰 장미로 표시되는 두 집단으로 나누어 경쟁을 시킨다. 요크가 쪽의 흰 장미를 달

고 있는 스티븐과 랭카스터가 쪽의 붉은 장미를 달고 있는 로턴(Jack Lawton)
은 일등을 다투는 경쟁자의 관계이다. 누가 먼저 칠판에 적힌 문제를 푸느냐
하는 시합이다.

> 그가 다음 문제를 풀면서 아날 신부의 목소리를 듣고 있을 때 그의 하얀색
> 명주 배지가 펄럭이고 펄럭였다. 그 때 그의 모든 열의는 사라지고 그는 자
> 기 얼굴이 매우 차갑다고 느꼈다. 그는 얼굴이 차갑게 느껴지기 때문에 얼
> 굴이 흰색일 거라고 생각했다. 그는 덧셈 문제에 대한 답을 낼 수 없었지만
> 그것은 중요하지 않았다. 하얀 장미와 붉은 장미: 생각하면 이들은 아름다
> 운 색이었다. 일등, 이등, 삼등에게 주는 카드도 아름다운 색이었다. 분홍색
> 과 크림색(담황색)과 라벤더색(엷은 자주색). 생각하면 라벤더와 크림과 분
> 홍색 장미는 아름다웠다. 아마 야생 장미가 그런 색인지 모른다. 그는 야생
> 장미가 좁다란 초원 위에 핀다는 노래가 생각났다. 하지만 녹색 장미는 존
> 재하지 않는다. 그러나 혹시 세상 어딘가에 있을 지도 모른다. (12)

지금 한참 산수문제 풀기 '장미 전쟁'이 일어나고 있는 와중에서 그는 자기만
의 내면의 생각 속으로 숨는다. 그가 기존의 질서 혹은 집단 담론으로부터 벗
어나 피해 숨는 곳은 "혹시 세상 어딘가에 있을지 모를" "녹색 장미"가 있는
곳이다. 서장에서도 등장했던 이 장미는 스티븐의 상상력 속에서만 존재한다.
그 곳은 창의성만이 데려다 줄 수 있는 예술가의 영역일 것이다.

5 녹색과 적색의 의미

다른 관점에서 살펴보도록 하자. 장미는 주로 여러 색 중에서도 전통적
으로 장밋빛 혹은 담홍색 등 붉은색을 가리킨다. 그렇다면 "녹색 장미"라는
것은 존재할 수 없다. 녹색은 전통적인 장미의 색이 아니기 때문이다. 정치적

맥락에서 살펴보자면, 서장에서도 나왔듯이, 녹색은 아일랜드를, 황갈색 혹은 적색은 영국을 각각 가리킨다. 또한 녹색은 아일랜드의 자치를 주장하였던 온건한 민족주의 지도자 파넬과 그의 추종세력을 가리킨다면, 적색은 영국, 그리고 파넬에게 등을 돌렸던 가톨릭 지도자들 및 댄티와 같은 그들의 추종 세력을 나타낸다고 할 수 있다. 이 둘 간의 대립과 갈등은 계속되고 있었고 아일랜드에 "녹색 장미"가 존재할 수 없다는 것은 아일랜드의 자치가 이루어 질 수 없다는 것이고, 곧 녹색/적색, 아일랜드/영국 간의 평화가 아직 이루어 지지 않고 있다는 것에 다름 아닐 것이다.

스티븐이 녹색에 대해서 예민하게 반응할 뿐만 아니라 색을 바로 정치 와 연결시키는 것은 아래의 예문에서 볼 수 있다.

> 그는 책표지 안쪽의 면지를 넘기며 황갈색 구름 한 가운데 있는 녹색의 둥 근 지구를 피곤한 눈으로 바라보았다. 그는 녹색 쪽과 황갈색 쪽 중 어느 쪽이 옳은지 궁금했다. 왜냐하면 댄티는 어느 날 가위로 파넬을 상징하는 옷솔에서 뒷면에 댄 녹색 우단을 잘라내고 파넬은 나쁜 사람이라고 말했 기 때문이다. 그는 집에서 그 논쟁이 계속되고 있는지 궁금했다. 그것은 소위 정치였다. 두 편으로 갈라져 있었다. 댄티가 한편이고 그의 아버지와 케이시 씨는 다른 편이었다. (16)

스티븐은 가정에서 정치 논쟁이 계속되고 있는지 불안해한다. 그리고 이러한 그의 우려는 크리스마스 만찬 장면에서 현실로 나타난다. "녹색 장미" 혹은 녹색과 적색의 공존은 그의 꿈속에서만 존재한다. 스티븐은 크리스마스를 맞 이하여 집으로 돌아가는 꿈을 꾸며 전통적으로 크리스마스 장식으로 사용되 는 녹색의 담쟁이덩굴과 적색의 호랑가시나무 열매로 장식된 따뜻한 가정이 그를 환영하고 있는 것을 본다. "거울 주위에 호랑가시나무 열매와 담쟁이덩굴이, 상들리에 주위에 호랑가시나무 열매와 담쟁이덩굴이, 녹색과 적색이 서로 어우러져 있었다. 벽의 오래된 초상화들도 적색의 호랑가시나무 열매와 녹색의 담쟁이덩굴로 장식되어 있었다"(20). 녹색과 적색의 평화로운 공존은 평화와 조화, 그리고 조용한 크리스마스 만찬을 열망하는 스티븐의 마음을 반영한다고 할 수 있을 것이다.

⑥ 스티븐과 파넬

그러나 스티븐 자신도 아일랜드 전체를 지배하고 있는 정치로부터 자유롭지 못하다. 웰즈에게 떠밀려 시궁창에 빠진 후 앓아눕게 된 그는 양호실에서 첫 밤을 지내면서 비운의 지도자 파넬의 장례식에 대한 꿈을 꾸게 된다.

> 그는 달빛 없는 어두운 밤에 검은 파도가 요동치는 바다를 보았다. 배가 들어오고 있는 부두 끝머리에서 조그마한 빛이 반짝거리고 있었다. 그리고 그는 항구로 들어오고 있는 배를 보기 위해 바닷가로 모여든 수많은 사람들을 보았다. 그는 한 키 큰 남자가 어두운 평평한 육지를 바라보며 갑판에 서 있는 것을 보았다. 그리고 그는 부두 끝머리의 불빛으로 그 남자의 얼굴, 슬픔으로 가득 찬 마이클 수사의 얼굴을 보았다.
> 그는 그가 사람들 쪽으로 손을 들고 슬픔에 찬 큰 목소리로 바다 위로 말하는 것을 들었다.
> ─ 그 분은 서거하셨습니다. 관안치대에 모셔져 있는 것을 확인했습니다.
> 사람들로부터 통곡의 소리가 터져 나왔다.
> ─ 파넬! 파넬! 그 분이 돌아가셨다니!"
> 그들은 무릎 꿇고 주저앉아 구슬픈 소리로 애도했다.
> 그리고 그는 적갈색 벨벳 옷을 입고 녹색 벨벳 망토를 어깨에서 늘어뜨린 댄티가 바닷가에 무릎 꿇고 있는 사람들 곁을 말없이 도도하게 걸어가는

것을 보았다. (27)

파넬 지지자였던 마이클 수사와 반파넬주의자였던 댄티의 반응이 대조적인 것은 주목할 만하다. 1891년 10월 6일 영국에서 사망한 파넬의 시신이 10월 11일 일요일 아침 킹스타운(Kingstown 지금의 Dun Laoghaire) 부두로 운구되어 왔을 때 슬픔에 쌓인 수많은 사람들이 마중 나왔다. 파넬의 시신은 시청에 안치된 후 그날 오후에 글래스네빈(Glasnevin)에 있는 그의 묘지터를 향했다. 약자를 괴롭히는 등치 큰 학생의 피해자가 되어 앓아 누워있는 스티븐은 자신이 배신당한 후 몰락하여 마침내 죽음을 맞이한 파넬과 동일한 위치에 있다고 막연히 느끼게 된다. 흥미로운 것은 파넬이 죽음을 맞이한 시점과 스티븐이 시궁창으로 떠밀리게 된 시점이 거의 일치한다는 것이다. 스티븐은 양호실에서 자신이 죽지 않을까 걱정하며 죽게 되면 모두가 슬픈 얼굴로 장례 미사에 참여할 것이라는 상상을 한다. 그의 꿈속에서 파넬의 죽음에 대해 사람들이 나타낸 슬픈 얼굴과 그의 상상적인 죽음에 대해 보여줄 사람들의 상상적인 슬픔이 오버랩된다. 아픈 그를 돌보아주고 있는 마이클 수사는 그가 죽게 되면 그것을 확인해 줄 사람인데, 그 수사가 파넬의 죽음을 확인해 준다는 데에서 파넬과 스티븐이 동일시되고 있음을 알 수 있다. 스티븐이 시궁창으로 떠밀린 것은 그에게 감정적으로 큰 시련이었지만 그것은 그가 거친 세상으로의 입문을 위하여 필요한 고통이었는지 모른다. 또한 이것은 그가 자신은 죄가 없지만 희생양이 된 예수와 자신을 유사한 위치에 놓을 수 있는 계기가 된 것이라고 볼 수 있을 것이다. 그는 나중에 예술가가 되어 아일랜드를 구원하겠다는 야심을 품음으로써 구세주로서의 예수와 동일시하기도 한다.

2-3. Section 3: 집에서 맞이한 크리스마스 만찬

스티븐이 크리스마스를 맞이함에 따라 이야기의 무대는 학교에서 집으로 옮겨진다. 하지만 그의 집 분위기는 그가 기대했던 것과 달리 따뜻한 어머니다운 이미지를 풍기는 대신에 험악한 정치적 논쟁으로 얼룩지게 된다.

① 크리스마스의 평화로운 분위기

처음에는 크리스마스의 분위기와 어울리게 녹색과 적색의 조화, 즉 영국과 아일랜드의 조화가 이루어지고 있는 듯이 보인다.

> 칠면조와 햄과 셀러리의 따뜻한 진한 냄새가 크고 작은 접시에서 풍겼고, 벽난로의 쇠살대 안에서는 높게 쌓아놓은 땔감에서 불이 붉게 잘 타고 있었고, 또한 녹색의 담쟁이덩굴과 적색의 호랑이가시나무 열매는 너무나 행복하게 했다. (30)

앞에서 갈등을 나타내었던 두 가지 색이 크리스마스 만찬의 따뜻한 분위기에서 조화를 이루고 있음을 알 수 있다. 또한 따뜻함과 부유함이 스티븐을 감싸고 있음을 크리스마스 만찬 장면을 시작하는 글에서도 감지할 수 있다.

> 커다란 불꽃이 벽난로의 쇠살대에서 빨갛게 높이 타오르고 있었고 담쟁이 덩굴로 감긴 샹들리에 가지 밑에는 크리스마스 식탁이 펼쳐져 있었다. 사람들이 저녁에 좀 늦게 와서 아직 만찬은 준비되지 않았다. 하지만 곧 준비될 것이라고 그의 어머니가 말씀하셨다. 그들은 문이 열려 하인들이 큰 무거운 쇠뚜껑으로 덮인 요리접시들을 들고 들어오기를 기다리고 있었다. (27)

하지만 곧 정치적인 논쟁이 이 조화와 화해의 분위기를 변화시킨다. 댄티로 대표되는 아일랜드 가톨릭 신자와 케이시씨로 대표되는 민족주의자 간에 한 치의 양보도 없는 말싸움이 시작된다. 화해와 평화를 나타내는 크리스마스에, 그것도 두 나라를 가리키는 녹색과 적색이 조화를 이루고 있는 분위기에서 정치적 갈등이 첨예하게 노출된다는 것은 아이러니컬하다.

② 만찬 중의 정치적 갈등

이 날 스티븐의 아버지 사이몬(Simon)은 감옥에 갔다 온 케이시씨를 만찬에 초대해서 대접한다. 1890년 11월 파넬의 이혼 소송이 재판에 회부되었다. 당시 영국수상이던 글래드스톤(Gladstone)은 파넬이 아일랜드 의회당의 의장으로 남아 있는 한 그 당과 (영국의) 노동당과의 연정은 불가능하다고 못 박았다. 파넬은 사임을 거부했고 그의 적들을 공격했다. 당이 파넬의 거취를 결정하기 위해 회의를 갖기 직전인 12월 가톨릭교의 지도자들이 적극 개입하였다. 결국 아일랜드 의회당의 의원들 중 44명이 파넬에 반대했고 27명만이 파넬 쪽에 섰다. 이어진 보궐선거에서 파넬과 가톨릭 교회 간의 상호비방은 더 악화되었고 파넬은 과격한 독립투사들인 피니언 단원들(Fenians)에게 도움을 호소하기에 이르렀다. 한편 피니언 단원들은 가톨릭 신부들의 오랜 적이었다. 케이시 씨는 바로 이 피니언단 소속이다. 그는 파넬을 옹호하지만 댄티는 파넬을 몰락시키는 데 큰 역할을 했던 가톨릭 교회의 편에 선다. 케이시 씨와 사이몬은 가톨릭 신부들이 설교를 통해 파넬을 비난했을 뿐만 아니라 나중에는 파넬 측 후보들을 떨어뜨리기 위해 적극적으로 개입한 것에 대해서 항의한다.

> — 신부님, 신부님께서 하느님의 성전을 기표소로 전락시키는 일을 그만두시면 저도 신부님을 정당하게 대접해드리죠
> — 가톨릭 신자로 자처하는 자가 신부님께 잘한 대답이기도 하겠군요, 댄티가 말했다
> — 누굴 탓하겠어요? 신부들이 충고를 받아들였다면 종교에만 전념했을 텐데 말입니다, 데덜러스씨가 유쾌하게 말했다.
> — 종교란 이런 거예요. 신부님들은 사람들에게 경고를 함으로써 의무를 하시는 겁니다, 댄티가 말했다.
> — 우리가 겸손하게 하느님의 성전에 가는 것은 우리의 창조주에게 기도하기 위해서이지 선거연설을 듣기 위해서가 아닙니다, 케이시 씨가 말했다.
> — 종교란 이런 거예요. 신부님들의 행동이 옳아요. 신부님들은 양떼를 인도해야 해요, 댄티가 다시 말했다.
> — 그리고 제단에서 정치를 설교하신단 말입니까? 데덜러스 씨가 물었다.
> — 물론이지요. 그건 공적인 도덕의 문제거든요. 신부님이 자기의 양떼에게 무엇이 옳고 무엇이 그른지를 말해주지 않는다면 신부님이라 할 수 없는 겁니다, 댄티가 말했다. (31)

데덜러스 씨는 케이시 씨의 편을 들고, 데덜러스 부인은 처음에는 침묵하지

만 말다툼이 심해지자 정치적 논쟁을 그만 둘 것을 간청한다. 하지만 그녀가 그저 중립적인 위치에 있다기보다는 나중에 성적 도덕성의 중요성 등을 주장하는 댄티 편에 가깝다는 것이 판명된다. 결국 남자들은 파넬과 키티 오쉐이 간의 관계에 대해 개의치 않는 반면 여성들은 성적 순결을 중요시하는 신부님들의 편에 선다. 서장에서 스티븐이 아일린과 결혼하겠다고 했을 때 사과하라고 위협했던 두 여성, 즉 댄티/어머니와 함께 성에 대해 억압적인 아일랜드의 가톨릭 문화를 기억할 필요가 있다. 나중에 스티븐이 가톨릭 신앙을 버렸을 때 어머니는 스티븐이 부활절의 의무를 다할 것을 간청함으로써 그녀는 가톨릭 교회와 거의 동일시된다. 『율리시스』에 보면 스티븐은 어머니가 임종 시 그녀의 영혼을 위해 기도해 달라고 부탁한 것을 거절한 것에 대해 양심의 가책을 느낀다. 어쨌든 이 만찬의 논쟁에서 대체적으로 남자들은 정치적 입장에서 여자들은 종교적 입장에서 말하는 것도 볼 수 있다. 데덜러스 씨, 즉, 사이몬이 "영국 사람들의 명령에 따라 그[파넬]를 저버려야 하느냐?"고 되묻자 댄티는 "그 사람은 지도자 자격이 없는 사람예요 공적인 죄인이거든요"라며 도덕적, 종교적 잣대를 갖다 댄다. 양 쪽은 한 치도 양보하지 않고 맞선다. 댄티는 "하느님과 종교가 모든 것보다 우선한다"고 외치고, 반면에 케이시 씨는 "아일랜드에는 신이 필요 없다"(39)고 소리치기까지 한다.

③ 자신의 내면으로 피하는 스티븐

스티븐은 케이시 씨와 댄티 중 "누가 옳은지"에 대해 혼돈에 빠진다. 그럼에도 불구하고, 비록 그가 분명하게 누가 더 옳은지에 대한 판가름을 하지는 않지만, 시궁창에 빠져 클롱고우스 학교의 양호실에 누워있을 때 파넬의 시신이 들어온 꿈을 꾸었던 것을 기억한다. 그는 억울한 희생자가 된 자신을 파넬과 동일시했던 것을 생각해내면서 파넬에 대해 애정을 느끼는 듯이 보인다. 이렇게 치열하게 벌어지는 언어의 전쟁 가운데에서도 스티븐은 다시 자신의 내면으로 빠져드는 예술가의 기질을 보여준다. 그것은 아날 신부의 산수 시간에 치열한 선두다툼의 세계에서 벗어났던 것과 유사하다.

> 아일린의 손은 길고 하얗다. 어느 날 저녁 숨바꼭질을 할 때 그녀가 손으로 그의 눈을 가렸었다. 길고 하얗고 가느다랗고 차갑고 부드러운 손. 그런 것은 상아였다. 차갑고 하얀 것. (36)

색으로 표현해 보자면 녹색과 적색의 뜨거운 전쟁 중에 스티븐은 냉정하게 초연하여 하얀색의 세계로 몸을 숨긴다. 서장에서 독수리의 위협 앞에서 식탁 밑으로 숨었듯이 말이다.

④ 도전 받는 교회와 아버지

이 크리스마스 만찬은 스티븐이 난생 처음으로 참여한 것으로 이제 그가 유아의 신분을 벗어나 사회로 입문하는 의례와 같은 것으로 간주될 수 있다. "무관의 왕"(Uncrowned king)인 파넬로 인한 어른들의 논쟁을 보면서 스티븐은 충성과 배신, 신앙적인 갈등 등에 대해서 배우게 되었다고 할 수 있다. 무엇보다도 스티븐은 학교에서 신성시하던 것이 욕설의 대상이 되는 것을 목격하게 된다. 그는 예수회 학교에서 교회와 관련된 사람들 및 일들을 존중하도록 배운다. 하지만 이 만찬에서 그 모든 것의 신비가 벗겨지고 짓밟히는 것을 지켜보게 된다. 그가 나중에 성직자와 교회에 비판적인 시각을 갖게 되고 심지어 신앙을 버리기까지 하는데 그러한 행위의 씨가 이 때 이미 뿌려졌다고 볼 수 있을 것이다. 데덜러스 부인은 이것을 예견이나 한 듯 걱정한다.

— 사이몬, 스티븐 앞에서 정말로 그런 식으로 말씀하시지 마세요. 그건 옳지 않아요, 데덜러스 부인이 말했다.

— 저 아이가 크면 이 모든 것을 다 기억할 거예요— 자기 집에서 하느님과 종교와 신부님들에 대해 그가 들은 나쁜 말을 말이예요, 댄티가 노기를 띠고 말했다.

— 신부들과 그들의 졸자들이 파넬의 마음에 상처를 주고 그를 결국 무덤으로 내몰았던 말도 기억하게 해요. 크면 이 말도 기억하게 해요, 케이시 씨가 식탁 맞은편에서 그녀에게 말했다. (33-34)

스티븐은 신부들과 교회뿐만 아니라 이들을 공격하는 아버지 권위도 댄티에 의해서 도전받는 것을 목격한다. 크리스마스 만찬은 가부장으로서의 아버지 사이몬의 권위가 정점에 있음을 보여준다. 식탁의 상석에 앉아 나이프로 고기를 잘라 나누어주는 「죽은 사람들」의 게이브리얼과 마찬가지로 사이몬은 칠면조 고기를 나누어주는 모습에서 볼 수 있듯이 가부장의 지위를 유감없이 보여주고 있다. 스티븐 가족의 경제적 형편도 여유로움을 알 수 있다. 하지만 파넬의 몰락과 함께 일자리를 잃은 아버지의 경제적 형편은 하강곡선을 그리게 된다. 마찬가지로 스티븐에게 아버지의 권위도 점점 추락하게 된다. "절대 고자질하지 말라"(never to peach on a fellow)는 아버지의 말씀 때문에 그를 시궁창으로 밀어버린 웰즈를 일러바치지 않은 것만 보아도 전에는 아버지의 말은 곧 법이라 할 정도로 아버지의 권위는 하늘을 찌를 듯 했지만, 점점 약화되어 나중에는 돌런 신부로부터 부당한 매를 맞은 후 신부를 교장에게 고자질할 정도로 아버지의 권위는 힘을 잃는다. 이 섹션의 끝부분에서 스티븐은 아버지의 눈이 눈물로 가득 찬 것을 목격하게 된다.

케이시 씨는 그를 붙들고 있는 사람들로부터 팔을 빼낸 후 갑자기 고통스럽게 흐느끼며 고개를 자신의 손에 묻었다.

— 불쌍한 파넬! 서거하신 나의 왕이여! 그는 큰 소리로 울부짖었다.

그는 크게 비통하게 흐느꼈다.

스티븐은 겁에 질린 얼굴을 들었을 때 아버지의 눈이 눈물로 가득 차 있는 것을 보았다. (39)

분노에 가득 찬 채 고함을 치며 문을 박차고 나가는, 여장부 같은 댄티와, 권위적인 가부장으로만 여겨왔지만 이제 눈에 눈물을 머금은 모습을 보이는 아버지는 스티븐에게 다소 충격적으로 다가왔을 것이다. 역사의 악몽은 더블린 사람들을 항상 짓누르고 있어서 가장 평화로워야 할 크리스마스에도 그들이 벗어날 수 없을 정도였다. 이제 그것을 직접 체험한 스티븐은 어른들의 세계에 한 발을 내디딘 것이라고 할 수 있을 것이다.

▶ **생각해 볼 문제**

1. 크리스마스 만찬을 준비하고 있는 스티븐 집의 분위기는 어떠한가요? 그것은 무엇을 보고 알 수 있나요?
2. 만찬 참석자들 중 친 파넬파와 반 파넬파는 각각 누구인가요? 그들은 각각 어떤 진영을 대표한다고 할 수 있나요?
3. 표면화된 정치적 갈등이 무엇인지 설명하시오.
4. 스티븐의 성장과정에서 이번 크리스마스 만찬은 어떤 의미가 있을까요?
5. 어른들의 정치적 논쟁을 목격한 스티븐의 생각에 변화가 있다면 무엇일까요?
6. 서장에서 보았던 털복숭이의 아버지와 만찬에서 묘사된 아버지 사이에는 어떤 차이가 있을까요?

2-4. Section 4: 학교에서의 시련

앞에서 살펴보았듯이, 웰즈의 희생자였던 스티븐은 정치적 배신의 희생 자였던 파넬과 자신을 동일시하였다. 이제 제1장의 마지막 부분에 이르면서 희생자의 이야기는 클라이맥스에 도달하고, 스티븐은 다시 희생자가 된다.

① 돌런 신부와 가죽끈 회초리

학교의 상급학생들이 가벼운 동성애적 행동(smuggling)에 연루된 사건이 일어나자, 전교생이 단체로 희생을 치르게 된다. 물론 스티븐은 아직 동성애 적 행동이 무엇인지 몰라 제단의 포도주을 훔친 것과 연관시킨다. 학생들이 비밀스럽게 정보를 주고받는 가운데 징계와 처벌의 분위기가 학교를 휩쓸고 있다. 특히 고래뼈로 보강된 가죽끈으로 학생들이 체벌 받을 때 사용되는 회 초리(pandybat)는 그들에게 공포의 대상이 된다. 이러한 가운데 스티븐은 이 중의 희생자가 된다. 그는 보도에서 자전거와 부딪쳐 안경을 망가뜨렸기 때 문에 작문숙제를 면제받았었다. 하지만 면제를 해 준 당사자인 아넬 신부는 사실상 그를 '배신'하고, 교실을 방문한, 위협적인 교무주임(prefect of studies) 돌런 신부에게 그를 양도해 버린다.

그는 회초리로 소년들 중 한 명의 옆구리를 찌르며 물었다
— 너! 돌런 신부가 어제 다시 오지?
— 내일입니다, 탐 펄롱의 목소리가 말했다.
— 내일 그리고 내일 그리고 내일. 명심해라. 돌런 신부는 매일 온다. 꾸준 히 공부해라. 너, 이름이 뭐냐? 돌런 신부가 물었다.
스티븐의 심장이 갑자기 철렁했다.
— 데덜러스입니다.

—넌 왜 다른 애들처럼 작문을 하고 있지 않는거냐?

　—저는. . . 제 . . .

그는 겁에 질려 입을 뗄 수가 없었다.

　—아널 신부님, 이 애는 왜 작문을 하고 있지 않습니까?

　—안경을 망가뜨려서 작문숙제를 면제해 주었죠, 아널 신부가 말했다.

　—안경이 망가졌다? 이건 무슨 소리야? 네 이름이 뭐라고 했지? 교무주임
이 물었다.

　—데덜러스입니다.

　—데덜러스군, 앞으로 나와. 이 어린 게으른 꾀보 같으니라고 얼굴에 꾀
보라고 씌어있군. 어디에서 안경이 깨어졌나?

스티븐은 눈물과 황망함으로 앞을 보지 못한 채 교실 한 가운데로 비틀거
리며 나아갔다. (49-50)

비평가 케너(Hugh Kenner)가 지적하였듯이 제1장의 "지배적인 이미지"는 돌
런 신부와 그의 회초리이다. 돌런 신부는 특정일을 말하지 않고 "매일" 온다
고 함으로써 학생들로 하여금 긴장을 풀지 못하게 한다. 마치 푸코(Foucault)
가 제시한 원형감옥소의 모델에서 중앙감시탑이 항상 죄수의 눈앞에 있지만
어떤 순간에 그가 감시의 대상이 될지는 그 자신도 확인할 수 없기 때문에
죄수가 항상 조심해야 하는 것과 같은 이치이다. 무서운 선생님은 언제 나타
날지 모른다. 실제의 회초리가 없어도 자신이 항상 감시당하고 있다는 생각
때문에 학생들은 함부로 행동하지 못하게 된다. 스티븐은 아널 신부로부터
작문을 면제받았음에도 불구하고 돌런 신부에 의해 "꾀보"로 낙인찍히는 수
모를 당한다. 앞에서 스티븐은 파넬을 두고 한편에서는 훌륭하다고 평가받고
다른 한편에서는 반대의 평가를 받자 "누가 옳은가"에 대해서 혼돈에 빠졌었
다. 마찬가지로, 여기에서 스티븐은 좋은 학생과 꾀부리는 나쁜 학생에 대한

신부의 분류법에 대해 혼돈에 빠진다. 자신은 나쁜 학생이 아닌데 나쁜 학생이라고 간주되고 있기 때문이다. 이러한 혼돈은 그가 새로운 세계에 적응하는 과정에서 나온 것으로 볼 수 있을 것이다. 또한 그것은 성장의 각 단계에서 그가 직면하는 위기 중 하나에 해당될 것이다. 이러한 위기를 성공적으로 극복했을 때 그는 한 단계 성장하게 된다.

② 반항적인 자아의 잉태

서장에 처음으로 이야기를 시작했던 털복숭이의 아버지처럼, 돌런 신부는 권위적이고 위협적인 아버지 상(father figure)이다. 스티븐이 그의 회초리에 맞았을 때 느끼는 고통은 생생하게 묘사되어 있다. 스티븐의 예민한 감각은 잔인한 회초리질에 의해 유린된다.

> 스티븐은 눈을 감고 손바닥을 위로 한 채 허공에 그의 떨리는 손을 내밀었다. 그는 교무주임이 손을 똑바로 펴기 위해 손가락을 잠시 만지는 것과 그리고 나서 때리기 위해 회초리를 치켜 올릴 때 신부복의 소매에서 휙하는 소리가 나는 것을 느꼈다. 뜨거운, 아픈, 얼얼한 회초리로 인해 . . . 그의 떨리는 손은 마치 불 속에 던져진 나뭇잎처럼 구겨졌다. 그리고 소리와 아픔 때문에 뜨거운 눈물이 눈에 맺혔다. 그의 몸 전체가 공포로 떨고 있었고, 그의 팔은 떨고 있었으며 그의 구겨진 얼얼한 잿빛의 손은 공중에 흔들리고 있는 나뭇잎처럼 떨었다. (51)

서장에서 스티븐이 사과하지 않으면 "눈알을 파먹을 거야"라고 위협받았던 것을 동시로 기억했었는데, 여기서 돌런 신부가 스티븐을 처벌하자 마치 권위의 상징이자 처벌자를 나타내는 독수리에 의해서 그의 눈이 공격받기라도 한 것처럼 눈에는 뜨거운 눈물이 맺힌다. 여기서 차가운 쇠테 안경 뒤에 보이는 신부의 무색 눈(noncoloured eyes)은 그의 부당하고 잔인한 처벌을 상징한다. 돌런 신부가 회초리를 위로 치켜 올릴 때 그의 검은 신부복(soutane) 소매에서 휙 하는 소리가 나는데 이것은 제4장에서 신부가 스티븐에게 성직을 권유하기 위해 나타날 때에도 나는 동일한 불길한 소리로, 밀턴(Milton)의『실락원』(*Paradise Lost*), 제10권에서 마귀들이 내는 쉿하는 소리를 상기시킨다. 이처럼 기존의 질서는 스티븐에게 권위에 복종할 것을 강요한다. 하지만 이 장에서 스티븐이 가장 밑바닥으로 떨어진 지점을 나타내는 이 순간부터 스티븐은 희생자의 역할을 거부하고 자신을 주장하기 시작한다는 점을 주목할 필요가 있다. 이 시점은 그가 맨 밑바닥으로 내동댕이쳐지는 순간이기도 하지만 동시에 권위에 복종하기를 거부하는 반항적인 자아가 잉태되는 순간이기도 하기 때문이다.

③ 권위에 맞선 영웅

스티븐은 이제 위협에 직면하여 식탁 밑에 피신해 버리는 대신에 과감하게 억압자와 맞선다. 웰즈가 그를 시궁창에 밀었을 때만 하여도 고자질하지 말라는 아버지의 말씀에 따라 폭력에 대해 침묵을 지켰다. 하지만 이번에는 교장 신부를 찾아가 돌런 신부의 부당한 처벌을 고발한다. 아버지의 말씀에 순종하지 않았을 뿐만 아니라 또 다른 아버지라 할 수 있는 신부(father)에 맞서기까지 한다. 그는 "교무주임은 신부님이셨지만 잔인하고 부당했다"(52)는 결론을 내리고 옳지 않은 일을 바로잡으려는 생각을 행동에 옮기기로 결심한다. 그동안 그에게 '아버지의 이름'은 복종해야 하는 권위를 나타내었지만 이제 조롱할 수도 있는 대상으로 전락한다. "돌런: 그것은 옷을 세탁하는 아낙의 이름 같지 않은가"라고 생각하며 교장실을 향한다.

그는 교장에게 가서 부당하게 처벌받았음을 말하리라. 이런 일은 이 전에 역사상의 인물도 한 적이 있다.... 그러면 교장은 그가 부당하게 처벌받았음을 선언할 것이다. 왜냐하면 상원과 로마시민들은 항상 그런 행동을 한 사람들에 대해서 그들이 부당하게 처벌받았음을 선언했기 때문이다.

그는 자신이 "역사상의 인물"로서 대단한 과업을 수행하는 것처럼 상상하고 갖은 용기를 내게 된다. 마침내 그는 학교 친구들의 응원에 힘입어 교장실을 찾아가고 그가 잘못하지 않았다는 인정을 받을 뿐만 아니라 교장이 돌런 신부에게 직접 말해주겠다는 답변을 얻어낸다. 그가 교장실을 나왔을 때 친구들이 주위에 모여들고 그는 혁명의 영웅 대접을 받는다. 친구들은 공중에 모자를 던지며 환호하고 그를 개선장군인양 자기들 어깨 위로 들어 올린다. 그는 기존 질서의 아버지들과 맞서 싸우는 반란군/아들로서 첫 승리를 거둔 것이다. 최소한 이 순간에는 스티븐은 더 이상 외로운 희생자가 아니다. 하지만 스티븐은 곧 애를 써서 친구들 무리로부터 빠져나온다. 예술가로서의 그의 운명은 항상 홀로 있는 것이다.

> ▶ **생각해 볼 문제**
> 1. 스티븐은 어떻게 다시 희생자가 되는가?
> 2. 스티븐이 처벌받는 장면은 어떻게 생생하게 묘사되어 있는가?
> 3. 스티븐이 희생자에서 반항아로 변하는 과정을 설명하시오.
> 4. 아버지에 대한 반항아로서의 스티븐이 어떻게 예술가로서 적합하다고 할 수 있는가?
> 5. 기존질서의 억압과 이에 대한 반항의 패턴이 작품 전체의 주제와 어떻게 관련이 있는 지 논의하시오.

클롱고우스 초등학교의 교회당

제2장

1. 작품 구성

　　찰스 할아버지가 딴채의 헛간에 앉아 있는 것으로 시작되는 제2장은 스티븐이 친구들에 의해서 영웅대접을 받는 제2장 끝부분의 승리에 도취된 분위기와는 전혀 딴판이다. 이 작품의 각 장은 승리의 환호로 끝나지만 그 다음 장의 시작부분은 그 환호성에 찬물을 끼얹는 분위기로 시작된다. 팽창 (inflation)과 수축(deflation)의 구조라 할 수 있다. 마치 나무의 나이테가 성장을 나타내듯이 이러한 구조가 주인공의 성장을 말해준다. 제1장에서 압제적인 교무주임 신부에 맞서 이루었던 승리가 완전히 물거품이 되는 것은, 제2장에서 나중에 아버지가 들려주듯이, 교장이 이 사건을 우스개 이야기로 전락시키는 데에서 분명해진다. 제2장은 크게 다섯 섹션으로 나뉘어져 있고 각 섹션은 6개에서 10개의 장면으로 이루어져 있다. 첫 섹션은 스티븐이 클롱고우스 학교를 그만 둔 후 맞이한 여름과 가을을 다룬다. 스티븐은 11살 혹은 12살의 소년으로 비교적 부유한 교외 지역인 블랙락(Blackrock)에서 살고 있다. 참고로 제1장에서 제2장으로 건너오는 사이에 스티븐의 아버지의 경제적 형편은 매우 악화되었다. 이제 스티븐은 그 곳에서 마지막 여름을 보내고 얼마 있지 않으면 다른 곳으로 이사를 가야 한다. 찰스 할아버지와 함께 걷기도 하고 운동도 한다. 그리고 『몽테 크리스토 백작』이 제공하는 상상의 세계로 도피하기도 한다. 두 번째 Section은 6개의 장면으로 이루어져 있다. 첫 두 장면은 스티븐이 넓은 집에서 더블린의 빈곤한 지역에 있는 작은 집으로 이사하는 것을 보여준다. 다음 두 장면은 점점 커져 가는 스티븐의 소외의식을 다룬다. 마지막 두 장면은 파티가 끝난 후 스티븐이 전차에서 에마와 만난 에피소드, 아버지가 클롱고우스 학교 교장을 만난 이야기를 다룬다. 세 번째 섹션은 가장 긴 부분으로 앞 장면으로부터 2년이 지난 후 벨비디어 학교 (Belvedere College)의 학생이 된 스티븐이 성령강림절주간 연극이 있던 밤에 일어난 일을 묘사하고 있다. 네 번째 섹션은 그 해 여름 빚의 변제를 목적으로 집안의 유산을 처분하기 위해 고향인 코크(Cork)로 내려가는 아버지를 따라가는 스티븐을 다룬다. 그리고 마지막 다섯 번째 섹션은 두 가지 주요 사건을 다루는데, 하나는 스티븐이 작문상과 상금을 받은 것이고 다는 하나는 14세의 나이에 그가 더블린의 한 창녀의 품에 동정을 잃는다는 것이다. 이 장에서 스티븐은 두 가지의 무질서로 인해 안정을 상실한다. 하나는 아버지의 재정적인 몰락이라는 외적인 무질서이고 다른 하나는 그의 내부에서 점점 커져가는 성적 욕망이라는 내적인 무질서이다.

2. 내용 분석

2-1. Section 1: 학교를 자퇴한 후의 여름과 가을

① 찰스 할아버지

제2장은 찰스 할아버지(Uncle Charles), 정확하게 말하면 스티븐의 아버지의 외삼촌에 대한 이야기로 시작한다. 집안의 어른이면서도 크리스마스 만찬 장면에서 정치적인 말다툼이 격화되었을 때 끼어 들어 막지 못했던 그는 이제 담배 한대 피기 위해서도 집 뒤에 있는 헛간으로 가야 하는 신세가 된다. 이 행위 자체만으로는 별다른 의미가 없는 것처럼 보이지만 곧 스티븐 집안이 겪게 될 수치와 소외를 미리 보여 주는 것으로 볼 수도 있다. 또한 그를 묘사하는 언어가 바로 앞 장의 끝부분을 다루던 언어와 대조되는 것도 눈에 뛴다. 승리감으로 들떠 있는 어린 학생들을 묘사하는 언어와 대조적으로 2장 시작부분의 언어는 고풍스럽다고 해야 할 것이다. 예컨대, "salubrious"(건강에 좋은), "mollifying"(차분하게 하는, 진정시키는), "repaired"(갔다), "arbour"(정자) 등은 일상생활에서 잘 쓰지 않는 단어들이다. 그것은 헛간에 담배 한대 피러 가기 위해서도 머리를 꼼꼼하게 빗고 폼 나는 실크 모자(tall hat)를

쓰고 가는 그의 태도에 어울리는 언어이다. 어린 아이들의 떠들썩한 장면 바로 뒤에 노인을 묘사하는 이런 언어가 주는 효과는 무엇일까? 앞 장의 흥분을 누르고 새로운 장을 차분하게 시작하려는 작가의 의도를 읽을 수 있다. 혹은 각 장은 주인공의 성장 과정의 한 단계를 나타내는데 앞 장의 성공적인 위기 해소는 인생 전체를 놓고 보았을 때 약간의 도약 혹은 발전에 불과하다는 것을 암시할 수도 있다. 인생을 오래 살아 온 노인과 그의 성격을 드러내 주는 언어가 앞 장의 기고만장한 분위기를 가라앉히는 역할을 한다. 여기서 한 가지 흥미로운 점은 찰스 할아버지가 서술자가 아닌데도 그에 대한 서술에서 그가 썼음직한 언어가 사용되고 있다는 점이다. 이와 관련하여 휴 케너는 조이스가 중립적인 서술자의 언어를 사용하지 않고 서술이 묘사하고 있는 인물이 사용했을법한 언어를 사용한 것을 "찰스 할아버지의 원리"(Uncle Charles Principle)라고 명명했다. 즉 "이야기의 언어가 반드시 [중립적인] 서술자의 언어일 필요가 없다"는 것이다.[5] 어쨌든 찰스 할아버지가 학자들 사이에서 유명한 것은 인물 자체보다는 비평가가 만들어 놓은 이 원리의 명칭 때문일 것이다.

브레이(Bray)에서 이사 온 스티븐이 살고 있는 블랙락은 더블린에서 5.5마일 되는 교외에 있다. 크리스마스 만찬 장면에서 보았던, 하인들이 많이 있던 저택을 떠올려 보면, 스티븐 가족은 많이 가난해졌지만 아직도 비교적 부유한 주택가인 교외지역에 살고 있다. 하지만 앞으로 점점 더 어려워지는 경제적인 형편 때문에 중산층이 사는 교외에서 벗어나 더블린 시내 쪽으로 이사를 가야 한다. 블랙락에서 여름을 보내는 동안 스티븐의 변함없는 짝은 찰스 할아버지이다. 그는 할아버지와 함께 집에서 가게 사이에 배달 주문 같은

---

5) Hugh Kenner, *Joyce's Voices* (Berkeley: U of California P, 1978), p. 18.

심부름을 했다. 그들은 가게에 물건을 주문해 놓은 후에 공원에 가서 스티븐의 아버지의 옛 친구인 마이크 플린(Mike Flynn)을 만나곤 했다. 그리고 스티븐은 비록 플린의 지도를 미심쩍어 하기는 하지만 어쨌든 그의 지도에 따라 공원의 트랙을 돌며 운동을 했다. 집으로 돌아오는 길에 할아버지는 자주 교회를 들렀는데 스티븐은 "그의 곁에 무릎을 꿇고 앉아 그의 신앙심을 존중했지만 그것을 공유하지는 않았다"(62). 스티븐이 종교적 분위기에서 자랐지만 신앙심을 흡수하지는 못했음을 알 수 있는 대목이다.

② 아버지의 몰락

이제 아버지의 재산은 점점 줄어들고, 아버지의 몰락은 더욱 가시화 되고 명백해진다. 제2장에서 스티븐은 모든 것이 질서로부터 무질서로 변해 감을 감지하게 된다. 이러한 무질서는 스티븐의 내부에서 점증하고 있는 사춘기의 성욕을 통해서, 그리고 거리를 방황하는 그의 습관을 통해서 잘 드러나지만, 무엇보다도 아버지의 몰락이 허물어진 질서의 가장 두드러진 모습이라고 할 수 있을 것이다.

> 그는 막연하게 그의 아버지가 곤경에 빠져 있다는 것과 이것 때문에 그가 클롱고우스 학교에 돌아갈 수 없다는 것을 이해하고 있었다. 얼마동안 그는 집에 많은 작은 변화들이 일어나고 있음을 느꼈었다. 그리고 그가 변화할 수 없을 것이라고 믿었던 것의 변화는 세상에 대한 소년의 인식에 수많은 작은 충격을 주었다. (64)

"그가 변화할 수 없을 것이라고 믿었던 것의 변화"는 소년의 의식을 흔들어 놓는다. 아버지의 재정적인 몰락은 아버지의 권위의 몰락으로 이어진다. 아버지의 권위가 무너지고 그에 대한 의존도가 흔들리면서 그는 "그를 기다리고 있다고 느끼는 큰 역할"(62)에 대해서 준비하기 시작한다. 아버지와 아들의 관계에서 아버지의 힘과 능력은 점점 쇠퇴하여 하향곡선을 그린다면 아들의 것은 점점 더 강해져서 상승곡선을 그리고 있음을 알 수 있다.

③ 몽테크리스토 백작

저녁때가 되어 혼자 남겨졌을 때 그는 그 자신의 상상의 숲인 『몽테크리스토 백작』의 낭만적인 풍경 속으로 들어간다. 그는 몽테크리스토 백작과 자신을 동일시하기도 한다. 참고로 그가 동일시하는 대상은 몰락이나 배신, 혹은 희생을 경험한 인물들이다. 예를 들면, 파넬, 예수, 나폴레옹, 몽테크리스토, 이카러스 등이 그렇다. 또한 많은 인물들이 망명자들이다. 예컨대, 단테, 몽테크리스토, 나폴레옹, 바이런, 루시퍼, 다이달로스 등이 그렇다. 스티븐이 몽테크리스토 백작에 깊이 끌린 이유는 둘이 공유하고 있는 공통점 때문일 것이다. 백작이 고통을 당하고 섬에 갇혀 있는 고독한 인물이라면 스티븐도 아일랜드라는 섬에 갇혀 있는 아웃사이더라 할 수 있다. 또한 둘 다 어떤 의미에서 탈출과 복수를 생각한다는 점도 흥미롭다. 백작이 섬으로부터의 탈출과 그의 배신자들에 대한 보복을 꿈꾼다면 스티븐은 억압적인 기존 질서에 맞설 뿐만 아니라 조국을 떠날 것을 계획한다. 스티븐은 백작의 이야기를 읽으며 자신을 주인공과 동일시하여 섬을 탈출하고 원수에게 복수하는 백작을 통해 대리만족을 얻을 뿐만 아니라 여주인공인 메르세디스(Mercedes)에 대해서 환상을 품기 시작한다. 비록 그녀는 스티븐이 자신과 동일시하는 백작을 배신한 여자이기는 하지만 말이다.

그리고 상상 속에서 그는 책에서 만큼이나 경이적인, 길게 이어지는 수많은 사건들을 경험하였다. 그리고 끝 부분 쯤에 달빛이 비취는 정원에서, 오래 전에 그의 사랑을 모욕했었던 메르세디스와 함께 서 있는 자신의 이미지가 나타났다. 슬픈 경험으로 더 노숙해진 이미지 말이다. 그리고 그 이미지는 서글프게 도도한 거부의 몸짓으로 말했다.
  ─ 부인, 저는 결코 사향포도를 먹지 않습니다. (63)

스티븐은 자신이 몽테크리스토 백작의 역할을 맡아 여러 모험들을 경험하고 있는 것으로 상상한다. 여기서 작품 속의 주인공은 그의 적과 결혼한 애인 메르세디스가 권하는 포도를 도도하게 거절한다. 이것은 나중에 교장 신부가 성직자가 될 것을 권했을 때 스티븐이 거절하는 것을 미리 암시해 준다고 볼 수도 있을 것이다. 물론 여기서는 성찬에 필요한 포도주 대신에 포도가 제공되기는 하지만 말이다. 이는 「자매」(The Sisters)의 장례식 전야의 밤샘에서 신부의 두 누이가 상가를 찾아 온 소년에게 마치 신부의 역할을 맡은 듯이 포도주와 크래커를 건네줄 때 소년이 이를 거부하는 것을 상기시킨다. 어떤 이들은 이것을 두고 소년이 사실상 교회를 거부한 것으로 보기도 하기 때문이다. 또한 스티븐이 감정이입을 통해 작중 인물과 하나가 될 수 있다는 것은 그가 작가로서 자신을 비워 자신이 창조할 인물이 될 수 있다는 것을 보여준다고 하겠다. 즉 그는 키츠(John Keats)가 말한 "자아 열린 수용능력(Negative Capability)"을 소유하고 있는 시인/예술가로서의 잠재성을 보여주었다고 볼 수 있다.

④ 메르시데스의 환상과 여성

메르세디스는 사춘기 소년의 성적인 환상의 주인공이기도 하다. 그녀는 끊임없는 환상 속의 그녀를 현실에서 만나고 싶어한다. 「애러비」(Araby)의 소년이 짝사랑하는 현실의 여인을 성스러운 이미지로 숭배하는 것과 대조적으로 스티븐은 그의 상상 속에서 허구의 여인을 창녀의 위치로 전락시킨다. 하지만 「애러비」의 소년에게 그녀의 이미지가 어디에든, 심지어는 "로맨스에 가장 적대적인 장소", 이를테면 시장거리에까지 그를 따라다니는 것과 마찬가지로 스티븐에게도 그녀의 환상이 끊임없이 나타난다.

> 그는 자신의 영혼이 그토록 변함없이 지켜보았던 형체 없는 그녀의 형상을 현실세계에서 만나고 싶었다. 그는 어디에서 어떻게 그녀를 만날 수 있을지 몰랐다. 그러나 그를 지금까지 인도해 왔던 예감은 그의 명백한 행동이 없이도 그가 이 형상을 만나게 될 것이라고 말했다. 그들은 마치 그들이 서로 알아왔고 밀회를 나누어 온 사이이기라도 한 것처럼 어떤 문에서 혹은 어떤 좀 더 비밀스러운 장소에서 조용히 만나게 될 것이다. 그들은 어둠과 침묵에 둘러 싸여 단둘이 만나게 될 것이다. 그리고 지극히 다정하게 애정이 깃들인 순간에 그는 변용될 것이다. 그는 그녀의 응시 앞에서 무형의 존재로 점점 사라질 것이고 그리하여 순간적으로 변용될 것이다. 그 마술의 순간에 나약함과 소심함과 무경험이 그로부터 떨어져 나가게 될 것이다. (65)

그는 그가 공상 속에서만 만났던 여인을 현실에서 만났을 때 항상 그의 약점이라고 여겨졌던 "나약함과 무경험과 소심함"이 떨어져 나가게 될 것이라고 생각한다. 그러나 이처럼 낭만적인 만남을 통해 이루어질 것을 기대했던 변용은 메르세디스와는 전혀 다른 창녀와의 만남을 통해서 이루어지게 된다. 스티븐은 메르세디스와 같은 문학작품 속의 허구적인 여성에게 매료될 뿐만 아니라, 에마(Emma)와 같은 실제 소녀의 환상에 탐닉하게 되고, 마침내는 창녀를 찾아갈 정도로까지 방황하게 된다. 스티븐은 메르세디스와의 만남을 마술의 순간이라 했는데 그것은 창녀와의 만남에서 현실화되어 나타나고 나중에 "마술이 이상하고 아름다운 바닷새와 유사한 모습으로 변용시킨 것 같은"(171) 새 소녀(bird girl)와의 만남에서도 나타난다.

⑤ 삶의 누추함

스티븐은 오브리(Aubrey Mills)라는 친구와 사귀게 되고 그와 함께 골목 용병대를 창설한다. 오브리는 호루라기를 차고 자전거 램프를 벨트에 매는 등 치장을 하지만 스티븐은 수수한 차림을 유지한다. 그것은 장군 초기 시절에 군대와 지도자가 민주적이라는 것을 강조하기 위해 치장하지 않은 군복을 입었던 나폴레옹을 모방한 것이다. 나중에도 그의 부하들이 즐겨 입은 화려한 의상과 대조적으로 나폴레옹은 상대적으로 수수한 제복을 입었다고 한다. 여기서 스티븐이 배신당하고 희생당한 영웅 나폴레옹과 자신을 동일시하고 싶어 한다는 것을 알 수 있다. 그는 우유배달 아저씨의 마차를 타고 오브리와 함께 젖소들이 풀을 뜯어먹고 있는 곳으로 놀러간다. 아저씨들이 젖을 짜는 동안 그들은 순한 소를 타고 들판을 돈다. 하지만 여름이 가고 가을이 왔을 때 암소들은 축사로 들어가게 되고 그들이 풀을 뜯어먹던 아름다운 들판은 누추한 모습을 드러낸다.

> 녹색의 더러운 물웅덩이와 묽은 소똥 덩어리들 그리고 김이 나는 여물통이 있는 스트라드부룩의 냄새나는 목장을 처음 보았을 때 스티븐의 속이 메스꺼워졌다. 화창한 날 그렇게 아름답게 보였던 시골의 소떼들이 정나미 떨어지게 했고 소젖에서 나온 우유를 보기조차 싫을 지경이었다. (63)

삶의 아름다운 측면을 보아왔던 스티븐은 이제 삶의 더럽고 추한 측면을 보기 시작한다. "더러운 물웅덩이"라든지 "묽은 소똥 덩어리들"은 이러한 삶의 누추함에 대한 은유일 것이다. 특히 스티븐이 끈적끈적하고 냄새나는 액체와 관련되어 있는 부정적인 이미지들을 혐오하는 것은 그의 물 공포증과 연결된다.

▶ 생각해 볼 문제

1. 소위 "찰스 할아버지의 원리"란 무엇인지 설명하시오.
2. 작가가 제2장의 시작부분에 왜 찰스 할아버지를 등장시켰을까? 그 효과는 무엇일까?
3. 아버지의 재정적인 몰락은 스티븐에게 어떤 영향을 미치는가? 그리고 그것은 작품 전체의 주제와 어떤 관련하여 어떤 의미가 있는가?
4. 스티븐은 왜 메르세디스의 환상에 사로잡혀 있을까? 그녀는 스티븐에게 작품 속의 인물을 너머서 어떤 의미를 지니고 있다고 생각하는가?
5. 왜 이 단계에서 스티븐은 삶의 추한 측면을 보기 시작하는 것일까?

2-2. Section 2: 점점 커져가는 빈곤과 소외의식

어느 날 아침 두 대의 커다란 노란 운반마차가 스티븐 집 문 앞에 멈춰 서더니 인부들이 집 안으로 쿵쾅거리며 들어와서 가구를 옮겨간다. 울어서 "눈 가장자리가 빨간"(redeyed, 65) 엄마는 멍하니 가구가 사라지는 것을 지켜보고 있다. 그의 집의 경제적 안정이 위협받고 파괴되는 것이 가시적으로 표현된 듯한 대목이다.

① 무질서의 사춘기

이사 온 후의 집안 풍경은 우울하고 이 가운데에서 스티븐의 외로움은 더해간다. 벽난로는 타오르지 않고 테이블 램프는 카펫도 깔리지 않은 바닥에 희미한 빛을 던지고 있다. 더구나 바닥은 이삿짐 인부들의 신발로 이미 더럽혀진 상태이다. 스티븐의 아버지는 지리멸렬한 독백으로 자신이 처한 곤궁을 되 뇌이고 있다. 스티븐은 새로 이사 온 더블린의 거리를 쏘다닌다. 그의 행동을 묘사할 때 사춘기의 특징을 요약해 주는 "rove"(배회하다) "wander"(떠돌아다니다)라는 단어가 자주 반복되는 것을 알 수 있다. 그는 "마치 그를 교묘하게 피하는 누군가를 정말로 찾고 있기라도 하는 것처럼 날이면 날마다 정처 없이 돌아 다녔다"(66). 그런 과정에서 그가 본 더블린의 혐오스러운 풍경은 새로 이사 온 그의 집안의 무질서와 성욕으로 인한 그의 신체 내면의 무질서를 반영해 주는 듯하다. 예컨대, 그는 부두에서 "누런 걸쭉한 거품" 속에 수면 위에서 위아래로 흔들리고 있는 수많은 코르크, "덜거덕거리며 다니는" 마차들, "단정하지 않은" 턱수염의 경찰관들을 호기심을 가지고 지켜보게 된다(66). 그는 이런 무질서에 대해서 분노를 느낀다.

> 그는 성숙하지 못한 자신, 부단히 움직이는 어리석은 충동의 먹이가 된 자신에 대해서 화가 났고, 또한 그의 주변의 세상을 더러움과 위선의 장면으로 바꾸고 있는 운명의 변화에도 화가 났다. 하지만 그의 분노가 그 [목격한] 장면을 조금도 바꾸지는 못했다. 그는 초연하여 몰래 분노의 맛을 보면서 인내심을 가지고 그가 본 것을 기록했다. (67)

스티븐은 그의 외부에서 일어나고 있는 변화 (아버지의 경제적인 몰락)와 그의 내부에서 일어나고 있는 변화 (사춘기의 성욕)에 분노를 느끼지만 "초연하여" 그가 본 것을 있는 그대로 기록한다. 그는 이미 그가 대상으로부터 거리감을 두고 관찰하는 예술가의 잠재성을 보여주고 있는 것이다.

2 헌터

이처럼 거리를 두고 주위에서 일어나는 사건을 관찰하는 태도는 그가 어머니와 함께 외숙모네 집을 방문한 에피소드의 서술에서 예시된다. 숙모는 석간신문에 나온 무언극 배우 "아름다운 메이블 헌터(Mabel Hunter)"의 사진에 매료되어 있다. 곱슬머리의 딸의 시선도 마찬가지로 이 사진에 오래 머무르며 감탄한다. 이 에피소드를 지배하는 것은 아름다운 여성 헌터이다. 흥미로운 것은 이 여성적인 분위기에서 스티븐조차 숙모 조세핀(Josephine)으로 오인 받을 정도로 여성적인 자세를 취했다는 것이다. 그것은 사물을 조용하게 지켜보는 작가적 태도에서 기인할 것이다. 반면에 거리에서 뛰어 들어온 소년, 즉 스티븐의 외사촌은 발을 쿵쾅거리며 요란스럽게 걸을 뿐만 아니라 구입해 온 석탄 한 부대를 요란스럽게 내려놓는다. 예민하고 조용하며 나약한 잠재적 예술가의 여성성이 여성적인 분위기와 조화를 이루고 있고 이러한 이미지는 거칠고 힘센 남성과 대조되고 있다.

3 에마

"조용히 주의 깊게 관찰하는 그의 태도"는 더블린 교외의 해롤드 크로스(Harold's Cross)에서 열린 파티가 끝난 후 아직 이름이 밝혀지지 않은 에마(Emma)와의 관계에서도 드러난다.

그녀는 여러 번 그가 서 있는 층계로 올라왔고 몇 마디 빈말을 주고받으며 다시 그녀의 층계로 내려갔다. 한두 번은 내려갈 것을 잊고 윗 층계에서 얼마 동안 그의 곁에 가까이 있다가 내려가기도 하였다. 그의 심장은 그녀의 움직임에 따라 파도 위의 코크처럼 춤을 추었다. 그는 그녀의 고깔모자 밑에 보이는 그녀의 눈이 그에게 말하는 것을 듣고 아득한 과거에, 현실에서였던지 혹은 공상 속에서였던지 모르지만, 그가 그 이야기를 들은 적이 있다는 것을 알았다. . . . 이제 그는 표면적으로는 자신 앞에서 벌어지고 있는 일을 조용히 관찰하는 자가 되어 무기력하게 그 자리에 서 있었다. (69)

전차의 계단을 오르내리는 그녀의 요염한 도발적 행위는 성행위의 리듬을 암시한다. 또한 가톨릭 교회의 영향을 받은 조이스는 여성을 창녀(유혹하는 자)/성모 마리아(천사)로 이분화 혹은 단순화하는 경향이 있는데 여기에서 에마는 주로 유혹하는 전자의 측면을 보여주고 있으면서도 매혹적인 처녀 (virgin)의 측면도 드러낸다. 스티븐의 마음은 심한 동요를 느끼고 있지만 표면적으로는 "자신 앞에서 벌어지고 있는 장면을 조용히 관찰하는 자"로서의 예술가의 모습을 보여준다. 다음 날 그는 바이런(Byron)식으로 그녀에 대한 시를 씀으로써 상상력을 통해 그녀의 이미지를 잡아두려고 한다. 시에서 그는 "한 사람이 자제했었던 키스를 둘이서 하게 되었네"(71)라고 씀으로써 둘의 만남을 이상화한다. 그는 『몽테크리스토 백작』이라는 소설을 통해 사랑을 대리 경험했던 것처럼 다시 문학이라는 매개체를 통해서만 그녀와의 사랑을 이루게 된다.

▶ **생각해 볼 문제**
1. 새로운 곳으로 이사 온 뒤의 스티븐네 집 풍경을 자세히 묘사하고 이것이 무엇을 암시하는지 설명하시오.
2. 예술가와 여성성의 관계에 대해 논의하시오.
3. 조이스의 여성관에 대해 논의하시오.
4. 어떤 점에서 에마는 유혹하는 창녀라 할 수 있는가? 그 반대의 이미지가 있다면 무엇일까?

2-3. Section 3: 벨비디어 학교에서 연극공연이 있던 밤

에마는 2년 뒤 스티븐이 우스꽝스런 교육자(farcical pedagogue)라는 주역을 맡은 성령강림절 주간(Whitsuntide) 연극이 공연되는 날 그의 아버지와 함께 나타난다. 실제로 조이스는 연극에서 대본과는 상관없이 벨비디어 교장의 흉내를 내어 학생들의 폭소를 자아내고 갈채를 받았다고 한다.

① 헤론

그 날 밤 스티븐의 친구들은 에마가 그의 아버지와 함께 있는 것을 보고 그를 놀린다. 스티븐은 메르세디스라는 허구의 이미지에 이어 이제 에마의 실제 이미지에 사로잡혀 있다. 「애러비」의 소년이 사랑하는 여인의 이미지를 놓치지 않으려는 자신을 "수많은 적들 사이에서도 안전하게 성배를 품고 가는" 기사로 생각하여 시장바닥의 소음에 적대적이듯이, 스티븐은 그와 에마와의 관계를 거칠게 표현하는 친구들에 대해서 적대적이다. 친구들 중 특히 헤론(Heron)은 스티븐과 학업 등에서 선두를 다투는 적수로 새의 이름(왜가리)뿐만 아니라 "새의 부리처럼 뾰족하게 생긴" 얼굴을 지니고 있다. 그는 얌전한 모범학생인체 하면서 여학생과 연애하는 것을 숨기고 다녔다며 스티븐을 몰아붙인다.

> ─ 무슨 말씀이신지 물어봐도 될까? 스티븐이 정중하게 물었다.
> ─ 물론. 그녀를 보았지. 월리스 맞지, 내 말이? 끝내주게 예쁘더군. 게다가 참 호기심이 많더군! *데덜러스 씨, 스티븐은 어떤 역을 맡나요? 그리고 데덜러스 씨, 스티븐이 노래를 하지 않을까요?* . . .
> ‧ ‧ ‧ ‧ ‧ ‧ ‧ ‧

─그러니 이번에 네 행실이 발각되었다는 것을 인정하는 게 좋을 걸. 넌 이제 나에게 더 이상 성자인 체 할 수 없어, 분명히, 헤론이 계속 말했다. 낮은 음울한 웃음소리가 그의 입술에서 새어 나왔고, 전에 그랬던 것처럼 허리를 숙여, 장난으로 견책하는 듯이 스티븐의 장딴지를 지팡이로 가볍게 때렸다.

. . . .

　　─인정해! 그의 장딴지를 지팡이로 다시 치며 헤론이 반복해 말했다.

(77-78)

　　이름과 얼굴이 새를 닮은 헤론은 마치 작품의 서두에서 처벌의 상징으로 나온 또 다른 새 독수리처럼 스티븐을 처벌하기 시작한다. 여기서 그가 처벌의 도구로 사용하는 막대기는 돌런 신부의 회초리와 같은 역할을 하는 것으로 기존질서의 위협적인 권위 혹은 거세시키는 힘을 나타낸다고 볼 수 있다. 특히 "인정해"는 서두에서 위협적인 처벌의 사자 독수리와 함께 나온 "사과해"와 마찬가지로 기존의 질서, 관습 등에 복종할 것을 강요하는 언어들이다. 스티븐은 이에 저항하여 자기만의 새로운 영역을 창조하려 한다. 여기서 스티븐은 고해(참회)의 기도문(*Confiteor Deo omnipotenti...*)을 반복함으로써 자신의 죄를 인정하고 참회하는 시늉을 한다. 그렇게 함으로써 그는 그를 괴롭히는 자들과 이전의 자아(아래에서 이야기하겠지만 이 사건보다 전에 스티븐이 바이런을 테니슨보다 훌륭하다고 하여 헤론의 패거리에게 당했던 때의 자아)를 조롱한다.

　　② 테이트 선생님

　　이 에피소드는 스티븐에게 그가 과거에 겪었던 유사한 상황을 상기시킨다. 영어과목 교사인 테이트 선생님(Mr Tate)은 스티븐이 제출한 에세이에 대해서 이단(heresy)의 혐의를 둔다.

> 영어 선생님인 테이트 씨가 손가락으로 그를 가리키며 퉁명스럽게 말했다.
> ─ 이 친구의 에세이에 이단이 있다.
> 교실이 쥐죽은 듯 조용해졌다. 테이트 선생님은 침묵을 깨지 않았지만 교차시킨 넓적다리 사이에 손을 찔러 넣고 있었고 풀을 많이 먹인 셔츠가 그의 목과 손목에서 버석버석 소리를 내고 있었다. 스티븐은 올려다보지 않았다. 쌀쌀한 추운 봄날 아침이었고 그의 눈은 아직도 따끔따끔 쓰리고 연약한 상태였다. 그는 실패와 발각, 그 자신의 마음과 가정의 더러움을 의식하고 있었고, 둥근모양의 뾰족한 칼라의 거친 끝부분이 그의 목에 닿는 것을 느꼈다.
> . . . .
> 테이트 씨는 다리 사이에 집어넣던 손을 빼고 에세이를 펼쳐 보였다.
> ─ 자. 창조주와 영혼에 관한 것이다...음...음 ...야! 좀 더 가까이 다가갈 가능성이 없어. 이게 이단이야. (79)

자신이 뭔가를 잘못했고 그것이 발각되었음을 느낀 스티븐은 "올려다보지 않는다"(79). 마치 서장에서 질책하는 두 여인들의 시선 앞에서 식탁 밑으로 숨고 싶었던 것처럼 말이다. 그가 숨기고 싶은 "마음과 가정의 더러움", 즉 성적인 공상으로 더럽혀진 마음과 경제적인 몰락으로 누추해진 집안이 발각되기라도 한 듯이 느낀다. 그리고 그의 목에 닿는 날카로운 칼라는 그를 거세할 것처럼 위협하는 듯이 보인다. 스티븐은 에세이에서 "좀 더 가까이 다가갈 가능성이 없어"라고 써서 이단의 혐의를 받는다. 정통교리에 의하면 인간의 영혼은 신처럼 완전해 질 수는 없다 하더라도 신적인 완전성에 가까이 다가 갈 수는 있다. 따라서 가까이 갈 수 없다("without a possibility of ever approaching nearer")고 하는 것은 이단이다. 하지만 스티븐이 나중에 수정하듯이, 신처럼 완전해질 수 없다든지 신과 동일한 존재가 될 수 없다("without a possibility of ever reaching")고 하는 것은 이단이 아니다. 다른 각도의 설명도 가능하다. 영혼은 창조주와의 축복된 영적교제의 상태를 갈망한다. 정통적인 교리에 의하면 각 영혼은 (예수의 십자가에 의해) 창조주에게 가까이 다가갈 수 있도록 "충분한 은총"을 받았다. 그런데 스티븐의 에세이는 "가까이 다가갈 수 있는 가능성이 없다"고 함으로써 영혼이 "충분한 은총"을 받지 못했다는 암시를 하고 있는 것이다. 어쨌든 스티븐은 이단자로 낙인이 찍힌다.

③ 바이런 편에 선 반항아 스티븐

이로부터 이삼일이 지난 어느 날 밤길을 가던 그는 헤론을 비롯한 세 명의 친구들에 의해 저지를 당한다. 테니슨(Tennyson)이 최고의 시인이라 말한 헤론은 바이런(Byron)을 내세우는 스티븐을 조소하며 웃는다. 영국 빅토리아 시대의 공식적인 "위대한 시인"이며 대중적인 인기를 모은 계관시인 테니슨을 최고의 시인으로 여기는 것은 정통적인 문학계의 관점일 것이다. 반면에 바이런의 개인적인 삶은 여성편력 등으로 비도덕적인 것이었고, 그가 교회와 나라 등에 대해 불경한 시각을 가지고 있었을 뿐만 아니라 어려서 장로 교인으로 성장했기 때문에 아일랜드의 가톨릭 신자들의 관점에서 그는 이단아였다. 따라서 바이런을 "이단적이고 비도덕적"인 인물로 규정한 헤론은 자신의 주장을 굽히지 않는 스티븐을 이단으로 몰아간다. 비록 스티븐이 이단의 혐의를 벗기 위해 에세이를 수정했지만 바이런이 테니슨 보다 훌륭한 시인이라는 그의 주장은 수정하지 않는다. 제1장에서는 누가 옳고 그른지 누가 좋고 나쁜 사람인지 구분할 수 없었던 스티븐이 이제 확실한 답을 가지고 있다. 또한 다수의 견해에 맞서는 지적인 반항자의 면모를 보이기 시작한다. 헤론은 "이 이단자를 붙잡아라"(81)고 소리친 뒤 스티븐의 다리를 회초리로 친다.

>   — 바이런이 훌륭하지 않다는 것을 인정해.
>   — 안 해.
>   — 인정해.
>   — 안 해.
>   — 인정해.
>   — 안 해. 안 해.
>   마침내 격렬하게 움직여 몸을 비틀어서 가까스로 자유롭게 빠져나올 수 있었다. 그를 괴롭히던 자들은 그를 비웃고 야유하며 조네스로 쪽을 향해 떠났다. 한편 만신창이가 된 그는 상기된 얼굴로 숨을 헐떡거리며 그들 뒤를 비틀거리며 따랐다. 눈물로 눈이 반쯤 감긴 채, 그리고 주먹을 미친 듯이 꼭 쥐며 흐느끼면서. (81)

여기서 새의 이름을 가진 헤론은 독수리처럼 또 다른 맹수이기라도 한 것처럼 스티븐을 위협한다. 돌런 신부에게 회초리로 맞았을 때 그랬던 것과 마찬가지로 스티븐의 눈은 눈물로 반쯤 감긴다. 또다시 독수리에게 눈을 공격받은 것처럼 말이다. 여기서 그를 공격하는 것은 기존의, 다수의 견해인 것을 알 수 있고 이것은 그만의 영역을 창조하려는 스티븐이 계속 맞서고 저항해야 할 장벽일 것이다.

④ 공허한 아버지의 목소리

스티븐에게 헤론은 아버지, 신부들 등과 가깝게 보인다. 그는 그가 어른이 되면 그들처럼 될 것을 예측하며 유감스럽게 생각한다. 그는 "인정하라" 는 혜론의 요구가 정당하지 않다고 생각하는 것과 마찬가지로 아버지를 비롯한 기성세대들의 요구가 모두 자신들의 영역을 지키기 위해서 나온 이기적인 것이라고 생각한다.

> 그의 마음이 형체 없는 환상들을 좇으며 그러한 추구가 가져오는 무기력 속에 빠져 있는 동안에, 그는 그의 주위에서 그의 아버지와 스승들의 끊임 없는 목소리를 들었었다. 그것은 그에게 무엇보다도 신사가 될 것을 재촉 했었다. 이러한 목소리들이 이제 그의 귀에 공허하게 울려 퍼졌다 . . . . 그는 잠시 동안이나마 그 목소리에 귀를 기울였지만 그것으로부터 멀리 떨어져서 들리지 않는 곳에 혼자 있거나 환상 속의 동료들과 함께 있을 때 에만 비로소 행복했다. (83-84)

"공허하게 울려 퍼지는" 목소리들은 합창이 되어 그에게 요구한다. 아버지는 "신사"가 될 것을, 예수회 신부들은 "좋은 가톨릭 신자"가 될 것을, 코치들은 "강하고 남성적이며 건강한" 남자가 될 것을, 아일랜드 민족주의자들은 나라에 충성할 것을, 물질주의의 목소리는 쫄딱 망한 집안을 일으켜 세울 것을, 학교 친구들은 "너그러운 친구"가 되어 선생님들과 맞서 그들을 도와줄 것을 요구한다. 하지만 스티븐은 이러한 위선적으로 보이는 요구들로부터 자신을 멀리하게 된다. 한 때 권위의 상징이었던 아버지의 목소리가 이제 스티븐에게 공허한 소리로 전락되어 버린 것은 주목할 만하다.

1. 헤론은 어떤 유형의 인물인가? 그와 유사한 등장인물들을 든다면 누구일까?
2. 왜 영어시간에 스티븐이 이단자라는 혐의를 받는가?
3. "인정 해"라는 명령을 작품 전체의 주제와 관련하여 논의하시오.
4. 공허한 소리를 내는 존재로 전락해 버린 아버지들은 누구인가?
5. 스티븐은 정치가 파넬과 시인 바이런을 지지한다. 둘 사이에는 어떤 공통점이 있을까?
6. 서장에서 나왔던 새의 이미지가 이 섹션에서는 어떻게 연결되는가?
7. 스티븐은 영국의 낭만주의 시인 바이런을 빅토리아시대 시인 테니슨보다 훌륭하다는 주장을 굽히지 않는다. 작품 속에서 조이스는 어떻게 스티븐을 바이런과 유사하게 혹은 다르게 묘사하고 있는가?

2-4. Section 4: 아버지와 함께 한 코크로의 여행

스티븐이 아버지에 대해서 가지고 있던 조그만 환상조차도 아버지와의 코크(Cork) 여행에서 산산이 깨어져버린다. 아버지의 방탕한 생활로 쌓인 빚을 청산하기 위해 고향에 남아 있는 마지막 재산을 처분하기 위해 스티븐은 아버지를 따라오게 된 것이다. 아버지 사이몬이 젊었을 때 성공을 위해 코크로부터 더블린으로 상경하며 밟았던 여정을 이번에는 아들이 거꾸로 더블린에서 코크로 밟게 된다.

① "태아"라는 글자

스티븐은 그의 아버지가 대학 수위의 굽실거리는 태도에 얼마나 쉽게 넘어가는가에 대해 놀라게 되고 아버지가 술집 여자들과 시시덕거리는 것에 짜증을 내게 된다. 이런 점에서 아버지의 모교 해부학 강의실에서 스티븐이

"태아"(Foetus)라는 단어를 발견한 이후에 그의 아버지가 자기 이름의 머릿글자 S. D(Simon Dedalus)를 찾아내는 것은 주목할 만하다.

> 그들은 해부학 강의실로 들어갔고 거기에서 데덜러스 씨는 수위의 도움을 받아 책상들에서 그의 이름 머릿글자를 찾고 있었다. 스티븐은 강의실의 어두움과 고요함 때문에 그리고 진저리나는 딱딱한 공부의 분위기 때문에 전보다 더욱 의기소침해져서 뒤편에 떨어져 있었다. 그는 그의 앞에 있는 책상에서 어둡고 얼룩진 목재 위에 몇 번 새겨진 *태아*라는 단어를 읽었다. 그 단어가 예기치 않게 그의 피를 끓게 했다. 그는 존재하지 않는 학생들이 그의 주위에 있는 것처럼 느껴져서 그들의 무리로부터 자신이 움칠거리며 물러서는 것처럼 느꼈다. 그의 아버지의 이야기가 불러일으킬 수 없었던 그들의 삶의 환영이 책상 위에 새겨진 단어로부터 그의 앞에 갑자기 나타났다. . . . 스티븐의 이름이 불리어졌다. 그는 가능한 한 그 환영으로부터 멀리 떨어지기 위해서 서둘러서 계단을 내려갔다. 그리고 그의 아버지의 이름 첫 글자를 유심히 살피면서 그의 붉어진 얼굴을 숨겼다. (89-90)

"태아"라는 단어가 스티븐의 의식을 지배하지만 그의 아버지의 이름의 머리글자는 그에게 아무런 영향도 미치지 않는다. 스티븐에게 이제 "아버지의 이름"이 권위를 상실한 것이다. "태아"라는 낱말이 옛날 강의실에서 공부했던 학생들의 모습을 스티븐의 의식에 재현시키는 능력을 발휘하는 반면, 위 본문에 나와 있듯이 그의 아버지의 말(이야기)은 과거를 불러일으킬 수 있는 능력이 없다. "태아"라는 낱말은 이제 그에게 일상생활이 되다시피 한 성적인 환상들과 관련한 생각을 하게 한다. 책상에 칼로 새겨진 "foetus"(임신 3개월 후의 태아)라는 단어를 보자 그가 성적인 충동을 느끼면서 순간적으로 그것을 새겼던 학생들의 모습을 떠올리는 장면이다. 순간적으로 진실을 보여준다는 점에서 에피퍼니(epiphany)라고 할 수 있다. 그 단어는 당연히 19세기 말의 강한 가톨릭 국가인 아일랜드에서 금기가 되다시피 한 것으로 스티븐은 성적 환상의 노예가 되는 자신의 나약함과 죄의식으로 인해 얼굴을 붉히게 된다.

② 어린 시절의 상실

성적인 이미지가 주는 유혹에 쉽게 굴복하는 자신의 나약함을 탓하면서도 스티븐은 또한 자신의 지적인 우월성을 인정한다. 이제 그에게 아버지의 충고는 동료의 그것으로 전락했다. 그는 그와 아버지와의 관계가 "부자보다는 형제들 사이" 같다고 생각할 정도이다(91). 이제 아버지의 육체적 힘은 아들의 지적인 능력에 역부족일 것이다. 아버지와 친구들이 술을 마신 후 어린이처럼 되어버린 반면에 스티븐은 자신이 그들보다 더 나이든 것처럼 느낀다. 그리고 그는 자신이 아버지의 세계로부터 더욱 멀리 떨어져 있음을 감지하게 된다. 이제 그는 그의 어린 시절도 죽었거나 상실되어버렸음을 깨닫는다. 그에게 자극을 주는 것은 단지 그 안에서 작동하는 욕정뿐이다.

▶ **생각해 볼 문제**

1. 해부학 강의실에서의 "태아"라는 글자를 발견하는 장면을 왜 에피퍼니라 할 수 있는가?
2. 아버지와 코크로의 여행 동안 스티븐에게 아버지의 위상은 어떻게 변했는가?
3. 아버지의 위상의 변화가 예술가가 되려는 스티븐에게 어떤 의미가 있는가?
4. "태아"라는 글자가 스티븐에게 죄의식을 불러일으키는 이유는 무엇일까?

2-5. Section 5: 상금의 획득과 동정의 상실

① 상금

다음 에피소드에서 스티븐은 마치 아버지와 세대교체를 한 듯 잠시 돈과 사회적 위치를 확보한 듯 보인다. 그는 우수한 시험 성적과 에세이로 인해 학교에서 장학금을 받게 되었다. 그는 의기양양하게 아버지, 어머니, 동생, 그리고 사촌을 대동하고 장학금을 현금으로 바꾸기 위해 은행으로 간다. 돈을 쥐어 든 그는 돈을 흥청망청 쓰기 시작한다. 매일 그는 가족을 위해 메뉴를 짰고 매일 밤 두세 명을 데리고 극장에 갔다. 그의 바지 주머니는 은전과 동전들로 불룩했다. 아마 그것은 그의 빈궁한 가정의 초라한 현실과 그를 압도하는 성적 욕망으로부터 도피하기 위해서였을 것이다.

> 그의 목적은 얼마나 어리석은 것이었던가! 그의 외부에서 요동치고 있는 누추한 삶의 파도를 막기 위해 질서와 우아함의 방파제를 세우고 있었고, 일정한 행동규범과 적극적인 관심[혹은 활동], 그리고 새로운 부모 자식 간의 관계를 통해 그의 내부에서 반복적으로 요동치고 있는 강한 파도를 막으려고 했었던 것이다. 소용없는 짓이다. 내부뿐만 아니라 외부의 파도도 그가 쌓아놓은 둑을 넘어서 흐르고 있었다. (98)

점점 더 악화되어 가는 가정의 경제적 형편이 외부의 파도라면 사춘기의 그의 육체를 유린하는 성적 욕망이 내부의 파도라 할 것이다. 그는 이러한 파도와 맞서기 위해 돈으로 제방을 쌓아보았지만 헛된 일이라는 것을 깨닫는다. 그는 가족과 가까워지기 위해 애썼지만 오히려 그들로부터 "소외"되었고 자신이 그들의 국외자임을 느끼게 된다. 그는 가족과 같은 피를 나누었다기보다는 "양자"와 양부모의 관계임을 느낀다.

② 동정의 상실

이처럼 현실에서 질서를 되찾으려 했던 스티븐의 노력이 실패로 돌아가고 소외감을 느끼게 되자 스티븐은 "어둡고 끈적끈적한"(dark and slimy, 99) 더블린 거리를 방황하게 된다. 그는 "그 자체로 그를 완전히 채우는 홍수" (100)같은 성욕의 존재를 느끼게 되고 이 존재의 "미묘한 물결"(subtle stream, 100)이 그에게 침투하여 들어옴을 느끼게 된다. 서장에서 보았던 "처음에 따뜻했다가 이내 차가워지는" 물, 1장에서 보았던 시궁창에 빠졌을 때의 물의 부정적인 혹은 위협적인 이미지가 2장까지 연결되는 것을 알 수 있다. 하지만 4장 바닷가에 서 있는 새 소녀와의 만남을 묘사하는 장면에서 물의 이미지는 혐오적인 측면에서 벗어나게 된다. 그것은 독수리, 왜가리 등 위협적으로 등장했던 새의 이미지가 새 소녀의 모습을 통해 정반대의 이미지로 바뀌는 것과 마찬가지이다. 스티븐은 한편으로는 "성스러운 만남"(holy encounter) 으로서의 이상적인 사랑을 꿈꾸면서도 다른 한편으로는 현실적으로 그를 공격하며 괴롭히는 생물적인 충동에 시달린다. 그는 이상적 여인을 만나게 되면 자신이 전혀 다른 새로운 사람으로 변용될 것을 상상한다. 그 때 항상 그에게 존재한다고 느껴졌던 "나약함과 무경험과 소심함"이 떨어져 나가게 될 것이다. 그러나 이처럼 이상화된 사랑은 현실에서 창녀와의 만남으로 전락한다. 홍등가의 노란 가스등 불꽃은 마치 재단 앞에서 타오르고 있는 것처럼 보이고 문 앞에 그리고 불이 켜진 홀 앞에는 여러 무리의 여인들이 "마치 의식을 치르기 위해서인 것처럼" 모여 서 있다. 이러한 분위기는 그가 마치 자신의 동정을 제단에 바치는 의식을 치르고 있는 것처럼 보인다. 혹은 성스러운 교회를 떠나 유혹적인 마녀의 미사에 참여하고 있는 듯이 보인다. 그는 이제 "다른 세계에 있었다"(100).

갑작스런 움직임으로 그녀는 그의 머리를 끌어당겨 그녀의 입술을 그의 입술에 포갰고, 그는 그녀의 치켜 올려진 솔직한 눈길에서 그녀의 몸동작의 의미를 읽었다. 그것은 그에게 너무 벅찬 일이었다. 그는 눈을 감고 그녀의 부드럽게 벌어지는 입술 외에는 아무것도 의식하지 않은 채. 그녀에게 몸과 마음 모든 것을 맡겼다. 그녀의 입술은 마치 막연한 언어의 표현 수단이기라도 한 것처럼 그의 입술을 내리 눌렀을 뿐만 아니라 그의 두뇌와도 접촉하였다. 그리고 그 사이에서 그는 죄의 황홀함 보다 어둡고 소리나 향기보다 부드러운, 미지의 수줍은 압박감을 느꼈다. (101)

육감적인 산문이 인상적인 2장의 마지막 단락이다. 전차에서 에마와의 관계에서 그랬던 것처럼 여기서도 스티븐은 적극적인 역할을 하지 못한다. 성적 환상 속에서는 매우 적극적이었던 그가 현실의 여인 앞에서는 수줍고 예민한 소년의 모습에서 벗어나지 못하고 있는 것이다. 창녀는 입술을 통해 스티븐이 지금까지 몰랐고 이제 배우기 시작한 새로운 육체의 언어를 말한다. 그녀의 입술은 스티븐의 입술뿐만 아니라 그의 의식을 누르면서 그가 지금까지 자부심을 가지고 있었던 시석인 언어의 세계 너머에 있는 미지의, 형용할 수 없는 영역으로 인도한다. 그는 말을 하려고 애를 쓰지만 할 수 없다. 따라서 "즐거움과 안도의 눈물이 그의 기쁨에 잠긴 눈에서 반짝거렸고 그의 입술은 벌어져 있었으나 말하려 하지 않았다."

　　이처럼 그와 창녀의 만남을 다루고 있는 언어는 육감적이고 부드러우며, 새로운 세계로 들어서는 한 사춘기 소년의 기대감을 잘 그려내고 있다. 그는 그녀의 품에서 자신이 "강하고 두려워하지 않으며, 자신을 얻은"(101) 것처럼 느낀다. 그는 그를 공격하던 성적 위기가 불러온 위기를 창녀를 찾아감으로써 해소하게 된다. 2장도 1장과 마찬가지로 위기를 해소하는 분위기로 끝난다. 흥미로운 것은 스티븐이 성장의 각 단계마다에서 위기에 처할 때마다 어머니 혹은 어머니 같은 여성을 갈망하고 그녀를 통해 위기를 극복한다는 것이다. 예를 들면, 클롱고우스 학교에서 웰즈에게 떠밀려 시궁창에 빠진 후 한기를 느낄 때 어머니를 생각한다든지, 위에서 살펴본 제2장의 위기에서 "냄새가 더 좋은" 어머니처럼 향수를 뿌린 창녀의 품을 찾는다든지, 제4장에서 일생일대의 중요한 결단 (동시에 위기)의 순간에 바닷가의 소녀를 찾는 것 등이 그것이다.

▶ 생각해 볼 문제

1. 스티븐이 상금으로 받은 돈을 흥청망청 쓰는 이유가 무엇이라고 생각하는가?
2. 스티븐이 들어선 홍등가는 어떻게 묘사되어 있는가?
3. 스티븐은 어떻게 위기의 순간에 어머니 같은 여성을 통해 그 위기를 극복하는가?
4. 창녀와의 육체적 만남을 다루는 부분의 언어를 분석해 보고 특징이 무엇인지 설명하시오.
5. 이 장에서 스티븐의 위기는 무엇이었으며 어떻게 극복하게 되는지 설명하시오.
6. 스티븐과 창녀와의 만남을 작품에 나오는 다른 여성들과의 만남과 비교하시오.

더블린의 성 프란시스 사비에르 성당

벨베디어 학교의 교회

"은총이 가득한 성모여"라고 가브리엘 천사가 말하다

로마의 시인 베르길리우스, 단테,
그리고 아첨꾼들

제3장

1. 작품구성

　　조이스는 『초상』에서 그 배경이 되는 시기인 19세기 말부터 20세기 초 (1885-1904)에 이르기까지 아일랜드 사회에서 어린 소년에게 가해졌던 종교적, 이념적, 문화적 목소리들을 스티븐이 어떻게 헤쳐 나갔는가를 반복적으로 극화하고 있다. 어린 시절부터 스티븐을 가르쳐온 여러 목소리들은 여러 가능성을 제시하기도 하지만 또한 그에게 정신적 억압으로 작용하였다. 자신의 내면에서 우러나오는 목소리를 찾아내어 삶의 지표로 삼고자 했던 스티븐에게 다른 사람들이 제시한 삶의 방향은 자유로움을 구가하는 그의 예술가적 영혼을 가로막는 장애가 될 뿐이었다.

가톨릭이 국교로 되어있는 아일랜드에서 스티븐이 극복해야만 했던 지배적인 목소리 중 하나는 로마 가톨릭교회의 목소리였다. 사제인 교사는 스티븐이 가톨릭 교리에 맞추어 "그 무엇보다도 훌륭한 가톨릭교인"(83)으로 살도록 가르쳤고 궁극적으로는 신부가 되어 성직에 봉사하고 순결을 지키도록 요구했다.

『초상』은 각 장마다 중심적인 테마가 있는데 3장에서는 "죄"의 문제가 다루어진다. 『초상』의 1장과 2장에서 자기중심적이고 언어에 대하여 특별한 자질을 지닌 스티븐은 그의 자질로 인하여 친구들로부터 따돌림을 받기도 한다. 2장에서 쉘리(Shelley)의 시구를 읊으며 "따분함"("weariness")과 공허함, 혼란스러운 우주의 고독에 대하여 생각하며 그는 외로움을 토로한다. 사춘기에 접어들어 그가 체험한 성 경험은 정신적 공허함과 아버지와 급우들로 둘러싸인 지루한 일상으로부터 탈출하고자 하는 시도에서 비롯되었다. 그렇지만 사춘기에 들어서 나타난 성적 욕구는 강하게 그를 몰아 붙였고 급기야 그는 매춘부를 찾아감으로써 사회적 도덕이나 가톨릭적 금욕과 같은 억압을 강요하는 힘들로부터 해방감을 느낀다.

그러나 그가 느꼈던 성적 환희감은 피정이 시작되자 바로 퇴색되었고 피정 기간 동안 스티븐은 사창가를 드나든 것에 대한 죄의식으로 엄청난 정신적 고통을 체험한다. 그의 '죄'는 크게 두 가지로서 하나는 가톨릭교회에서 엄격하게 금했던 욕정(lust)과 같은 인간의 육체적 욕망의 죄이고, 다른 하나는 기독교에서 금기시하는 자만심(pride)이다. 상상력이 발달한 스티븐은 신부의 사후의 심판과 지옥에 대한 설교를 들으며 우주 전체가 오로지 천국과 지옥, 보상과 벌로 가득 찬 세계로 인식한다. 스티븐이 정신적 고통을 겪으며 느끼게 되는 강렬한 격정은 어쨌든 그로 하여금 일상의 지루한 세계로부터 탈출하게 하였다. 탈출을 꾀하기에 매춘가보다는 교회가 훨씬 더 수준이 높고 고강도의 자극제로 작용하였을지도 모른다.

신부의 설교에 스티븐이 지나치게 예민하게 반응하며 육체적 쾌락의 죄에 대한 벌에 관심을 집중하는 것은 평소 그가 '욕정'과 '자만심'을 자신의 문제로 인식해왔음을 보여준다. 따라서 3장에서 가장 극적인 장면은 이 두 가지 '죄'와 그에 상응하는 '벌'을 다룬 대목이다. 스티븐은 육체적 '죄'에 병적일 정도로 과도하게 죄의식을 느끼며 고통 받고 있어 스스로를 처벌하고 있는 듯하다.

가톨릭 신자들에게 피정을 처음 의무화한 것은 예수회였는데 3장에는 가톨릭 예수회학교인 벨베디어(Belvedere) 학교의 연례적 종교 행사인 피정을 맞아 행해지는 신부의 설교와 교회의식이 상세하게 그려져 있다. 3장에서 보는 피정은 스티븐의 지나친 상상과 과다한 감정으로 인하여 마치 멜로드라마를 연상시키기도 하지만 당시 교회에서 행하던 기본 절차를 그대로 따르고 있다. 피정기간에는 인도하는 교사가 별도로 지정되었고 그는 학생들로 하여금 죽음, 마지막 심판, 지옥, 연옥, 천국에 대하여 묵상하도록 하였다. 3장에서 피정기간은 수, 목, 금요일이며 토요일(12월 3일)은 스페인 예수회 선교사이자 벨베디어 학교의 보호 성자이기도 한 성 프란시스 사비에르(St Xavier) 축일로 부활의 미사가 집전된다.

3장은 스티븐이 자신의 '죄 값'에 대한 두려움으로 인하여 극심한 심적 고통을 겪은 후 급기야 속죄하고 성체배령을 함으로써 결국 종교 앞에 무릎을 꿇게 되는데 그 과정에서 겪게 되는 스티븐의 의식의 변화를 다루고 있다. 3장의 시작에서 스티븐의 영혼이 시든 꽃에 비유되었으나 끝에서는 순결한 영혼을 상징하는 흰 꽃들로 에워싸인 향기로운 제단에서 스티븐이 미사를 드린다. 이 꽃들은 스티븐이 맞게 된 교회와의 고통스러운 영적 대치상황과 갈등 후 종교에 귀의한 후 평화로움을 찾은 심경을 반영한다.

3장의 서술은 전체적으로 스티븐이 신부의 설교에 반응하는 방식으로 전개되며 그의 참회는 3장의 클라이맥스를 이룬다. 3장은 세 섹션으로 이루어져 있다. 첫 섹션에서는 스티븐은 자신이 예수회의 가르침에 위배되는 중죄를 지었다는 것을 알면서도 자존심 때문에 이를 인정하려 하지 않는다. 그러나 그는 내심 몹시 두려워하며 점차 다가오는 큰 고통을 감지하며 불안해한다. 둘째 섹션은 다소 길다. 피정기간에 행해진 세 주제에 대한 설교와 그에 대한 스티븐의 반응이 나타나 있다. 여기서 스티븐은 자신의 죄에 대한 대가를 지옥의 고통으로 치러야 한다고 생각하며 지옥의 모습을 생생하게 전달하는 사제의 강력한 언어 수사력으로 인해 더욱 더 두려움에 떤다. 세 번째 섹션은 스티븐이 참회하는 내용이 주를 이룬다. 그는 설교에서 들은 사후에 가게 될 지옥에 대한 무서운 이미지로 인하여 끔찍한 악몽을 꾼다. 그리고 꿈에서 깨어나서는 교회에 찾아가서 고백성사를 하며 신앙인으로 거듭난다.

2. 내용분석

2-1. Section 1: 죄의식

　12월의 짧은 겨울날이 저물어 가는 늦은 오후 스티븐은 학교 교실에 앉아서 책상 위에 노트를 펼쳐놓고 교장선생님을 기다리며 저녁시간을 어떻게 보낼지 궁리하고 있다. 허기가 느껴지자 그는 푸짐한 저녁식사를 떠올린다.

> 12월 음울한 낮이 기울자 어둠이 재빠르게 광대처럼 구르며 왔다. 그가 교실의 우중충한 네모진 유리창을 응시하고 있을 때 배에서 음식을 넣으라는 신호가 왔다. 그는 저녁식사로 스튜를 먹고자 했는데 순무, 당근, 흠이 난 감자, 두툼한 양고기 조각들을 넣고 후추를 듬뿍 친 걸쭉한 밀가루로 만든 소스를 국자로 떠먹고 싶었다. 뱃속을 가득 채우라고 배가 그에게 권했다. (161)

　저녁식사로 먹을 기름진 음식을 상상하던 그의 식욕에 이어 그 다음으로 밤에 찾아 갈 홍등가에서 누릴 쾌락에 대한 상상이 이어진다. 호객행위를 하는 매춘부들을 보면서 홍등가를 누비는 것이 그에게는 이미 익숙해진 저녁행사인 것 같다.

> 음울하고 은밀한 밤이 될 것 같은데. 어둠이 빨리 내린 후 어스름해지면 지저분한 사창가 이 곳 저 곳에는 노란 램프들이 켜지겠지. 길을 따라 위아래로 빙빙 돌아다니다가 점점 더 가까이 다가가 두려움과 기쁨에 전율하면서 기어코 그의 발은 어떤 어두운 모퉁이로 갑자기 들어가도록 이끌겠지. 밤손님을 맞으려고 준비하며 이제 막 집에서 나온 창녀들은 잠에서 깨어나 게으르게 하품하며 머릿단에 핀을 꽂고 있을 거야. 이들 앞을 조용

히 지나면서 마음이 갑자기 요동치기를 기다리거나 아니면 향수 냄새 풍기는 그들의 부드러운 육체가 죄악을 사랑하는 내 영혼을 갑자기 부를 때를 기다리고 있게 되겠지. (102)

육체적 쾌락을 위한 생활은 스티븐에게 거의 일상이 되었다. 그는 사창가의 매춘부들의 말과 행동을 떠올리면서 우울하게 앉아 있다.

다른 장에서도 그러했듯이 3장의 시작에서 스티븐은 젠체하고 반항적이며 모호하고 초연한 태도를 취하고 있다. 스티븐의 기독교적 '죄(sin)'에 대하여 고찰하는 장인만큼 첫 문단의 식욕(gluttony)을 시작으로 스티븐의 마음에 일고 있는 욕정(lust), 게으름(sloth), 자만심(pride), 분노(anger) 등 성서에서 금하는 일곱 가지 중죄(Seven Deadly Sins)가 차례로 제시된다. 스티븐은 "욕정이라는 악의 씨에서 자만심, 탐욕, 시기심, 식탐, 분노, 게으름과 같은 모든 중죄들이 유래한다"(106)라고 생각함으로써 욕정이 그에게는 궁극적인 문제임을 시사한다.

성에 대한 스티븐의 강박증은 그의 눈앞에 있는 그 어느 것이라도 이 생각이 압도하고 있음을 볼 수 있다. 가령 책상 위에 펼쳐놓은 노트 위에 수학방정식들이 적혀있는데 이것을 보며 스티븐은 허영심의 상징인 공작새가 꼬리를 활짝 펼치고 있다고 생각하며, 또한 별들이 부서져 먼지 같은 미세한 가루가 되어 구름을 이루고 있는 것을 상상하는데 일시적으로 일어났다가 사라진 성적 열정을 사그라지는 불로 표현하는 것으로 보인다. 그는 지친 마음에서 음악소리를 떠올리는데 음악은 그에게 언어를 연상시켰고 언어는 다시 외로이 떠돌다 지쳐서 창백하게 된 달을 노래한 쉘리(Shelley)의 시 구절을 연상시킨다. 시 구절에 나오는 달은 별을 생각하게 했고 스티븐의 눈에 이 둘은 서로 구분이 되지 않은 채 모든 것이 사방으로 분산되는 듯하다. 모더니즘소설의 특징인 의식의 흐름 기법과 상징이 두드러지게 나타나는 대목이다. 성욕으로 들떠있던 그의 감정은 이제 별들이 부수어져 우주공간으로 흩어져 내린 후 싸늘한 어둠만이 남은 것처럼 가라앉아 있다.

> 또 하나의 방정식이 천천히 펼쳐져 넓어지는 꼬리를 활짝 펴기 시작하는 그 페이지 위로 어스름한 빛이 더 희미하게 비치고 있었다. 그것은 체험을 찾아 나섰던 그의 영혼으로, 거듭 죄를 지었고 . . . 그 자체에서 발하던 빛과 불을 끄고 있었다. 이제 빛과 불은 꺼졌고 싸늘한 어둠만이 혼돈을 가득 채우고 있었다. (103)

이제 "차갑고 투명한 냉담"만이 엄습해 오며 스티븐의 의식은 무질서한 혼돈에 빠져있다. 스티븐은 정신적 황량함을 느끼며 거룩한 은총의 샘은 메말라 버렸다고 생각한다. 이러한 심정에서 그는 자책하며 절망감에 쌓인다.

> 그의 욕정이 소진된 후에 찾아든 혼돈은 자신에 대한 냉철하고 냉담한 자의식이었다. 그는 한 번도 아니고 여러 번 죽을죄를 범했으며 처음 범한 죄만으로도 영원히 벌을 받을 위험에 처할 터인데 그 죄를 연달아 범함으로써 자신의 죄와 그 벌을 몇 곱으로 늘렸다는 것을 그는 알고 있었다. 영혼을 신성하게 해 줄 은혜의 샘이 더 이상 그의 영혼을 깨끗하게 해줄 수 없기 때문에 그의 나날과 일, 생각들은 그의 속죄를 위하여 아무 것도 해줄 수가 없었다. (103)

스티븐이 이처럼 죄의식을 강하게 느끼고 있는데도 불구하고 그의 마음 한 구석에 도사리고 있는 자만심(pride)은 쉽게 포기되지 않는다. 죄의식과는 별도로 자아에 대한 긍지가 하느님을 대적할 정도로 큰 그의 영웅심을 볼 수 있다.

> 자신의 죄에 대한 오만함, 신에 대하여 지녔던 사랑이 부재된 경외심은 그
> 에게 자신의 잘못이 너무도 중대해서 모든 것을 다 보고 다 알고 있는 존
> 재에게 거짓 복종을 한다고 하여 전부 또는 그 일부라도 보속될 일은 없을
> 것이라고 말하고 있었다. (104)

스티븐의 자만심은 급우들에 대한 태도에서도 드러난다. 에니스라는 학
생이 수학용어인 무리수(無理數)에 대하여 이해를 못하자 그는 참을 수 없다
는 듯이 "이봐, 에니스, 네가 머리가 있다면 내 지팡이도 있다고 하겠네! 정말
무리수가 무엇인지 모른단 말이야?"라고 조롱한다. 그런가하면 일요일 아침
에 교회 문을 지나면서 모자도 쓰지 않은 채 교회 안에 들어가지 못하고 밖
에 줄지어 서서, 보지도 못하고 듣지도 못하면서 미사에 참석하는 신자들에
게 차가운 시선을 보내며 그들의 "둔한 신앙심과 머리에 바른 싸구려 헤어
오일의 냄새"는 그들이 기도 드리는 제단에서 자신을 몰아낼 정도로 역겹다
고 건방지게 말한다. 아직 충분히 성숙하지 못한 채 영웅심을 드러내는 스티
븐을 조이스는 놀리듯이 아이러니컬하게 묘사하고 있는 것이다. 스티븐의 오
만한 태도의 근저에는 그의 미성숙도 한 몫 하고 있지만 자신에 대한 죄의식
과 분노, 자괴감과 절망감을 타인에 대한 경멸적인 제스처로 덮어 버리려는
심리가 작용하고 있다. 스티븐이 자신의 급우와 교회신자들에게 불손한 태도
를 취하며 거리를 두는 제스처는 스스로에 대한 타락한 이미지를 더욱 강하
게 구축한다. 그러나 스티븐의 이 자만심을 꼭 부정적으로 볼 수는 없을 것
같다. 전적으로 부정적으로만 본다면 스티븐의 기질을 형성하는 중요한 요인
을 상실할 수 있기 때문이다. 그의 자만심이 아직은 미숙한 단계이지만 궁극

적으로는 독립적인 자존감의 근간을 이루는데 중요한 축이 되기 때문이다.

그러나 주변 사람들에게 경멸적인 태도를 취한다고 그의 문제가 해결되는 것은 아니다. 누구에게도 자신의 문제를 털어놓을 수 없는 그는 많이 외롭다. 그는 자신의 마음을 토로하며 의지할 대상으로 성모 마리아를 지목한다. 마침 스티븐은 학생으로서 누릴 수 있는 최고의 명예직인 "성모 마리아 신심회(信心會)"의 회장직을 맡고 있었다. 그러나 학생들을 선도하는 이 직책이 그로 하여금 더욱 자책하게 한다. 그는 마리아를 "죄인들의 피난처"라고 부르며 자신에게 위로를 주는 단 하나의 존재로 생각한다. 그리고 자기연민에 차서 성모 마리아에게 의지하며 그녀에게 바치는 라틴어로 된 시편을 낭송하며 리듬감을 즐긴다.

> 나는 레바논의 송백처럼, 헤르몬산의 삼나무처럼 자랐고, 엔게디의 종려나무처럼, 예리고의 장미처럼 자랐으며, 들판의 우람한 올리브나무처럼, 또는 물가에 심어진 플라타너스처럼 무럭무럭 자랐다. 나는 계피나 아스파라거스처럼, 값진 유향처럼 향기를 풍겼다. 풍자향이나 오닉스향이나 또는 몰약처럼, 장막 안에서 피어오르는 향연처럼 향기를 풍겼다. (105) (공동번역 성서 『집회서』(*Ecclesiasticus*, 24장 13-15절)

정신적 안내자이며 죄인의 피난처인 성모 마리아는 스티븐에게 온화한 시선으로 응답하는 듯 했다. 무섭고 두려운 존재인 하나님보다 신비에 쌓여있는 마리아가 다가가려 하는 죄인을 내치지 않고 동정심을 갖고 받아줄 것처럼 보였다. 그래서 그는 "만일 그가 죄를 물리치고 후회하도록 그의 마음을 움직이는 충동이 있다면 그것은 마리아의 기사(騎士)가 되고자 하는 소망"에서 이었을 것이라고 생각한다. 스티븐은 성모를 자신의 마음속 중심에 두고 더욱더 성모 마리아에게 의지하며 성모 마리아의 기사(騎士)가 되고자 한다.

이어서 스티븐은 "샛별을 징표로 삼고 있는 마리아"에 대하여 뉴먼(Newman)의 『성모 마리아의 영광들』의 한 구절을 인용하여 "밝고 음악적이며 하늘을 말하고 평화를 고취하는" 자라고 읊조린다. 『초상』에서 스티븐은 즐겨 뉴먼의 글귀를 인용하는데 가톨릭의 독특한 문화가 잘 나타나 있는 뉴먼의 글에서 느껴지는 가톨릭적이면서도 지적이고 예술적인 감성으로 마리아를 이해하고자 했던 것 같다. 기도문에 나오는 성모 마리아를 상징하는 단어들인 "금으로 된 집(house of gold)", "신비한 장미(mystical rose)", "새벽 별(morning star)", "죄인의 피난처(refuge of sinners)"와 같은 어휘들이 스티븐의 의식에 새겨져 그녀의 이미지를 만들어 내고 있는 듯하다. 그는 성모 마리아에 대하여 매우 시적이며 눈부시고 음악적인 존재로서 이해하며 고양된 이미지를 부여한다. 그러나 스티븐이 마주해야 하는 19세기 말의 아일랜드의 가톨릭교회는 뉴먼의 글에서 느껴지는 정신적 고양보다는 영국 빅토리아조의 도덕성 또는 신교의 청교도적인 도덕성을 상기시킨다. 피정기간에 듣는 아널 신부의 설교 역시 신교도적 성향이 짙어 보인다.

마리아가 지닌 여성성이 스티븐에게는 큰 위안이 되었다. 스티븐이 예수나 신이 아닌 성모에게 매달리는 것은 신이 구현하는 남성성에서 느껴지는 엄격함 대신 여성성이 나타내는 모성애적인 관대함, 자애로움, 온화함에 마음 편하게 의존심이 생겨난 듯하다. 그러나 성모 마리아에게 열렬한 헌신을 하면서도 매춘부를 찾음으로써 스티븐은 여성에 대한 상반적인 이미지를 지니고 있다. 여성을 두 개의 전형적인 존재로 인식함으로써 그는 여성을 한 개인적인 존재로 보기보다는 어떤 전형적 존재로 이해하고 있음을 알 수 있다. 이렇게 되면 여성을 일상적 현실 세계의 일원으로서가 아니라 상상이 빚어낸 존재로 파악하게 되는 것이다. 그러나 성모 마리아나 매춘부와 같은 그의 여성에 대한 이분법적 인식이 실제의 여성과 거리가 있다 하더라도 여성은 스티븐에게 일상의 갈등, 회의, 소외감으로부터 피난처가 되고 있다.

교실에 앉아 교장 선생님을 기다리는 동안 다른 급우들은 농담도 하고 친구 혜론은 옆에서 태평하게 노래를 흥얼거리는데 스티븐은 자신을 옥조이 며 서서히 다가오는 두려움에 떨고 있다. 그는 율법을 하나라도 지키지 않는 다면 모든 율법을 다 지키지 않게 되는 것이라는 성서 구절을 떠올리고 이를 자신의 처지에 적용한다. 그리고 평소 의구심을 품었던 신학적인 문제들에 대하여 생각해 본다. "광천수(鑛泉水)로 영세를 받아도 유효한 것일까? 그리 스도가 산상 수훈 속에서 가르친 첫 복음에 의하면 마음이 가난한 자에게 천 국을 약속한다고 했는데, 두 번째 복음에서는 마음이 온유한 자가 이 땅을 차 지하게 할 것이라고 약속했다. 왜 그랬을까?" 죄의식을 느끼고 두려워하면서 도 신학적 문제를 제기하는 스티븐의 태도는 그가 여전히 강한 자아의식을 견지하고 있음을 보여준다. 교회 안에서 토론의 여지가 없이 믿고 받아 들여 야 하는 이슈들에 대한 그의 문제제기는 기독교 교리의 신성성이 지니는 권 위에 대한 도전으로 보인다.

이 때 창가에서 밖을 살피고 있던 학생이 교장이 오고 있다고 말하자 교 실의 학생들은 일제히 교리문답서를 펴놓고 고개를 숙였다. 이윽고 교장이 들어와 이 학교의 수호성자인 성(聖) 프란시스 사비에르(Saint Francis Xavier) 를 추념하는 피정이 수요일부터 금요일까지 있으며 이 기간 동안에 행하게 될 묵주신공을 비롯하여 금요일 오후에 있게 될 고백성사와 성 사비에르의 축일인 토요일 아침의 미사와 영성체에 대하여 알렸다. 그러자 "차갑고 투명 한 무관심" 상태에 있던 스티븐의 마음은 "짙은 안개"가 낀 것 같은 상태로 바뀌어갔다. 교장의 말에 이제 드디어 올 것이 왔음을 감지한 스티븐의 마음은 마치 "시들어가는 꽃"처럼 두려움으로 오그라드는 듯 했다. 교장이 성(聖) 프란시스 사비에르를 신의 위대한 병사라고 칭송하고 그의 출신과 선교의 행적, 신앙심 깊은 믿음에 대하여 말한 후 학생들을 날카롭게 바라보자 스티븐의 눈에 교장의 "검고 엄한 눈동자에서 이는 검은 불길은 날이 저물어 어두워지는 교실을 황갈색으로 타오르게" 하는 듯했다. 그러자 "스티븐의 가슴은 멀리서 서서히 다가오는 모래폭풍을 감지한 사막의 꽃처럼 시들어 버렸다". 두려움에 찬 절망감을 표현하는 이 두 비유는 그 자체로 스티븐의 대단한 문학적 상상력과 예술적 감성을 보여준다.

> ▶ 생각해 볼 문제
> 1. 기독교에서 금하는 일곱 가지 중죄(Seven Deadly Sins) 중 스티븐이 자신에게 가장 큰 문제라고 생각하는 죄는 무엇이며, 그는 왜 그렇게 생각하였는가?
> 2. 스티븐은 성모 마리아로부터 마음의 위로를 얻고자 하였는데 왜 그는 마리아에게 향했는가?
> 3. 스티븐에게 여성은 어떠한 존재로 인식되는가?
> 4. 신학적 문제에 대하여 스티븐은 의구심을 나타내는데 이것은 교회에 대한 그의 어떠한 태도를 암시하는가?
> 5. 스티븐은 피정기간이 다가오는 것을 왜 두려워하는가?

2-2. Section 2: 가톨릭 신부의 설교

두 번째 섹션은 피정기간 동안 아널 신부가 하는 설교와 이에 반응하는 스티븐의 심리묘사가 주요 내용으로 되어있다. 스티븐은 예수회 학교인 클롱고우스 우드 학교(Clongowes Wood College)에 다니던 시절 아널 신부에게 배운 적이 있다. 3장의 상당부분을 차지하는 가톨릭 신부의 설교는 예수회 창설자인 성 이냐시오 로욜라(Saint Ignatius Loyola 1491-1556)의 저서인 『영혼의 훈련』(*Spiritual Exercises*)과 17세기의 예수회 텍스트인 『지옥이 기독교인들에게 열렸으니 그곳에 들어가지 않도록 주의를 주기 위함』(*Hell Opened to Christians, To Caution them from Entering into It*)을 조이스가 주로 참조하여 쓴 것으로 알려져 있다. 아널 신부의 세 개의 설교는 조이스가 1904년에 썼던 에세이, "예술가의 초상"('A Portrait of the Artist')에서 밝혔듯이 "영원히 지옥에 떨어지는 것과 회개의 필요성, 기도의 효력"에 대한 것이다. 아널 신부는 천국을 "선한 삶과 선한 죽음"에 대한 보상으로 정의하는데 천국에 대한 그의 개념은 교회법에 순종하는 삶에 대한 보상으로 부활을 약속 받는 것으로서 이것은 종교적 매매를 연상시킨다.

아널 신부의 지옥도는 스티븐의 의식에 강하게 각인되었는데 이 지옥에 대한 묘사는 단테(Dante Alighieri)의 『신곡』(*The Divine Comedy*) 첫 부분인 「지옥」('Inferno')이 주요 모델로 되어 있다. 「지옥」에서 순례자가 구원을 향해서 올라가기 전에 지하세계의 지옥을 먼저 보아야만 하듯이 스티븐도 죄와 부도덕함에 빠져 무시무시한 지옥을 보게 된다. 단테도 성모 마리아가 그가 사랑하는 베아트리체와 천국에서 만나도록 그를 손짓하여 불렀기에 그의 절망감이 덜어졌듯이 스티븐도 성모 마리아가 나타나 에마의 손을 잡게 하는 상상을 한다. 지옥 방문은 엄청난 고통을 겪게 하나 궁극적으로 성스러운 사랑으로 인도하는 길을 찾아가게 한다.

3장에서 스티븐은 자신을 밀톤(Milton)의 『실낙원』(*Paradise Lost*)에 나오는 사탄에 비유하고 있다. 곧 자신을 자만심에 빠져 신에 대항하는 반역자로 보고 있는데 이러한 성서적인 이미지들은 그의 내면 깊숙이 자리한 죄책감을 더욱 확실하게 느끼게끔 한다. 스티븐은 사탄이 가장 두려워했던 바인 "고개를 숙이고 무릎을 꿇고 은혜를 간청하는" 상황이 전개되지 않을까 염려한다. 영웅적 존재에게 이러한 행위는 자아의 포기를 의미하기 때문이다.

그러나 점차 이야기가 진행되면서 스티븐이 우려했던 상황으로 귀결된다. 스티븐이 스스로에게 부과했던 사탄과 같은 영웅적 정체성은 설교에서 받은 충격으로 흔들리면서 무너져 내린다. 그는 자신의 행위가 수치스러운 것이었음을 인정하게 되고 겸허하게 자신을 굽히고 죄를 뉘우친 후 제단 앞에 무릎을 꿇는다.

섹션 2에서 스티븐이 설교를 들은 후 가톨릭 앞에 엎드리게 되는 과정은 상당히 긴박감을 자아내는데 그 과정을 순서대로 간략하게 정리하면 다음과 같다.

1. 사비에르에게 헌신하는 피정이 있게 될 것이라는 교장의 발표가 있다.
2. 피정에 대한 정의가 내려지고 학생들은 세속에 대한 염려를 없애야 한다고 교장은 말한다.
3. 목요일에는 죽음과 심판의 주제에 대한 설교가 행해진다.
4. 금요일 설교는 하느님에 대한 루시퍼의 불복종과 지옥의 육체적, 정신적 고통에 대한 내용이고 하느님의 공정함을 강조한다.
5. 끝으로 설교자가 하느님 앞에 가장 큰 죄는 교만이라는 점을 강조하는데 설교를 들은 후 스티븐의 강한 자아는 무너지고 만다.

피정 중에 행해진 설교는 언제나 그 절차가 성서 인용과 기도로 시작하여 설교주제로 이어졌는데 설교의 내용은 논리적으로 짜임새 있게 전개되었다. 조이스는 교회와 결별했을 때에도 가톨릭 교회의 체계적인 수사법에 대하여는 무척 존경했는데 5장에서 스티븐은 친구 크랜리에게 가톨릭에 대하여 "논리적이며 일관성 있는 모순"("absurdity which is logical and coherent")이라고 말한다. 예술가(문학가)가 되고자하여 가톨릭교회에서 벗어나고자 했던 스티븐이 문학적 훈련인 상징적 일관성, 지적 명료함, 서술 기교, 고전에 대한 수업을 가톨릭신부의 설교를 통해서 배웠다는 점은 아이러니이다. 스티븐은 성모 마리아와 요한 묵시록에 대한 체계적인 이미저리와 상징을 그대로 차용하며 설교자의 인간의 타락에 대한 언급, 학생들로 하여금 지옥도를 상상하도록 하는 방법("상상하라"라는 말이 반복적으로 사용됨), 자신의 주제를 설명할 때 여러 부분으로 나누어 설명하는 방법 등의 수사학을 익혔을 것이다. 설교자는 설교의 내용 중에 성서 인용, 신학의 고전들, 토마스 아퀴나스와 같은 성자에 대한 인용(아퀴나스는 급기야 5장에서 스티븐의 멘토가 된다)을 하며 이 권위 있는 고전을 자신이 말하려는 주제와 자연스럽게 연결시키는 능력을 발휘한다. 이러한 수사학을 통해서 설교는 힘을 얻고 권위를 갖추게 된다. 스티븐이 저항했던 가톨릭교회가 그의 문학적 이상을 실현해주는 밑받침이 된 것은 아이러니이다.

아널 신부는 지쳐있고 허약해 보이지만 강단이 있으며 능숙한 수사법을 설교에서 구사한다. 가톨릭 사제의 직선적인 말과 논리적인 수사법에 스티븐의 자아는 압도되며 전적으로 설교에 함몰된다. 그는 죄의식에 사로잡힌 죄인이 되어 심판대 앞에 떨며 서있다. 설교 사이의 막간마다 스티븐은 설교자의 말과 이미지를 다시 새겨보는데 이 과정에서 스티븐의 의식은 설교의 힘에 이끌려 아무런 저항 없이 설교내용을 그대로 수용한다.

① 수요일 설교: 죽음에 대하여

"오직 여러분이 최후에 맞게 될 일만 생각하시오. 그러면 여러분은 영원히 죄를 범하지 않게 될 것입니다. 이 말씀은 「전도서」제 7장 40절입니다. 성부, 성자, 성령의 이름으로 아멘." 스티븐은 채플 앞자리에 앉아서 어린 시절 스승이었던 아널 신부가 어깨에 두꺼운 외투를 걸치고 감기에 걸린 듯 헬쑥한 얼굴로 설교를 시작하는 것을 바라보며 클롱고우스 학창시절 힘들었던 일들을 떠올린다. 아널 신부는 성서 인용 구절을 말하는 부분에서 오류를 범하고 있다. 그가 인용한 성서구절은 「집회서」(*Ecclesiasticus*) 7장 40절인데 아널 신부는 이를 「전도서」(*Ecclesiastes*)로 착각하고 있다. 조이스가 고의적으로 오류를 넣은 것인지, 아니면 실수였는지는 알 수 없다.

아널 신부는 성 프란시스 사비에르의 축일을 맞아 그를 기념하는 피정 기간에 무엇을 해야 되는지에 대하여 설명한다. 그는 피정(retreat)이란 "우리의 양심 상태를 점검하고 신성한 종교의 신비에 대하여 묵상하며 왜 우리가 이 세상에 오게 되었는지를 이해하기 위하여 우리의 일상의 세속적 근심으로부터 잠시 벗어나 있는 것"이라고 설명하며 이 피정기간에 영혼에 대하여 묵상하며 우리가 마지막으로 맞게 되는 네 가지 "종말", 곧 죽음, 심판, 지옥, 천국에 대하여 깊이 성찰해야 한다고 학생들에게 가르친다.

아널 신부는 우리가 이 세상에 태어난 것은 오직 하나의 목표, 곧 "하느님의 신성한 뜻을 행하며 우리의 불멸의 영혼을 구하기 위한 것"이고 그 외의 일들은 그 어느 것도 가치가 없다고 말한다. 따라서 이 네 가지 "종말"을 기억하며 살아야 하고 이 세상의 많은 것을 희생하면 천국에서 영원히 보상을 받을 것이라고 주장한다. 구원의 문제에 대하여 아널 신부는 금전의 저축과 같은 물질적 이론을 펴고 있다. 즉 현세적 삶의 희생은 천국이라는 신의 은행에 투자하는 것과 같다는 식의 이해이다.

그러나 죽음과 심판에 대한 첫 번째 설교를 들으며 스티븐의 마음은 두려움으로 크게 위축된다.

그가 말없는 친구들과 집으로 걸어가고 있을 때 짙은 안개가 그의 마음을 에워싸는 듯 했다. 그는 안개가 거두어져 숨어있는 것이 드러날 때까지 멍하게 기다렸다. 별로 당기지 않은 채 저녁을 먹었는데 식사가 끝나자 기름기가 덮인 접시들을 식탁에 그대로 남겨둔 채 일어나서 창가로 가서 입안에 두껍게 붙어있는 음식찌꺼기를 발라먹고 입술 위에 붙어있는 것을 핥았다. 이렇게 그는 음식을 먹고 턱을 핥는 짐승의 상태로 전락해버린 것이다. 이제 끝났다고 생각하자 공포가 희미한 불빛처럼 안개로 뒤덮인 그의 마음을 뚫고 나타나기 시작했다. (111)

스티븐은 방금 먹었던 기름진 식사를 떠올리며 자신이 짐승의 상태로 내려간 것처럼 느낀다. 피정이 시작될 것이라는 말을 들었을 때부터 그가 감지했던 공포심이 이제 현실이 되어 점점 가까이 다가오고 있었다. 자신의 정신과 육체는 한없이 미천한 처지로 굴러 떨어지는 듯했다.

그의 영혼은 두터운 기름으로 비대하게 응고되어 어두컴컴하고 위협적인 어둠 속으로 침울하게 두려워하면서 깊이 굴러 떨어지고 그의 입장을 지켜주었던 육체는 맥없이 수치심에 차서 어두워진 눈으로 무력하고 당황하며 인간적으로 되어 응시할 우신(牛神)을 찾고 있었다. (111)

우신(牛神)을 두 가지로 생각해 볼 수 있는데, 하나는 고대 이집트인들이 숭배하던 이교도의 신(神)으로 성우(聖牛) 아피스이고 다른 하나는 고대 희랍의 크레타 섬에서 의식을 치르며 숭상하던 황소이다. 크레타 섬의 우신은 『초상』에서 중요한 주제와 연관이 있는 다이달로스 신화와 미궁을 연상시킨다. 스티븐은 그동안 가톨릭 교리에 위배가 되는 행동을 해왔기에 스스로 발목이 잡혔다는 것을 직감한다. 그는 기독교 신자로서 응당 지켜야 할 금욕을 어기며 육체적 쾌락에 탐닉했던 자신을 이교도로 보고 있는 듯하다. 그리고 수치심을 느끼며 자신의 영혼을 기름덩어리로 비유함으로써 영혼이 부재된 아둔한 존재가 되어버렸다고 생각한다. 지금까지 남들에게 우월감을 느껴왔던 그는 완전히 자신감을 상실하고 그의 강한 자부심도 무너져 내리는 것 같다.

그러나 이러한 그의 절망적인 심경과는 달리 독자는 자신의 심경을 토로하는 스티븐의 시적인 언어와 길고 복잡한 문장의 사용을 통해서 스티븐의 지적수준이 상당한 수준으로 올라와 있다는 것을 알 수 있다.

② 목요일 설교: 죽음과 심판

다음 날 목요일 죽음과 심판에 대한 설교가 시작되자 스티븐의 "힘없이 절망하던 영혼은 천천히 동요"하기 시작했다. 희미하게 모습을 드러냈던 두려움은 설교자가 "그의 영혼에 죽음을 불어넣자" 이내 극심한 공포심으로 바뀌었다. 스티븐은 자신의 영혼이 타락했다고 생각하며 깊이 절망하고 괴로워한다. 신경이 극도로 예민한 상태에 있는 스티븐은 설교에 제시된 가톨릭교회의 그로테스크한 관점으로 인하여 더욱 더 정신적 압박을 받는다.

아널 신부의 죽음에 대한 말은 강렬하게 스티븐에게 와 닿아 급기야 그는 자신이 사실상 죽었다고 상상하기에 이른다. 풍부한 상상력을 지닌 스티븐은 신부의 설교에 특히 예민하게 반응하는데 신부가 죽음에 대한 말을 하자마자 그는 클롱고우스 우드 학교에서 겪었던 죽음에 대한 공포심을 다시 드러내게 된다. 그러다가 그는 오히려 설교자의 호된 어조를 능가하여 극단적인 자기혐오에 빠져든다.

> 그 자신과 그를 굴복시켰던 자신의 육체는 죽어가고 있었다. 무덤으로 가라! 시체를 나무로 된 상자에 넣고 못질을 해라. 인부들 어깨위에 그것을 매게 하여 집 밖으로 끌어내라. 사람들의 눈에 뜨이지 않도록 땅속의 길쭉한 구덩이인 무덤에 그것을 처넣어 썩게 하라. 그리고 기어 다니는 한 무리의 벌레들이 파먹게 하고 바삐 뛰어다니는 배 불룩이 쥐들이 게걸스럽게 뜯어 먹게 하라.
> 친구들이 눈물을 흘리며 임종의 침상 주변에 서있는 동안 죄인의 영혼은 심판을 받았다. 의식의 마지막 순간에 이 세상에서의 삶 전체가 영혼의 비전 앞을 지나갈 것이며 미처 반추해볼 겨를도 없이 육체는 죽었고 영혼은 공포에 떨며 심판대 앞에 서 있을 것이다. 지금까지 자비로웠던 하느님은 그 때는 공정한 하느님이 될 것이다. (112)

죽음에 대한 스티븐의 상상은 너무도 생생하며 위의 장면은 1장에서 그가 죽음에 대하여 상상했던 것과 많이 닮았다. 『초상』의 1장에서 스티븐이 몸이 아파서 클롱고우스 학교 양호실에 누워있을 때 파넬의 서거 소식을 듣고 그의 죽음과 자신의 죽음을 연결시키며 슬픔과 두려움을 느낀 적이 있는데 이번에도 그는 아널 신부의 죽음에 대한 설교를 듣자 어렸을 때 자신의 죽음에 대하여 상상했던 광경을 다시 떠올린다. 자신이 죽는 모습을 상상하는 이 장면에서 쥐의 등장을 주목할 만하다. 쥐는 스티븐의 무의식속에서 가장 끔찍하게 혐오하는 대상이다. 클롱고우스 학교 시절 시궁창에 떠밀려 빠졌을 때 그가 끔찍하게 생각하는 것은 시궁창 자체보다도 시궁창에 쥐가 뛰어드는 것을 보았다는 급우의 말이었다. 죽음과 연결되어 떠오른 쥐에 대한 생각은 스티븐의 내면의식의 연상 작용을 보여준다.

3장의 서술적 특징은 피정 설교에서 가톨릭 교리의 끔찍한 면을 대단히 사실적으로 묘사했을 뿐만 아니라 무엇보다도 스티븐의 심리를 치밀하게 묘사하고 있는 점이다. 신부의 설교에 대한 스티븐의 예민한 반응을 3장 내내 강력하고 드라마틱하게 제시했다.

클롱고우스학교 시절 그러했듯이 이번에도 그는 자신의 임종의 침상에 급우들이 둘러서 있는 광경을 상상한다. 그 때와 마찬가지로 이번에도 그는 자기 연민에 빠져있다. 그는 반성할 기회도 갖지 못한 채 사후 심판대 앞에 서서 자신의 영혼이 엄격한 신 앞에 나아가 심판을 받는 모습을 상상한다. 심판할 때의 하느님은 "자비로운"("merciful") 존재가 아니라 "공정한"("just") 심판관이기 때문에 죄인의 호소도 통하지 않으며 따라서 구원을 받을 희망은 없다고 그는 생각한다.

이윽고 스티븐은 두려움에 떨며 자신이 죄인임을 인정한다. 그는 자신의 죄목을 낱낱이 열거하면서 자책감에 사로잡힌다. 죄에 탐닉하고, 하느님과 교회의 경고를 조롱하고, 하느님의 존엄성에 도전하고, 명령에 불복하고, 사람들을 기만한 죄를 저질렀던 시간은 가고 이제 하느님이 심판할 차례가 되었다고 생각한다.

모든 죄는 숨어있던 곳으로부터 끌어내질 것이다. 신성한 존재의 의지에 대항하여 모반하고 우리의 가련한 부패한 천성을 타락시킨 죄, 아주 작은 결점부터 혐오스러운 큰 실수에 이르기까지. . . . 하느님의 심판대 앞에서는 모든 사람은 동등하다. 신은 착한 자에게 보상하며 사악한 자는 벌하리라. 사람의 영혼을 재판하기에 한 순간이면 충분하리라. 육체가 죽은 후 한 순간에 저울에 영혼의 무게를 달 것이다. 개별적인 심판이 끝나면 영혼

은 축복의 땅에 가거나, 연옥이라는 감옥에 가거나, 비명을 지르며 지옥으로 내쳐 질 것이다. (112-3)

심판은 개별적 심판과 세상의 종말에 맞게 될 무시무시한 일반적 심판으로 나뉜다. 스티븐은 심판대 위에 서서 받게 될 준엄한 심판관의 목소리를 상상하는데 이것은 그에게 요한 묵시록의 서사시를 연상시키며 그의 온 정신은 묵시록의 어구에 사로잡힌다. 그리고 그의 영혼은 죽음의 시간을 알리는 "대천사의 나팔소리"에 즉각 응답한다. 하늘에서는 별들이 무화과나무의 열매처럼 땅위에 떨어지고 해는 검게 변하고 달은 핏빛으로 물들며 대천사 미가엘(archangel Michael)이 하늘에 나타나 나팔을 불어 요란하게 "시간의 죽음"(종말)을 알릴 것이다. 미가엘 대천사를 등장시킨 것은 스티븐이 자신의 영혼의 구원을 위하여 외부로부터 도움이 필요하다는 것을 암암리에 시인하는 것으로 보인다. 그는 자신이 겪고 있는 정신적 갈등을 수호천사가 나서서 그를 도와 악마와 대결을 벌리는 것으로 우화화하고 있다.

하지만 그는 결국 자신이 구원을 받지 못한 채 죽음을 맞게 되리라고 상상한다. 스티븐은 사후 심판을 받는 모습을 상상하는데 시적 상상력을 통해서 자신의 심경을 끔찍하면서도 아름답게 문학적으로 형상화시키고 있다.

그렇다. 설교자의 말이 맞았다. 이제 하느님의 차례가 온 것이다. 굴속에 숨어 지내던 짐승처럼 그의 영혼은 부도덕 속에서 뒹굴었지만 천사가 나팔을 불자 그를 죄악의 어두움에서 불러내 빛 가운데 서게 했다. 천사가 외친 종말을 알리는 말에 그의 주제넘은 평화로움은 순식간에 산산이 부수어졌다. 최후의 날을 알리는 바람이 그의 가슴속에 불어왔다. 그의 상상 속 보석빛깔의 눈을 한 매춘부와 같은 그의 죄는 폭풍 앞에서 겁먹은 생쥐처럼 찍찍대며 날아가 갈기 같은 머리채 밑에 몸을 웅크렸다. (115)

아널 신부는 설교에서 특별히 성적인 죄에 대하여 언급하지 않았으나 설교에 대한 스티븐의 반응은 그가 성적 죄의식에 사로잡혀 있음을 보여준다. 설교는 스티븐의 상상력을 자극했고 그의 영혼은 수치심과 공포심으로 떨고 있었다. 그는 자신의 죄를 매춘부와 생쥐에 비유하는데 이 둘은 그에게 심리적으로 충격적인 대상들이기 때문이다. 스티븐이 이처럼 정신적으로 극한 상황에 처하게 되었을 때 그의 문학가적 자질이 더욱 빛을 발하는 것을 볼 수 있는데 시인의 상상력을 지닌 사람에게는 신앙심과 미덕보다는 죄의식과 두려움이 창작에 있어 더욱 더 자극제가 되기 때문이다. 스티븐은 어느 상황에서도 스티븐일 뿐이며 그의 영혼을 어떠한 특정 이념으로 대치시키는 것은 사실상 불가능하다는 것을 스스로 보여준다.

③ 에마와 성모 마리아

학교가 파한 후 스티븐이 집을 향하여 광장을 건너고 있을 때 한 소녀의 웃음소리가 들려왔다. 가벼운 웃음소리였으나 그의 귀에는 마치 트럼펫 소리처럼 울렸고 수치심이 전신을 훑고 지나갔다. 그러자 그에게 에마의 이미지가 떠올랐고 자신이 매춘부와 성적관계를 가졌던 것이 더욱 수치스럽게 여겨졌다. 그의 욕정이 일으킨 상상으로 에마의 순수함을 더럽혔을 것으로 생각하며 고통스러워한다. 설교를 들으며 스티븐은 두려움 못지않게 수치심에 괴로워한다. 그는 그간 마음속으로 그녀를 상대로 무슨 짓을 하고 있었으며 그의 야수적인 욕정이 그녀의 천진난만함을 어떻게 짓밟고 있었던가를 그녀가 알게 될까 두려워한다. 그는 그동안 은밀하게 행했던 여러 수치스러운 행위와 어울렸던 매춘부들을 떠올리며 자책한다. 그의 야수적인 욕정은 꿈에서 "원숭이처럼 생긴 짐승들과 반짝이는 보석 눈을 한 창녀"의 형상으로 그 모습을 드러낸다.

스티븐은 상상의 죄에 대하여도 책임을 느낀다. 자신의 신체적 욕구에 의하여 일게 된 것인데도 그가 욕정을 품고 그녀를 생각함으로써 그녀를 욕되게 하였다고 생각한다. 그러나 죄를 범한 두 아이들을 용서하기에 신은 너무도 위대하며 엄하고 성모 마리아는 너무도 순수하고 신성하다고 생각한다. 극심한 수치심에 휩싸여 마치 발작하듯 한차례 고통이 지나가자 스티븐은 자신의 영혼이 이제 도저히 구제될 수 없을 것으로 생각하며 무기력하게 된다.

그는 "넓은 대지"("wide land")에서 에마 곁에 서서 겸허하게 눈물을 흘리며 그녀의 옷소매 자락에 키스하는 것을 상상한다. "넓은 대지"라는 구절이 두 번 되풀이되어 나오는데 이것은 단테의 『연옥』(*Purgatorio*) 장면에서 나오는 구절이며, 마치 『연옥』의 끝에서 지상낙원의 "넓은 대지"에서 베아트리체가 단테에게 그러했듯이 에마는 스티븐의 상상 속에 그의 죄를 정죄하기 위한 중재자로서 등장한다. 이어서 그는 바다와 하늘이 뒤섞이는 "넓은 대지" 속에 에마와 자신이 서있는 것을 상상한다. 그러다가 급기야는 자신과 에마를 성모 마리아로부터 정죄함을 받고 서있는 천진한 두 어린이로 비유한다. 그는 성모 마리아가 자신과 에마의 손을 사랑의 화합 속에서 서로 마주 잡게 하는 것을 상상한다. 성모의 아름다움은 쳐다보면 위험에 처하게 되는 속세의 아름다움과는 달랐으며 그 징표인 "샛별처럼 밝고 음악적인 아름다움"이었다. 그들을 향하고 있는 성모의 눈은 화를 내거나 나무라는 기색도 없었다. 스티븐의 상상 속에서 성모는 오히려 두 아이들이 손을 마주 잡게 했고 그들에게 "스티븐과 에마, 손을 잡아라. 지금 하늘에는 아름다운 저녁이 펼쳐지고 있구나. 너희가 잘못을 저질렀으나, 언제나 나의 아이들이다"라고 말한다. 무더위 속에서 한줄기 바람처럼 두려움과 수치심에 젖어있는 스티븐의 감정이 잠깐 쉬어 가는 듯하다. 스티븐은 신의 벌을 잠시 잊고 자신의 예술가적인 감성으로 마리아의 음악적이며 빛나는 아름다움에서 풍겨 나오는 섬세하고 육감적인 즐거움을 이 상황에서 이끌어내고 있다.

그러나 이것도 잠시 위안이 되었을 뿐 스티븐의 마음은 다시 현실로 돌아와 커튼 사이로 보이는 저녁노을의 탁한 붉은 빛이 교회 안 전체를 물들이고 있는 것을 바라보며 "창백해 보이는 이 빛이 창처럼 찌르듯 들어와서 천사들이 입는 전투용 쇠사슬 갑옷처럼 제단의 제대 위에서 번득이고 있는 양각무늬가 새겨진 놋촛대들을 비치고 있는" 것처럼 느꼈다. 노을빛이 실내에 스며드는 것을 스티븐은 마치 갑옷을 입은 전사(戰士)가 공격해 오는 것으로 묘사하고 있는데 그가 신부의 설교에서 느껴지는 전투성을 이러한 이미지로 형상화한 것으로 보인다. 또한 앞서 나왔던 하늘나라의 군대의 총수인 대천사 미가엘에 대한 생각과 금요일 설교에서 등장하는 하느님에 대항하는 루시퍼에 대한 예견이기도 하다. 목요일 설교 날의 이 마지막 문단은 하늘나라에 대한 전투적이며 세속적인 기독교적 해석에 대한 풍자와도 같다. 이 장면으로 목요일 설교는 끝난다.

④ 금요일 설교: 불복종(non-serviam)의 죄와 지옥의 고통

마지막 설교가 있던 날은 비가 내렸다. 스티븐은 소리 없이 내리는 비를 보며 빗물이 점점 차오르면 물 속에 잠기게 될 것들의 목록을 하나씩 나열해 가다가 급기야는 이 세상 전체가 잠기게 될 것을 상상한다. 스티븐의 작가적 상상력이 드러나는 순간이다. 자신의 죄에 대하여 하느님이 벌을 내릴 것이라는 생각은 성경 「창세기」에 나오는 부패한 인간에 대하여 하느님이 내린 벌인 홍수에 대한 비전으로 비약된다. 이 대목에서 의식의 흐름 기법을 다시 보게 된다. 스토리 전개에 있어 목요일 설교에 이어 금요일 설교가 시작되었으나 이에 대한 작가의 설명이 없기 때문에 독자는 주의를 기울이며 스토리의 흐름을 읽어내야 한다.

다시 설교가 시작되었다. 금요일 설교의 내용은 크게 세 가지로 1) 자만심(pride)의 죄, 2) 지옥의 묘사와 지옥에서 겪게 될 육체적 고통, 3) 마지막 설교인 지옥의 정신적 고통에 대한 것이다. 이 내용들을 구체적으로 살펴보기로 한다.

① 자만심의 죄

금요일 설교의 주제가 "자만심"인 만큼 설교는 루시퍼에 대한 이야기로 시작되었다. 아널 신부는 성서 「이사야」 제 5장 14절인 "땅이 목구멍을 열고 입을 찢어지게 벌릴 것이나"라고 낭독한 후 한때 가장 뛰어난 대천사였던 루시퍼(Lucifer)가 자만심에 차서 하느님에게 순종하지 않음으로써 천국에서 추방되었으며 루시퍼와 그를 따르는 반역적인 천사의 무리들의 원죄에 대하여 지극히 가톨릭적인 관점에서 설교를 하였다. 신부는 원래 빛나고 힘있는 천사였던 루시퍼가 천국에서 지옥으로 떨어지게 된 분명한 이유에 대하여 알 수 없으나 신학자들은 한 순간에 품게 된 교만함의 죄(sin of pride), "나는 섬기지 않으리"("non serviam")["I will not serve"]일 것으로 생각한다고 말한다. 자만심을 나타내는 라틴어 "non serviam"이란 어구는 전통적으로 사탄이 멸하는 순간에 한 말로 간주되었으며 성서 『예레미야』(*Jeremiah*) 제2장 20절에 나온다.

신부는 이어서 하느님이 창조한 아담과 이브에 대하여 말하는데 루시퍼가 쫓겨난 천국에서 하느님은 이들에게 모든 것을 베풀었고 오직 한 가지 조건을 명령했는데 그것은 금지된 나무의 열매를 먹지 말라는 하느님의 말씀에 복종하는 것이었다. 악마로 전락한 루시퍼(사탄)의 유혹에 넘어간 이브와 아담은 하느님의 명을 거역하고 그 열매를 먹었고 신의 법에 순종하기를 거부함으로써 에덴동산에서 쫓겨난다. 여기서 아널 신부는 에덴동산이라는 진부한 우화를 장소와 경관까지 구체적으로 말하고 있다. 하늘군사들의 왕자격인 미가엘이 나타나 이들을 병과 고생으로 가득 찬 지상으로 몰아낸 것이다. 그 후 자비로운 하느님은 다시 인간을 구원하기 위하여 하느님의 독생자인 예수를 탄생시켰지만 사람들은 그를 십자가에서 죽게 하였다. 아널 신부는 십자가에 매달린 예수는 창에 찔려 옆구리에서 피와 물이 흘러 나왔다고 말하는데 좀 더 과학적으로 말하면 물은 림프가 될 것이다. 의학공부를 했었던 조이스의 실수이기보다는 아널 신부의 과학지식이 허술함을 말해주는 대목으로 보인다. 예수는 약속하기를 "사람들이 하느님의 교회의 말씀에 순종하면 영생을 얻을 것이지만 여전히 악한 삶을 고집한다면 영원히 고통 받는 지옥에 갈 것"이라고 한다.

신부가 설교에서 예로 든 천사 루시퍼, 아담과 이브, 그리고 예수의 말씀, 이 모두에게 공통적으로 거론되는 주제는 하느님 말씀에 대한 절대적인 순종이다. 아널 신부는 스티븐의 자만심을 직접적으로 공격하고 있는 듯하다. 3장의 앞에서 나왔던 대목으로 교회 앞에 서 있는 신앙심이 충만한 신자에 대한 스티븐의 경멸이나 그의 지적인 반항심(rebelliousness)은 하느님의 눈에서 벗어난 루시퍼와 같다.

피정기간의 마지막 설교의 중심 주제인 "자만심"은 가톨릭의 관점에서 가장 근원적인 죄이자 가톨릭에 예속되기를 거부하는 스티븐의 "죄"이기도 하다. 스티븐의 "죄"인 "non serviam"("나는 섬기지 않으리")의 정신은 사실 조이스가 생각하는 예술가적 영혼의 근간을 이룬다. 특히『초상』에서 극명하게 나타나지만 조이스가 생각하는 예술가의 전제조건은 사회적, 정치적, 종교적 이념, 사회적 관습, 그리고 그 외의 어떠한 이념으로부터도 자유로워질 수 있어야 한다. 조이스는 자신의 문제이자 스티븐의 궁극적인 문제를 마지막 설교에서 다루고 있다. 루시퍼가 지옥에 떨어졌듯이 스티븐의 "자만심"에 대한 벌은 지옥의 고통이다.

② 지옥의 묘사와 육체적 고통

아널 신부는 이어서 지옥에 대한 설교를 하는데 그는 지옥을 "하느님의 법을 지키기를 거부한 자들을 벌하기 위하여 하느님이 특별히 고안한 곳"으로 정의한다. 지옥에 대한 그의 묘사 또한 상당히 구체적이며 사실적이다. 지옥에 대한 설교는 내용도 장황하거니와 분량도 길어서 아널 신부는 그 어느 주제보다도 지옥에 대한 주제에 비중을 두고 있음을 알 수 있다. 신부는 지옥에 대하여 먼저 다음과 같이 묘사한다.

> 지옥은 좁고 어둡고 역겨운 냄새가 나는 감옥으로 불과 연기로 가득 차 있으며 악마와 버려진 영혼들이 기거하는 곳입니다. 이 감옥은 하느님이 그의 법을 지키기를 거부하는 자들을 벌주기 위하여 특별히 좁게 고안한 것이지요. 이 세상의 감옥은 네 벽으로 둘러싸인 곳이든 감옥의 어두운 뜰이든 적어도 죄인들이 움직일 자유는 있습니다. 지옥에서는 그렇지 않습니다. 그곳에서는 저주받은 자들의 숫자가 너무도 많아서 이 고약한 감옥에 죄인들은 켜켜이 쌓여 있고 이곳 벽의 두께는 4천 마일이나 된다고 합니다. 저주받은 자들은 완전히 묶여있고 꼼짝달싹도 할 수 없어 성인 안셀름이 쓴 책의 비유에 의하면 이들은 벌레가 눈을 갉아 먹어도 움직일 수 없기 때문에 벌레를 떼어낼 수조차 없다고 합니다. (119-120)

지옥에 대한 구체적인 내용은 전통적으로 널리 알려진 피나몬티 (Pinamonti)의 『지옥이 기독교인들에게 열렸으니 그곳에 들어가지 않도록 주의를 주기 위함』을 참조한 것으로 알려져 있다. 아널 신부는 지옥에서 겪게 될 육체적 고통을 구체적으로 말하는데 육체에 관련된 것인 만큼 시각, 후각, 청각, 촉각 등 오감을 통한 묘사가 두드러진다. 설교가 진행됨에 따라 지옥에 대한 묘사는 점차 히스테리적일 정도로 극한으로 치닫는다.

> 더럽고 부패한 시체가 썩어 액체 상태가 되어 젤리 같은 덩어리로 무덤에서 분해된다고 상상해 보세요. 그러한 시체가 불길의 먹이가 되어 타오르는 유황불에 의하여 삼키어지고 토할 것처럼 역하게 분해되면서 숨 막힐 것 같이 짙은 연기를 내뿜는다고 상상해 보세요. 그리고 이 역한 악취는 수백만, 수천만 배로 증가하여 다시 수백만, 수천만 배로 악취 나는 시체들이 지독한 악취를 풍기는 어둠속에서 서로 뒤엉켜 거대하게 썩어가는 인간 곰팡이로 되어가는 것을 상상해 보세요. 이 모든 것을 상상하면 여러분은 지옥의 악취의 공포에 대하여 약간은 알 수 있게 될 것입니다. (120)

아널 신부는 이어서 지옥의 해로운 공기와 썩어 가는 육신에서 풍기는 악취, 죄인이 구원의 희망도 없이 불타는 지옥의 호숫가에 누워있을 때 강렬하고도 영원히 타오르는 지옥의 불에 대하여 소상하게 설명함으로써 공포심을 유발시킨다. 지옥 그 자체에 집중되어있는 긴 설교가 이어지는 동안 스티븐의 반응은 결코 수동적이지 않다. 그는 자주 드나들었던 "좁고 어두우며" 지저분한 사창가를 지옥의 상태로 연결시켜 생각하며 냄새와 더러움으로 가득 찬 지옥을 상상한다. 아널 신부는 또한 지옥에 떨어진 죄인은 다른 죄인들과 악마의 무리와 함께 기거해야 하기 때문에 이 사악한 동반자들로부터 시달림을 받게 될 것이라고 경고하는데 스티븐이 현재 직면하고 있는 가정적,

사회적으로 지리멸렬한 현실 속에서 받는 고통이 영원히 계속된다면 그것 또한 그에게 지옥이나 다름없다.

아널 신부는 지옥에 대하여 물질적인 개념을 가지고 있는 듯하다. 죽음, 심판, 지옥을 추상적이며 정신적인 개념으로 설명하기보다는 오감으로 파악함으로써 육체가 있는 이승과 육체가 사라진 사후의 정신세계라는 서로 다른 세계 사이의 경계선이 무너졌다. 지옥의 고통을 사후인데도 육체적인 차원에서 설명하는 것은 모순적으로 보인다.

죽음에 대한 아널 신부의 묘사 또한 혐오스럽고 비논리적이다. 그리고 죽은 자의 몸에 대한 아널 신부의 묘사는 기독교 교리와도 맞지 않다. 아널 신부는 사후 육체가 부패해 간다고 하는데, 기독교에서는 몸은 성령이 기거하는 곳으로 간주하며 영혼이 떠난 후에도 육신의 부활을 강하게 믿기 때문에 지금은 달라졌을지언정 전통적으로는 사후 화장을 하지 않았다. 교회에서는 인간이 흙으로 돌아가는 것에 대하여 은유적으로 표현하는데 아널 신부는 이를 문자 그대로 이해하고 있고 또 과장하여 말함으로써 스티븐처럼 예민한 소년에게 상당한 영향을 주고 있다. 아널 신부의 설교의 내용은 죄와 육체적 고통에 집중되어있고 설교 스타일도 강압적이며 위협적이어서 피정 기간에 행하도록 되어있는 영적인 명상과는 거리가 멀어 보인다.

아널 신부의 마조히즘적(masochistic) 관점은 오류가 있음에도 불구하고 인간의 본능에 호소함으로써 공포에 질린 어린 학생에게는 강한 호소력이 있어 즉각적인 반응을 일으킨다. 아널 신부는 육체와 감정을 억눌러야만 하는 대상으로 여기고 완전히 부정적으로만 보는 편협한 금욕적인 사고를 지니고 있다. 아널 신부 자신이 스스로에게 가하는 성적인 억압이 교회의 교리에 투사되어 있는지도 모른다. 그리고 설교의 많은 부분이 16세기에 만들어진 예수회 피정의 책자에서 볼 수 있는 괴상하고 불균형을 이룬 내용이다. 하지만 성적 죄의식에 사로잡혀 있는 스티븐은 설교를 듣기 전 이미 자신의 죄 값을 치러야 될 것으로 생각하고 있던 터이어서 아널 신부의 설교는 자신을 향한 것으로 생각되었고 이 모든 내용을 재고할 여지도 없이 수용할 태세가 되어 있다. 스티븐은 지옥에 대한 아널 신부의 주장을 그대로 자신에게 적용시키는데 그는 아널 신부의 편협하고 왜곡된 도덕관을 여과 없이 받아들임으로써 자신의 죄에 대하여 확신한다. 그는 "(신부의) 모든 말이 자신을 향한 것"으로 느꼈고 "자신의 추하고 은밀한 죄에 신의 모든 분노가 향하고 있다"고 생각하게 된다.

스티븐이 지옥에 대한 설교를 들으며 겪은 고통은 지옥체험 그 자체이다. 아널 신부가 매섭고 신랄한 언변으로 이 세상의 종말에 있게 될 신의 무서운 심판에 대하여 설교하자 학생선도부 책임자로서 신앙심의 규범을 보여야 되는 스티븐의 두려움은 고조된다. 지옥 불을 그저 상상하는 것이 아니라 실제로 자신의 몸에 불이 붙은 것처럼 생생하게 느낀다. 스티븐의 상상력이 만들어낸 심판을 내리는 신의 장엄함과 그 앞에 엎드린 스티븐의 태도는 너무도 대조적이어서 코믹하기까지 하여 풍자적으로 보인다.

> 모든 말은 그를 향한 것이었다! 그 말은 다 사실이었다. 신은 전지전능했다. 신은 지금이라도 그를 부를 수 있었다. 그가 책상 앞에 앉아 있을 때에도 부를 수 있었고, 그가 소환을 미처 의식할 겨를도 없이 그를 부를 수가 있었다. 신이 그를 불렀다. 네? 뭐라고요? 네? 그의 몸은 불길이 탐욕스럽게 혀를 날름거리며 가까이 다가오고 있다고 느끼자 오그라들었고, 질식시킬 것 같은 공기가 진동하는 것을 느끼자 말라 버렸다. 그는 죽었다. 그렇다. 그는 심판을 받았다. 불의 파도가 그의 몸을 휩쓸고 지나갔다. 첫 번

째. 다시 파도가 밀려왔다. 그의 뇌는 가열되기 시작했다. 다시 한번. 그의 두뇌는 균열되는 두개골 안에서 부글거리며 끓고 있었다. (125)

설교가 끝났을 때 스티븐은 자책과 절망, 두려움과 공포심에 휩싸여 아직도 죽지 않고 살아 있는 것이 의아할 지경이었다. 그가 멍하니 앉아 있을 때 다른 급우들이 일상적인 이야기를 나누고 있는 것이 들려 왔다. 창가에서 영어 교사인 테이트 선생과 친구 빈센트 헤론이 사소한 이야기나 가벼운 농담을 하는 것이 들려왔는데 테이트 선생은 창밖에 우울하게 비가 내리는 것을 보면서 "날이 개었으면 좋겠다. 몇몇 친구들과 자전거로 맬러하이드 (Malahide)를 돌고 올까 했는데. 길이 무릎까지 빠지겠는 걸"이라고 가볍게 말한다. 다른 학생들은 스티븐만큼 이 설교로부터 영향을 받지 않은 것 같다. 설교가 끝난 후 학생들은 평상시와 다름없이 이야기를 나누는데 오직 스티븐만이 설교내용을 자신과 결부시키는 듯하다. 스티븐은 이미 지니고 있었던 죄의식과 풍부한 상상력으로 인하여 설교의 내용을 즉각적이고 아주 강렬하게 실감한다.

이어진 영어시간에도 스티븐은 오로지 자신의 영혼에 대하여만 생각하며 용서를 빌었다. 그는 다시 성모 마리아에게 구원을 청하는 기도를 드린다.

오, 죄인의 피난처 되시는 성모 마리아여, 그를 위해 중재해 주소서. 오, 순결한 동정녀여, 죽음의 수렁에서 그를 구해 주소서. (125)

스티븐의 심정은 이제 회한과 겸손함으로 가득 찼고 공포의 두려움보다는 뉘우치는 마음으로 나약하게 회개하는 기도를 올리고 있었다. 그는 신에게 기도하는 마음으로 과거의 죄를 속죄하기 위하여 일생을 살며 매시간을 바치겠노라고 내심 다짐한다.

　사환이 문간에 나타나 지금 채플에서 고해성사가 진행되고 있는 중이라고 말한다. 그러나 스티븐은 고해성사를 학교 채플에서 하지 않고 멀리 떨어진 곳에 있는 모르는 교회에서 하기로 마음먹는다. 수치심에 싸여 있었고 지옥에 대한 예수회 교회의 비전을 체험한 그로서는 도저히 예수회 신부 앞에서 고해성사를 할 수는 없었다.

③ 마지막 설교: 지옥의 정신적 고통

　수업을 마친 후 스티븐은 마지막 설교를 듣기 위하여 채플의 맨 앞 벤치에 앉아 있었다. 날이 저물고 있는 시간에 설교를 듣기 위하여 채플에 모인 학생들은 인류의 종말에 이르러 심판을 받기 위하여 모여든 사람들 모습을 연상시켰다.

> 밖에는 날이 이미 저물고 있었으며 석양빛이 칙칙한 붉은색 커튼을 통해서 서서히 들어오자 마치 마지막 날의 태양이 지고 있는 것 같았고 모든 영혼들이 심판을 받기 위하여 모여든 것 같았다. (126-7)

아널 신부는 다시 예배실에 들어와서『시편』31장 23절, "내가 주님의 눈 밖에 났구나"를 낭독한 후 조용하고 다정한 어조로 설교를 시작한다. 그는 오전에는 지옥에서 겪는 죄인들의 육체적 고통에 대하여 생각해 보고 오후에는 정신적 고통에 대하여 생각해 보고자 한다고 말한다. 아널 신부는 정신적인 고통의 특색은 무한히 확대되며, 믿기 어려울 정도로 치열하고, 부단히 변화하며 영원히 지속되는 것이라고 주장한다. 이어서 그는 지옥에서 겪게 될 다섯 가지 정신적 고통에 대하여 하나씩 차례로 설명하는데 다음과 같다.

첫 번째는, 상실의 고통(the pain of loss)으로 지옥에서 가장 큰 고통이다. 사랑하는 자의 상실과 무한한 선량함인 하느님을 상실하는 이별의 고통이다.

두 번째는, 양심의 고통(the pain of conscience)으로 아널 신부는 "마치 죽은 자의 육체가 부패하면 벌레가 생겨나듯이 버림받은 자의 영혼은 죄의 부패로 인하여 양심이 찔릴 것이며 영원한 회한이 있을 것이다"라고 말한다. 양심의 가책으로 두 가지 사후의 벌을 받게 되는데 여기에 고통이 수반된다. 첫 번째 고통은 속세에서 생전에 누렸던 권력과 재물, 쾌락을 기억하며 상실감을 갖게 되는 것이다. 오만한 권력자, 현명하나 간악한 자, 식도락자, 구두쇠, 강도, 살인자, 간음자들은 재산과 명예, 안락함, 말초적 쾌락을 탐하다가 천국에서 누릴 복락을 상실했다는 것을 알고 분노하게 될 것이다. 두 번째 벌로 받게 되는 고통은 저질러진 죄에 대하여 회개하지 않은 것을 슬퍼하는 것이다. 아널 신부는 회개하지 않는 자들을 맹렬하게 비난하고 강압적으로 "회개"할 것을 강요한다.

세 번째는, 확대의 고통(the pain of extension)으로 인간의 내면세계가 만들어내는 무서운 이미지들로 고통당하며 또한 분노로 인하여 고통당한다. 고통은 고통을 낳고 점차 무한히 확산되어 다른 고통을 유발시키면서 영원히 지속된다. 신부는 여기에 구원은 없다고 말한다.

네 번째는, 집중의 고통(the pain of intensity)으로 이것은 고통의 강도를 나타낸다.

마지막 다섯 번째는, 지옥의 영원함(the eternity of hell)이다. 신부는 "영원"이란 시간을 "높이와 넓이, 두께가 백만 마일씩이나 되는 모래 더미가 숲의 나뭇잎, 거대한 대양의 물방울 수, 새들의 깃털 수, 물고기의 비늘 수, 짐승들의 털의 수, 방대한 대기의 원자 수만큼 곱으로 불어나는" 것으로 구체적으로 비유하고 있다. 그리고 "수천 억 년, 수천 조 년이 지나도 영겁은 아직 시작도 되지 않았다"라고 말한다.

지옥에 대한 아널 신부의 논리는 두 가지 전제가 바탕으로 되어 있다. 첫째는 지옥은 선량함이 전적으로 부재한 완전히 악으로 가득 찬 곳이다. 그리고 이승에서의 모든 고통이 극대화되는 곳이다. 둘째는 신의 전지전능함은 고통을 연장시키고 영원하게 한다는 것이다. 그래서 지옥불은 무한하게 맹렬히 타오르고 영원히 소진되지 않는다.

아널 신부는 또한 지옥의 비전을 보았다는 한 성자에 대한 이야기를 하는데 이 성자는 조용하고 어두운 거대한 홀에 서서 커다란 시계가 째깍거리는 소리를 들었다고 말하면서 "ever, never; ever, never"라고 같은 어휘를 반복하여 말한다. 그러다가 그는 "영원히 고통을 당하며 결코 즐겁게 지내지 못할 것이고; 영원히 저주받고, 결코 구원받지 못할 것"이라고 말하며 "ever, never; ever, never"라는 어휘를 앞서서와 같이 반복한다. 여기서 아널 신부의 수사학은 눈여겨볼만하다. 처음에는 째깍거리는 시계소리처럼 "ever"와 "never"라는 말로 시작하여 설교의 내용에 계속해서 "ever"와 "never"의 대구적 어법을 반복적으로 수차례 사용하다가 급기야는 대구적 어법이 점차 축약되어 "ever, never; ever, never"라고만 되풀이한다(132-33). 그는 주문을 외듯 반복적으로 말하기 때문에 말은 음과 의미가 별개로 들리기도 하지만 똑같은 어구적 패턴을 되풀이함으로써 효과를 증가시킨다.

아널 신부의 설교에서 교회는 사랑보다는 고통, 두려움, 자기 금욕이 바탕이 되어있으며 하느님의 자비심과 은혜로움은 찾아 볼 수 없다. 그가 주장하는 "공정한 하느님"("a just God")은 "거짓말, 화난 표정, 게으름과 같은 단 하나의 사소한 죄라도 벌하지 않고 지나치는 법이 없다. 아무리 가벼운 죄라도 죄는 일단 하느님의 법을 어겼기 때문이다. 그는 전지전능한 하느님이 법을 어긴 자를 벌하지 않는다면 하느님이라 할 수 없다"(133)라고 말한다. 그는 마지막으로 루시퍼의 "잠깐 동안 반역적인 자만심에 빠진 지성인의 죄"와 아담과 이브의 죄, 그리고 인간의 구원을 위한 예수의 희생과 고통에 대하여 리뷰하듯이 설파한 후 기도를 하고 설교를 마친다.

■ 아널 신부 설교의 문제점

가톨릭 교회의 교리와 지식이 바탕이 되어있는 아널 신부의 설교를 통하여 조이스는 어떤 의미를 나타내고자 한 것으로 보인다. 아널 신부는 단순하고 상세하며 화려한 문장으로 청중에게 호소력을 갖는 세련된 수사법은 잘 구사하였으나 설교 내용에 있어서는 무지함과 진부함에서 벗어나지 못하는 문제를 안고 있다. 무엇보다도 신의 완전한 정의구현과 완전한 자비를 어떻게 조화시킬 것인가에 대하여 아널 신부는 답을 하지 못한다. 언뜻 보기에 '정의구현'과 '자비'는 서로 상충되는 개념이다. 그의 설교에서 두 모순되는 개념의 조화와 그 조화 속에 내재한 종교의 신비를 아널 신부는 고민하지 않았고 해결해내지도 못했다.

신의 심판과 벌을 내리는 동기에 대한 아널 신부의 설명은 극히 미미하다. 그는 신의 정의로움에 대한 아름다움과 경이로움에 대하여는 시간을 거의 할애하지 않는다. 그는 신을 감사할 줄 모르는 아래 사람들에게 분개하고 위협적으로 보복하는 존재로 그려 놓는다. 아널 신부는 "감정을 거슬리게 하였다"("offended")라는 형용사를 여러 번 사용하여 신의 입장을 설명하려 하는데, 이것은 충분한 설명이 되지 못한다. 그의 손에 의하여 신은 회개하지 않은 자들을 벌하려고 다양한 고문들을 고안해낸 분개한 존재가 되어 버린 것 같다. 아널 신부는 자신의 염세적인 관점에 따라 성서어귀의 의미를 왜곡하여 해석함으로써 성서에 나타난 신의 연민과 자비는 그의 설교에서 완전히 배제되어 있다. 설교 후 아널 신부는 학생들과 함께 신의 용서를 비는 기도를 드리지만 모순되게도 그의 설교 속의 지옥은 영원하며 구원의 희망은 없다. 아널 신부는 오로지 잘못을 저질은 영혼에 대하여 말하고 갱신한 영혼의 성장에 대하여 아무런 긍정적인 희망을 제시하지 않음으로써 스티븐과 같은 '죄인'이 지옥에 대한 두려움을 홀로 감당하도록 방치했다.

■ 아널 신부의 수사법

아널 신부의 수사법은 예수회의 논쟁적인 수사방식에 그 자신의 신경질적이고 더 나아가 정신분열증적인 성질을 더하고 있다. 이따금씩 강박증을 보이는 그는 자신의 마음속에 들어있는 악마적인 생각을 쫓아내기 위하여 설교단을 이용하고 있는 듯한 느낌이 든다.

아널 신부는 설교에서 다양한 인용들을 제시하는데 성서의 인용, 성자의 말 인용, 심지어 악마를 직접 보았다는 증인의 인용에 이르기까지 다양하다. 설교에서 사용된 여러 수사학적 형태도 다양하다. 자신의 체험, 인용, 질문과 답, 열거의 형태, 또는 "신의 이름으로"와 같은 공식적 말을 적절한 시점에서 구사하고 있다. 공식적인 말은 일상적 말보다 더 높은 권위를 지녔다는 것을 암시하며 듣는 사람으로 하여금 권위를 인정하도록 유도한다.

설교 내용의 진위 여부와는 별개로 그의 수사학의 스타일만큼은 상당한 효과를 거둘 만큼 설득력이 있다. 설교자는 지옥의 형상을 눈앞에 전개되는 것처럼 실감나게 학생들에게 전달한다. 또한 신부는 이 세상과 지옥을 서로 구분이 없이 같은 지대로 연출해냄으로써 친숙한 세속의 이미지를 통하여 지옥을 표현했기 때문에 현실감을 이끌어낸다. 어법도 극한적인 것을 말하면서도 그 극한적인 것이 마치 서두에 지나지 않는다는 것을 암시하듯 계속해서 "and yet", "but"과 같은 대조어를 쓰며 그 강도를 점점 더 고조시켜 나간다.

또한 어법은 특정한 목적에 따라서 달라진다. 첫 설교의 시작에서 신부는 "let us try"라는 협력적인 어법으로 부드럽게 학생들을 유도하는 것으로 시작하지만 설교가 끝나갈 무렵에 이르러 고조된 분위기 속에서 강하게 주장을 해야 될 시점에 이르면 "왜 여러분은 죄를 지을 경우를 피해 나가지 않지요?"와 같은 학생들을 직접 꾸짖는 어법을 사용한다. 그리고 이 지점에서 학생들이 죄의식을 인정하도록 하기 위하여 자신은 학생들 양심의 대변자인 양 말한다.

아널 신부의 수사법에는 가톨릭 교회의 권위가 바탕에 깔려있다. 그리고 권위적인 어법은 순종을 요구하게 되므로 듣는 사람은 인정하는 것 외에 다른 여지가 없다. 따라서 설교의 절정에 이르면 스티븐의 생각을 보여주는 문장은 급격하게 단순하게 되며 급기야 "신이 그를 불렀다. 네? 뭐라고요? 네?"라고 자신도 모르게 말이 튀어나온다. 그리고 스티븐은 끝내 "지옥! 지옥!"이라고 외치기에 이른다. 아널 신부의 설교는 스티븐에게 절대적 권위를 지니며 대단한 영향력을 행사했다. 조이스가 중점을 두고자 한 것은 아널 신부의 가톨릭 교리보다는 설교의 내용이 스티븐에게서 어떤 영향력을 미쳤는가, 다시 말해서 설교가 스티븐에게 어떠한 생각을 하게 했는가에 있다.

그런데 왜 조이스는 아널 신부의 설교를 편협하고 여러 실수를 내포하고 있도록 썼을까? 가톨릭 교회에서 권위적인 설교자가 여러 실수를 범하면 설교는 신뢰성을 상실하게 된다. 곧 그의 실수 그 자체로 스스로 권위를 해체시키는 것이다. 오류가 내포된 내용을 절대적 권위를 가지고 지나칠 정도로 심각하게 설교하는 아널 신부의 모습은 어떤 면에서 풍자적이다. 이에 못지 않게 오류가 내재된 설교에 의구심을 드러내지 않고 몰입하는 스티븐 또한 코믹하고 풍자적이다.

▶ 생각해 볼 문제

1. 아널 신부는 지옥을 묘사할 때 어떠한 점을 특히 강조하고 있는가? 그의 지옥도의 특징은 무엇인가?
2. 스티븐은 왜 아널 신부의 설교에 대하여 과도하게 예민한 반응을 보이는가?
3. 사탄의 "교만함의 죄"와 "non serviam"(I will not serve)이란 어구는 스티븐에게 어떠한 의미를 가지는가?
4. 아널 신부의 설교의 문제점은 무엇인가?
5. 아널 신부가 설교에서 구사한 수사법의 특징은 무엇인가?

2-3. Section 3: 참회

3장의 마지막 섹션에서는 피정설교가 스티븐의 마음과 생활에 어떠한 변화를 일으켰는지에 대하여 다뤄졌다. 죄책감과 절망감에 싸여 집에 돌아온 스티븐은 저녁에 꿈을 꾼다. 그는 꿈에서 황량한 들판에 반인반수의 이상한 형체들이 돌아다니고 쓰레기들이 널려 있는 것을 보게 된다. 지옥의 이미지에 몰두되어 있었던 그에게는 상징적인 의미가 있는 꿈으로 보인다. 스티븐이 자신의 죄에 대하여 깊이 절망하는 가운데 꾸게 된 이 꿈은 상당히 상징적 의미가 깊어 보이며 여러 문학적 해석이 가능하다.

악몽에서 깨어난 스티븐은 참회하기로 결심하고 집을 나선다. 그는 집에서 멀리 떨어진 처치(Church) 가에 있는 교회로 가서 수치심을 느끼며 신부

앞에 자신의 죄를 고백한다. 비록 힘들었지만 고백성사라는 가톨릭 교회의식을 이행하며 스티븐은 마음의 짐을 털어 내고 정신적으로 새롭게 되고자 마음을 다진다. 그는 평화로운 마음으로 토요일 아침 미사에서 급우들 사이에 끼어 겸허하게 예배를 본다.

① 자신의 영혼과 마주함

저녁식사 후 스티븐은 "자신의 영혼과 단둘이" 있기 위하여 이층에 있는 자신의 방으로 올라갔다. 그가 한숨지으며 힘들게 계단을 오를 때 이곳저곳에 악마들이 숨어서 그를 기다리며 지켜보고 있는 것처럼 생각된다. 악마들은 스티븐의 행동거지를 엿보며 조롱조로 그를 향하여 "결국 그의 죄가 밝혀지게 되어있지만 정신적인 절대 권력자를 확인하기 위한 노력을 하도록 스스로를 유도해 가려고 시도하는 것이 상당한 어려울 것"이라고 속삭이는 것 같다. 스티븐은 악마들은 자신이 과연 고해를 할 것인지 의아해 하며 이 상황을 즐기고 있는 듯하다고 생각한다.

스티븐은 혹시 악마와 같은 괴물이 방에서 자신을 기다리고 있지 않을까 두려워하면서 용기를 내어 문지방을 넘어선다. 그리고는 침대 가로 가서 무릎을 꿇는다. 그는 "오로지 자신의 영혼과 함께 있으며, 자신의 영혼을 검토해보고, 자신이 지은 죄를 대면하고, 죄를 범한 시간과 방식과 상황을 돌이켜보고, 죄에 대하여 울며 뉘우치고자" 한다. 그러나 그는 울 수도 없고 기억을 할 수도 없으며 오로지 영혼과 육체의 고통만을 느낄 뿐이다. 전신이 마비된 듯하고 지쳐버린다.

스티븐은 별 생각도 없이 양심에 어긋난 행동을 하게 된 것은 모두 악마의 소행 탓이라고 생각하며 소심한 마음으로 신에게 용서를 비는 기도를 올린 후 침대로 기어 올라가서 담요를 둘러쓰고 자신은 죄를 지었으니 하느님의 아들이라고 부를 가치도 없는 사람이라고 심하게 자책한다.

스티븐의 지옥은 멀리 있지 않다. 사실은 그가 여러 음란한 상상을 하던 자신의 방이 그에게는 지옥이다. 스티븐은 "어둠 속에서 나직한 소리로 울려오는 듯한 말들"이 그를 에워싸는 느낌을 받으며 마치 환상을 보는 듯하다. 그는 정신이 혼미하고 심약해지는 것을 느낀다. 그리고 자신이 저질은 온갖 죄를 떠올리며 왜 여태 신이 자신을 내치지 않았는지 의아하게 생각한다.

그가 눈을 감고 침대에 누워있는데 비몽사몽간에 잿빛 피부를 한 염소 모양의 반인반수의 괴물 여섯 마리가 잡초와 배설물이 널려있는 들판에서 이리저리 돌아다니고 있는 것을 보게 된다. 이 괴물들은 위협하듯이 꼬리를 흔드는가 하면 알 수 없는 말을 지껄이며 스티븐 주변을 빙빙 돌았다.

② 악몽

설교 후 클라이맥스를 이루는 스티븐의 악몽은 지옥에 대한 그의 개인적인 비전을 형상화시킨 것으로 보인다. 아널 신부가 묘사한 지옥을 반영하면서 스티븐이 자신의 야수적인 본질이라고 생각했던 것, 그가 어린 시절 몹시 혐오했던 것들이 모두 한데 어울려 그의 무의식 속에서 기이한 꿈을 만들어 냈다.

들판에는 억센 잡초와 엉겅퀴, 쐐기풀이 자라고 있었다. 억세게 자란 덤불이 우거져 있는 틈새로 찌그러진 깡통들과 응고된 덩어리나 나선형으로 단단하게 굳은 배설물이 잔뜩 널려 있었다. 모든 배설물로부터 늪에서 나오는 듯한 희미한 빛이 거센 회록 색깔의 잡초들 사이로 구불거리며 힘들게 위로 솟아올랐다. 그 빛만큼이나 사악하며 희미하고 역한 냄새가 깡통들과 썩고 딱딱해진 배설물로부터 천천히 위로 구불거리며 솟아올랐다.
  짐승들이 들판에 있었다. 한 마리, 세 마리, 여섯 마리였는데 이들은 들판 이곳저곳을 돌아 다녔다. 염소처럼 생긴 짐승은 사람의 얼굴을 했으나 이마에는 뿔이 돋아났고 턱수염이 조금 나 있었으며 지우개 고무와 같은 회색이었다. 그들이 뒤 쪽의 긴 꼬리를 끌면서 이리저리 돌아다니고 있을 때 그 가혹해 보이는 눈에서는 적의에 찬 악의가 번뜩이고 있었다. 잔인한 악의에 찬 입을 벌리자 늙고 뼈만 앙상한 얼굴은 잿빛으로 빛났다. . . . 그들이 획획 움직이며 들판을 천천히 둥글게 돌고 있거나, 잡초 사이를 이리 저리 헤치며 다니거나, 덜걱덜걱 소리가 나는 깡통 사이로 긴 꼬리를 끌고 다닐 때, 침이 마른 입술에서는 부드러운 말이 나직하게 흘러나오고 있었다. 그들은 천천히 원을 그리며 그를 둘러싸면서 점점 더 가까이 다가오고 있었는데, 그들의 입술에서는 부드러운 말이 나직하게 흘러나오고 있었고, 썩은 똥으로 범벅이 된 꼬리를 획획 소리를 내며 내두르면서 끔찍한 얼굴은 위로 치켜들려져 있었다. (137)

  스티븐이 악몽에서 본 지옥은 아널 신부의 설교와 로마 가톨릭 교리가 복합적으로 빚어낸 형상이다. 소리를 지르며 꿈에서 깨어난 스티븐은 "이것이야말로 바로 그의 지옥"이라고 생각한다. 그는 신이 죄지은 자신을 위하여 예비한 지옥을 미리 보게 했다고 생각하며 그곳은 "냄새가 나고 야수적이며 악의에 가득 차 있는 곳, 염소처럼 생긴 음탕한 악마들이 있는 지옥"이라고 상상한다. 어쩌면 스티븐은 그가 자주 갔던 냄새나고 더러운 사창가에서 그가 느꼈던 것을 그의 상상속의 지옥에 반영시켰는지도 모른다.
  악마가 염소의 모양을 하고 있다는 점은 스티븐이 겪고 있는 고통과 밀접한 관계가 있다. 염소는 고대 희랍신화에서 숲에 사는 반인반수(半人半獸)의 새터(Satyr)를 연상시키는데, 그것은 음탕함의 상징체이다. 스티븐의 죄의식은 주로 욕정에 대한 것이었으므로 서구 신화에서 색정이 강한 동물로 여겨져 왔던 염소가 그의 꿈에 등장하는 것은 자연스럽다. 반인반수의 염소는 스티븐 자신의 욕정을 구현한 괴물로 볼 수도 있고 또는 그가 접촉했던 매춘부들로 볼 수도 있겠다. 그렇다면 그가 꿈에서 보았던 황량한 들판은 지저분하고 황폐한 사창가를 뜻하거나 아니면 피폐한 그의 영혼의 상징이 될 수도 있겠다.

스티븐의 꿈에 나타난 지옥은 언어와도 깊이 관련된다. 거친 풀들이 자라는 들판에서 염소의 형상을 한 그 기이한 악마와 같은 존재는 "침이 마른 입술로 나직하게 말을 내뱉고" 있다. 어떤 면에서 스티븐의 감옥은 언어가 이루어낸 정신적인 감옥이기도 하다. 그가 들었던 아널 신부의 설교 언어들은 그의 마음에 무서운 지옥을 상상하도록 했을 것이다. 그러나 그 "나직한 말"은 무엇일까? 스티븐의 토할 것 같은 구역질? 아니면 정신적인 정화를 위한 고백성사? 혹은 아이러니컬하게 그의 기도일까? 아니면 스티븐에게 정신적 고문을 가하는 아널 신부의 설교로 교회의 언어, 목소리, 제도일까? 이 중 얼거리는 목소리는 그를 포위하고 조여들며 "그의 자유로움을 영원히 끝장내려고" 위협하려 든다.

스티븐은 꿈에서 깨어나자 구역질을 느끼며 토한다. 그리고 비틀대며 창가로 가서 창문을 열고 신선한 공기를 들이키며 안개에 싸여있는 더블린 시를 내려다본다. 그리고 기도를 드린다. 그의 기도문은 다시 뉴먼의 『성모 마리아의 영광』을 그대로 인용한 것으로 성모 마리아의 순결함을 찬미하며 영혼의 구도를 간구하는 내용이다.

악몽은 끔찍했지만 어떤 면에서는 스티븐의 정신적인 압박감을 분출해 내게 한 것이기도 하다. 스티븐은 이 단계를 거쳐 자신의 영적인 상태를 점차 통제해 갈 수 있게 되었다. 다음 단계는 죄를 고백하고 정죄함을 받는 것일 것이다.

③ 스티븐의 참회와 고백성사

스티븐은 죄를 고백하기로 결심하고 집을 나선다. 그렇지만 고해성사를 하러 가는 도중에도 그는 "누가 육체의 야수적 부분을 야수적으로 이해하며 야수적으로 욕망하도록 만들어 놓았을까? 그 자신이었을까? 아니면 그의 영혼보다 비천한 영혼에 의해 좌우되는 비인간적인 그 어떤 것이었을까? . . . . 오, 그것이 왜 그랬을까? 왜?"(139-40)라고 생각하며 악이 존재하도록 허락한 신과 신학적 문제에 대하여 복잡하게 생각하며 불안정한 심리상태를 보인다.

그러나 이제 결단코 교회에 가서 신부 앞에서 자신의 죄를 회개하며 고해성사를 하기로 결심한다. 하지만 겸허해 지려고 노력을 하는데도 그의 천성적인 우월감은 수그러들지 않는 듯하다. 교회에 가는 길에 광주리를 앞에 놓고 길거리에 웅크리고 앉아있는 누추하고 너저분한 소녀들을 보며 그는 이 소녀들의 영혼이 진실로 자신의 영혼보다 신에게 더 받아들여질 것인가 생각해본다. 교회로 가는 길은 지저분하게 보였다. 상스런 말투가 들려오고 가게의 불타고 있는 가스등, 생선냄새, 술 냄새, 젖은 톱밥에서 나는 냄새가 뒤섞여 풍겨온다. 그는 지나가는 초라한 노파에게 길을 물어 교회로 들어간다. 이제 스티븐은 길었던 혼자만의 내면세계에서 현실세계로 나왔다.

교회본당에 들어가 주변의 신자들처럼 그도 무릎을 꿇고 두 손위로 머리를 숙이고 "자신의 마음이 온순하고 겸손해지도록" 스스로에게 일렀으나 쉽지만은 않다. 자신의 영혼이 죄로 더럽혀져있기 때문에 다른 이들처럼 소박한 믿음으로 용서를 비는 일은 어려울 것이라고 생각한다.

그 때 키가 크고 잿빛 턱수염을 한 카푸친 수도회의 복장을 입은 사제가 고해실로 들어가는 것이 보이자 스티븐의 가슴은 "잠을 자다가 최후의 날에 심판을 받으라는 부름을 받은 죄악에 찬 도시"처럼 울렁거린다. 그는 성적인 타락으로 인하여 불타고 있는 도시를 떠올리는데 이처럼 성서의 죄악의 도시인 소돔에 대한 환상은 그의 마음 깊숙이 자리한 성적인 죄에 대한 수치심과 공포를 반영한다. 고해실에서 들려오는 소근 거리는 소리를 들으며 그는 자신의 죄가 너무도 수치스럽게 느껴져서 차라리 "살인죄"였다면 나았을 것으로 생각할 정도였다. 성당을 떠나고도 싶지만 그는 그대로 머물러 있다. 그리고 자신의 가슴을 주먹으로 겸허하게 치며 "하느님을 사랑하고 다른 사람들 속에 같이 무릎을 꿇고 앉아서 똑같이 기도하고 행복해 지고자" 한다.

드디어 스티븐은 고해실로 들어가서 늙은 카푸친 수사 앞에서 수치심을 무릅쓰고 참회하며 고해성사의 의식을 치른다. 신부는 스티븐을 나무라는 말은 하지 않지만 늙고 지친 목소리("the old and weary voice")로 그를 대한다. 이 카푸친 신부는 불필요할 정도로 수치스러운 일을 캐묻는데, 스티븐의 나이와 그가 접촉했던 여인에 대하여 묻는다. 스티븐은 열여섯 살이라고 대답한다. 고해에 이어서 신부가 조언을 하는데 스티븐의 열의에 찬 진지한 태도와 대조적으로 신부의 조언내용은 새로울 것이 없는 틀에 박힌 피상적이고 상투적인 말 뿐이다. 스티븐은 4장에서 신부의 삶은 엄격한 질서가 지배하는, 영감이 결여된 삶이라는 생각을 하게 되는데 고해 장면의 이 신부에게서도 이러한 면모를 찾아 볼 수 있다.

스티븐이 늙은 카푸친 신부에게 고백성사를 하는 대목에서는 조이스의 절제된 서술이 돋보인다. 형식적인 의례가 지배적으로 보이는데 이처럼 서술이 너무 격식을 갖추게 되면 회개에 대한 진정성이 결여된 느낌을 준다. 사람들이 드나들 때마다 고백실의 미닫이가 열리고 닫히는 장면이 여러 번 반복되어 나오며 고해실에 드나드는 사람들의 "익숙한" 동작 또한 고백성사가 특별한 감동이 없이 기계적으로 진행되는 듯한 느낌을 준다.

그러나 평소 날카롭고 예민한 스티븐일지라도 현재 상황에서는 워낙 죄의식에 마음이 사로잡혀있는 바람에 신부의 말이나 교회 안의 신자들의 행동이 암시하는 바를 예리하게 감지해내지 못한다. 그는 신부가 그의 죄를 사한다는 표시를 하자 곧바로 교회의 한 구석에 무릎을 꿇고 진정으로 참회하며 기도를 한다. 그리고 자신이 진심으로 올린 기도가 하느님에게 닿았을 것으로 생각하면서 "그의 기도는 흰 장미꽃 속에서부터 위를 향해서 짙게 풍겨 나오는 향기처럼 그의 정화된 가슴으로부터 하늘로 올라갔다"고 비유하고 있다. 그는 종교인으로 돌아와 올리는 기도조차도 매우 시적으로 표현하는데 그의 비유는 종교적이기보다는 미학적으로 보인다. 고백성사 후 스티븐은 교회의 세계에 소속하기로 결심하지만 그의 천성이 미학의 세계에 속한지라 그의 의식에서 종교와 예술을 분리하는 것이 불가능하게 보인다. 이러한 본질의 스티븐이 완전한 개종을 이룰 수 있을까에 대하여 의문의 여지를 남긴다.

교회에서 나와 경쾌한 걸음으로 집을 향해서 걸어가면서 그는 하느님이 자신을 "용서"했으니 자신의 영혼이 성스러워 졌을 것을 확신하고 "하느님의 뜻이라면 죽는 것조차도 아름다울 것"이라고까지 생각한다. 온전히 하느님과 교회의 뜻에 따라 살겠다는 스티븐의 의지를 볼 수 있다.

집에 돌아와 부엌에 앉아있는 스티븐은 평화와 행복감에 넘친다.

그는 부엌의 벽난로 옆에 앉아 행복감에 넘쳐 말조차 할 수 없었다. 그 순간까지 그는 삶이 이토록 아름답고 평화로울 수 있다는 것을 알지 못했다. 초록 빛깔의 네모난 색종이가 핀으로 꽂혀있는 램프에서는 부드럽고 어스름한 빛이 나오고 있었다. 찬장에는 소시지 한 접시와 하얀 푸딩이 있었고 선반 위에는 계란이 있었다. 이것들은 교회 예배실에서 영성체를 한 후 아침식사로 먹을 것이었다. 하얀 푸딩과 계란과 소시지와 몇 잔의 홍차. 삶이란 얼마나 단순하고 아름다운 것일까! 모든 삶이 그의 앞에 놓여 있었다. (146)

평소의 부엌 풍경인데도 스티븐의 행복한 마음이 반영되어 포근하고 따뜻하게 묘사되었다. 스티븐의 겸허하고 진실한 삶에 대한 의지와 그의 심적 충만감을 보여준다.

4 **부활의 미사**

죄의식에서 벗어난 스티븐은 가족과 교회로 돌아와 심적 평화를 회복한다. 다음 날 토요일 아침 스티븐은 행복하면서도 수줍어하며 피정을 마치는 미사에 참석한다. 제단 위의 흰 꽃들 사이에서 아침 햇살을 받으며 희미하게 타오르고 있는 촛불을 바라보며 마치 자신의 영혼처럼 깨끗하고 고요하다고 생각한다. 미사 장면에서 흰 장미꽃, 제단 위의 흰 꽃, 창백한 촛불 등 흰색이 많이 언급되는데 이는 고백성사 후 스스로 고결해졌다고 생각하는 자신의 영혼을 비유하고 있는 듯하다.

마침내 스티븐은 급우들과 함께 무릎을 꿇고 앉아 떨리는 마음으로 성체배령을 한다. "우리 주님의 몸"("Corpus Domini nostri")이라는 신부의 목소리가 들리면서 "성합(성체가 담긴 그릇)이 그에게로 왔다("The ciborium had come to him")."

교회와의 화해가 이루어지는 성찬식에서 그가 성체에 다가가는 것이 아니라 성체가 그에게 왔다라고 묘사함으로써 3장 전체에서 문제가 되어온 스티븐의 자만심이 3장이 끝나는 대목에서조차도 없어지지 않았음을 보여준다. 또는 "성합이 그에게로 왔다"라는 표현은 믿음에 대한 그의 수동적인 자세를 말해준다고도 할 수 있겠다. 이 마지막 문장으로 과연 스티븐이 스스로 주장하듯이 완전히 겸허해졌는지에 대하여 의문을 남긴다.

▶ 생각해 볼 문제

1. 스티븐의 악몽에 나타난 풍경과 형상들의 상징적 의미에 대하여 설명하시오.
2. 스티븐이 고해성사를 하기로 결심했을 때 남들에 대한 그의 태도에서 어떤 점이 달라졌는가?
3. 스티븐이 고해성사를 한 교회의 카푸친 신부는 어떤 유형의 사제인가?
4. 고해성사를 하는 교회신자들의 모습은 어떠한 신앙심을 암시하는가?
5. 토요일 미사에서 제단을 장식하고 있는 꽃들의 흰색이 상징하는 의미는 무엇인가?

1920년대의 제임스 조이스

더블린에 흐르는 톨카 강

『피네건즈 웨이크』 원고의 조이스 필치

예수회 사제

제4장

1. 작품구성

    4장에서 스티븐은 근본적으로 자신이 누구인가를 깨닫게 된다. 4장은 장차 예술가를 지향하는 스티븐이 엄격한 신앙생활을 거치면서 어떻게 자아를 찾게 되는지, 그 과정에서 가톨릭 신앙은 그에게 어떠한 영향을 미쳤는지에 초점이 맞추어져 있다. 『초상』에서 예술가적 영혼으로 성숙하는 과정에서 스티븐은 크게 세 가지 욕망을 체험하게 되는데, 즉 성적 욕망, 종교적 욕망, 미학적 욕망이다. 스티븐은 육체적 욕망이나 금욕적인 종교가 결코 자신의 영혼에 충만감을 가져오지는 못한다는 것을 깨닫는다. 3장의 피정 후 스티븐은 신앙인으로서의 부활을 했지만 4장에서 스티븐은 예술가로 다시 태어난다.

4장의 시작에서는 스티븐이 신앙심을 가지고 가톨릭 교리에 따라서 엄격하게 생활하는 것을 보게 된다. 3장의 끝에서 스티븐이 교회에 무릎을 꿇었던 것은 4장의 시작에서도 계속되며 설령 교회와의 화해가 얼마나 완전하게 이루어졌는지 가늠할 수는 없지만 뉘우치는 스티븐의 자세는 사뭇 진지해 보였고 그의 의지 또한 결연했다. 4장에서 신앙생활에 대한 스티븐의 자세는 그동안의 수동적인 태도에서 능동적인 태도로 바뀐다. 그는 새로운 각오로 자신의 모든 행동 하나 하나를 영적인 훈련과 연관하여 철저하게 관리한다. 그리고 "복잡한 신앙심과 자제심"("intricate piety and self-restraint")을 가지고 교회에 복종함으로써 가톨릭 예수회에서 강조하는 질서, 훈련, 정확성에 따라 엄격하게 금욕생활을 실천한다.

4장의 시작에서는 스티븐의 일상을 매우 세부적으로 소개하고 있는데 그의 정신적 수련은 거의 가학적이라 할 만큼 혹독하며 자신의 죄를 보속(補贖)하려는 노력의 일환으로 자기욕구를 부정하는 생활을 자초한다. 그러나 그의 신앙심은 기계적이며 습관적인 것 이상을 넘어서지 못한다. 자신의 죄를 속죄하기 위하여 스스로에게 부과한 엄한 규정의 항목들은 거의 피학대적이며 자기 부정적이다. 기계적으로 행하는 규격화된 생활에서 종교적 희열감도 마음을 흔드는 감동도 찾아 볼 수 없다. 따라서 스티븐이 헌신적으로 신앙생활에 전념하는데도 불구하고 그의 신앙심은 형식적이며 영적인 깨우침이 없다. 스티븐은 3장에서 강조되었던 육체의 금욕을 철저하게 지키지만 2장과 3장에서 느꼈던 정신적 공허함은 채우지 못한 채 "영적으로 무미건조함의 느낌"("sensation of spiritual dryness")을 갖게 된다. 무엇보다도 스티븐은 자신의 종교적 생활이 "그의 삶을 다른 이들의 삶이 만들어 가는 평범하고 일상적인 조류(common tide)와 섞이지 못하도록" 한다는 것을 알게 되자 그는 마음이 편치 않다.

이러던 차에 벨베디어 학교 교장은 스티븐의 신앙심과 모범적인 학교생활을 주목하게 되고 그에게 당시 최고의 명예로 여겨졌던 예수회의 일원이 되는 신부직을 권한다. 피정설교에서와 마찬가지로 교장 역시 스티븐에게 성직자가 누릴 수 있는 권력에 대하여 많은 말을 했는데 이것은 스티븐을 일시적으로 우쭐하게 만든다. 그러나 스티븐은 교회에 대한 완전한 봉사라는 성직자가 짊어져야 할 책무에 자신을 헌신함으로써 자기 삶을 충만하게 할 수 있을지 엄중하게 생각해 본다.

그리고 신부직이 그에게 손을 내밀었을 때 어떤 "미묘하고 적의에 찬" 본능이 이를 수락하기를 거부한다. 스티븐은 "차갑고 질서 잡힌" 교회의 한계를 깨닫고 여기에서 탈출하려고 한다. 자신은 교회보다는 다른 사람들과 부딪치며 살면서 "세상의 함정"에 빠지기도 하고 세속을 체험해 가며 "자신만의 지혜를 터득하도록 운명 지워진" 사람이라는 것을 깨닫기에 이른다. 스티븐에게 교회의 교리와 의식은 자신의 몸과 성을 가두는 미궁이었다. 교회는 자유를 허용하지 않았고 그는 자신이 남을 사랑할 수도 없고 또 다른 사람들과 섞일 수도 없다고 느꼈다. 궁극적으로 그는 신부직이 요구하는 구속된 삶과 엄격한 훈련은 자신의 창조적인 충동을 만족시키는 일에는 역행한다는 결론을 내린다.

4장은 스티븐이 예술가가 되기로 결심하는데 있어서 중요한 순간을 보여주는 결정적인 장면을 보이면서 끝난다. 스티븐은 신부직을 선택하지 않고 대학에 가기로 결정한다. 그의 대학입학을 위하여 뭔가 문의를 하러간 아버지를 기다리다가 그는 더블린만의 해안가로 발길을 돌린다. 곧 바닷가에서 물가에 서있는 새를 닮은 한 소녀를 보며 스티븐은 예술가의 소명에 대한 비전을 갖는다. 그가 돌리 마운트 해변을 걷고 있는 동안 물 속에 다리를 담그고 서있는 소녀의 모습은 새를 닮았다. 그는 자신의 내면에서 "새로운 야성적인 삶"이 꿈틀대는 것을 느끼며 황홀감에 전율한다. 소녀의 이미지는 에로틱하기보다는 미학적으로 보였으며 스티븐은 미학적 상상 속에서 종교에서 체험하는 신성함을 느낀다. 그는 성직자의 길을 거절한 자신의 선택이 옳았다는 것을 확신하며 예술세계로 인도해 주는 에피퍼니를 체험한다.

그는 사회적 · 종교적 체제에서 빠져나가 그 자신만의 독립적 운명을 만들어 가리라고 결심한다. 이것을 가능하게 한 것은 아버지나 교회의 목소리가 아니고 "자연의 목소리"("voice of Nature")이다. 자연은 곧 스티븐의 천부적인 자질에 대한 인식이며 그는 교회에 대한 복종이 질식시켰던 "보물"과 같은 언어를 머리에서 자연스럽게 풀어내어 펼쳐 보인다. 스티븐이 교회의 정신적 구속으로부터 풀려나면서 느끼게 되는 해방감은 4장의 끝에서 절정에 이른다. 그는 자신의 신은 예술이라는 것을 깨닫고 영적 충만감을 갖는다. 『젊은 예술가의 초상』에서 클라이맥스는 4장의 끝에 스티븐이 자신의 소명을 깨달으며 황홀감에 젖어있는 장면에서 일어난다. 5장에서 보여주듯이 그는 교회와 결별하고 자신의 소명은 종교보다는 예술이라고 결론짓는다.

4장은 세 개의 섹션으로 구성되어 있으며 내용을 다시 간략하게 정리하자면 첫째 섹션에서 스티븐은 교회가 명하는 대로 자신의 생활을 개조하여 엄격한 신앙생활을 한다. 그러나 그의 지성은 그가 위선적이라고 생각하는 가르침에 대하여 반발한다. 둘째 섹션에서 스티븐은 신부직의 소명에 대하여 곰곰이 생각해보지만 결국 거절한다. 신부직은 당시 더블린 사회에서 스티븐과 같은 젊은이로서 꿈꾸어 볼 수 있는 가장 영향력 있는 지위였다. 셋째 섹션은 조이스의 가장 빼어난 문장을 보여주는 장으로 스티븐은 자신의 진정한 소명이 무엇인지 깨닫는다. 4장이 끝날 때까지 예술가 지망생인 스티븐이 사실상 글을 쓰는 장면은 없지만 그가 예술가가 되기 위하여 필요로 하는 체험과 교육을 보여준다.

2. 내용분석

2-1. Section 1: 신앙생활

4장의 시작에서 스티븐은 자신의 삶을 바꿔 놓도록 체계적인 종교적 훈련을 스스로에게 부과하며 엄격하게 신앙생활을 이행해 나간다. 그는 교회법을 준수하고, 묵주를 세며 성모 마리아의 기도문을 암송하고, 미사에 참석하며, 금욕생활을 한다.

4장의 첫 문단에서 스티븐이 자신의 영적인 훈련을 위하여 일과를 빈틈없이 짜고 실행하고 있음을 보여준다.

> 일요일은 성스러운 삼위일체의 신비로움에 헌신되었고, 월요일은 성령에게, 화요일은 수호천사에게, 수요일은 성 요셉에게, 목요일은 제단의 거룩한 성체에게, 금요일은 고통 받는 예수에게, 토요일은 성모 마리아에게 바쳤다. (229)

매일 아침 스티븐은 성스러운 이미지 앞에서 자신을 새로이 정화시켰고 매 순간의 생각과 행위를 교황의 의도에 맞추어 영웅적으로 바치며 새벽미사로 하루를 시작한다. 그가 "결의에 찬 신앙심"으로 새벽미사에 참석하여 무릎을 꿇고 앉아 신부의 중얼거리는 소리를 들으며 로마 초기 기독교시대 교인들이 박해를 피해서 지하묘지에서 예배를 보았던 것처럼 자신도 고대 로마의 지하묘지에서 무릎을 꿇고 미사를 보고 있다고 상상한다. 예배와는 별도로 감수성이 풍부한 스티븐의 상상력이 작용하고 있는 것을 볼 수 있다.

스티븐의 나날은 매일 할 일이 일정하게 정해지고 각각의 날들은 신앙심을 위하여 바친다. 그는 하루 동안의 시간을 완벽하게 영적인 일에 쓰이도록 분배한다. 그러나 이처럼 엄격하게 신앙생활을 하는데도 불구하고 그는 불안감을 떨치지 못한다. 기도 속에서 충만한 기쁨을 맛보지 못하자 그는 자신의 영혼의 상태에 대하여 걱정한다.

> 그의 하루일과는 신앙생활의 범주에 맞게 짜여졌다. 화살기도와 일반기도를 올림으로써 그는 연옥에 머물러있는 영혼들이 그곳에 머물러 있을 기간을 여러 날, 여러 달, 여러 해 경감 받을 수 있도록 온 힘을 다하여 은덕을 축적했다. 그러나 교회 규정에서 정한 참회의 긴 기간을 쉽게 달성함으로써 그가 느꼈던 정신적 승리감은 그의 열렬한 기도를 전적으로 보답해 주지는 못했다. 왜냐하면 고통 받고 있는 영혼들이 감내해야 하는 연옥에 머물러야 할 시간을 그가 올린 기도를 통해서 얼마나 경감 받게 할 수 있을지 그로서는 가늠할 수가 없었기 때문이다. (147)

스티븐은 피정기간에 들었던 신부의 설교만큼이나 기도와 고통과 같은 영적인 세계에 속하는 일을 산술적으로 계산하려고 한다. 신앙생활을 근육운동을 하듯이 실천하는 것이 특히 풍부한 감성을 지닌 그에게 정신적 만족감을 줄 수는 없다. 스티븐이 의무를 이행하듯이 실천하는 신앙생활은 그 자신의 시적 상상력과 맞물려 다음과 같은 상충되는 비유를 하게 한다.

> . . . 기도 중에 있는 그의 영혼은 마치 거대한 현금출납기의 키보드를 누르고 있는 손가락처럼 압박을 가하고 있는 느낌이었고 그의 구매액(購買額)이 즉각 하늘을 향해 올라가되 숫자로서가 아니라 가느다란 한 줄기 향기나 아니면 가느다란 꽃송이가 되어 올라가는 것을 보는 듯했다. (148)

스티븐은 기도라는 영적인 노력의 효과를 "현금출납기"로 계산할 수 있을 것인양 세속적인 비유를 하면서도 동시에 기도가 하늘에 닿는 것을 "한줄기 향기나 가느다란 꽃"과 같은 미학적인 비유를 한다. 스티븐의 예술적 감성으로는 도무지 숫자 계산과 같은 무미건조한 상태를 그대로 유지할 수 없었을 것이고 자신도 모르게 문학적인 상상이 튀어나온 것으로 보인다. 스티븐의 신앙생활은 사실상 피정기간 동안에도 지속적으로 보이는 그의 예술가적인 감수성으로 인하여 궁극적인 문제가 야기된다. 리얼리티에 대한 풍부한 상상력에서 우러난 그의 관점은 그가 택하도록 강요된 신학적인 형식주의와 지속적으로 대립한다.

　스티븐은 걸을 때에도 바지 호주머니에 묵주를 지니고 다니며 손으로 세면서 기도를 쉬지 않고 올리는데 이번에는 묵주기도를 화관으로 비유해 보고 있다. 그러나 화관의 꽃들은 "비현세적"이기에 일상의 꽃이 지닌 색깔도 없고 향기도 없어 보인다. 현세의 삶에서 체험하는 것처럼 생생하게 살아 있다는 느낌을 가질 수 없는 것이다. 그는 묵주를 삼등분해서 성삼위일체의 미덕을 기리는데 바쳤다. 그러나 신에 대한 그의 마음은 교리에 입각해 있을 뿐 신이 자신의 영혼을 영원히 사랑한다는 절대적 신념을 갖지 못한다. 그 보다는 성령과 성부, 성자간의 불가사의한 연관성에 더 마음이 이끌린다. 숫자 "3"의 종교적 의미에 대하여 생각해 보지만 만족스러운 답을 찾아내지 못한 채 공허하게 종일 호주머니에 묵주를 지니고 다니며 세곤 한다.

> 그는 바지 주머니에 묵주를 느슨하게 소지하고 다니면서 길을 걸을 때에도 묵주기도를 올릴 수 있도록 했는데 그가 계속해서 올리는 묵주의 기도는 이 세상의 꽃이 아닌 희미한 조직으로 된 이름도 없거니와 빛깔도 없고 향기도 없는 꽃들로 이뤄진 화관으로 변형되어 가는 것 같았다. 그는 자신의 영혼이 그를 창조한 성부에 대한 신심, 그를 대신하여 속죄한 성자에 대한 희망, 그리고 그를 성스럽게 하는 성령에 대한 사랑이라는 세 신학적 미덕 속에서 강해지도록 매일 세 번씩 작은 묵주기도를 올렸는데 다시 이 세 부분으로 구성된 세 번의 기도는 성모 마리아의 기쁘고, 슬프고, 영광스러운 신비를 통하여 성삼위일체에게 올려졌다. (148)

스티븐의 신앙심은 면밀하고 체계적이며 명쾌하고 논리적인 성격을 띠고 있다. 그의 나날은 각각 성스러운 항목들에 대하여 묵상하고 토론하도록 정해졌고 교회의 이론에 입각하여 성령(Holy Ghost)의 일곱 가지 축복(Seven Gifts: 지혜, 오성, 분별력, 굳센 마음, 지식, 경건함, 주에 대한 두려움)에 대하여 명상한다. 그는 일주일동안 매일같이 일곱 가지 축복이 하루 하나씩 그에게 임하여 그가 과거에 범했던 일곱 가지 중죄를 정화시켜 나갈 것을 확신하며 기도한다.

오로지 교회의 이론에 조준되고 순종하는 스티븐의 생활은 예수회의 질서, 훈련, 정확함을 답습해 간다. 그의 빈틈없이 정확하고 체계적인 서술 역시 이러한 훈련을 반영한다. 이 결과 그는 점차 신이 자신을 사랑한다는 사실을 받아들이며 온 세상은 하느님의 신성한 사랑의 거대한 표현이라고 보기 시작한다. 삶도, 모든 감각도, 나뭇잎 하나에 이르기까지 이 세상에 존재하는 모든 것은 하느님의 권세와 사랑이며 아무리 세계가 복잡하다해도 신성한 권세와 사랑과 범우주적인 원리로서만 존재할 뿐이라고 생각하게 된다. 스티븐은 이제 이 세상에 대한 완벽한 원리가 밝혀진 만큼 더 이상 계속해서 살 필요가 있을까라는 생각까지 하기에 이른다.

> 그러나 그는 신은 무한한 시간대부터 신성한 사랑으로 그의 개인적 영혼을 사랑하여 왔기 때문에 그 사랑의 실체를 더 이상 불신할 수는 없었다. 점차 그의 영혼이 영적인 지식이 풍부해 짐에 따라 그는 세상 전체를 신의 권세와 사랑에 대한 하나의 균형 잡힌 광활한 표현을 형성하고 있는 것으로 보게 되었다. 삶은 매 순간 순간이 신성한 선물이었으며 비록 나무의 잔가지에 매달린 나뭇잎 하나를 보는 것에서조차도 이를 느낄 수 가 있었기 때문에 그의 영혼은 신을 찬미하며 신에게 감사를 드려야만 했다. 세상은 비록 견고한 실체와 복잡함으로 이루어졌을지언정 그의 영혼에는 신성한 권세와 사랑과 보편성이라는 원리 외에 그 어느 것으로도 존재하지 않았다. 그의 영혼에게 허락된 모든 자연만물에 스며있는 신성한 의미에 대한 이 감각은 너무도 완벽했고 의심할 여지가 없었기 때문에 그는 왜 계속하여 더 살아가야 하는지 그 필요성을 이해할 수 없을 정도였다. (149-150)

하지만 스티븐은 하느님에 대하여 이해가 되지 않을지라도 어떠한 의구심도 갖지 않고 겸허한 마음으로 모든 것을 수용한다.

스티븐은 자신의 죄를 속죄하기 위하여 무엇보다도 몸의 오감과 관련된 금욕에 집중하여 오감들을 대상으로 철저한 금욕적 고행을 꾸준하게 행한다. 시각의 고행으로는 여성과 눈을 마주치기를 피하고 후각에 대한 고행으로 가장 악취로 여겨지는 냄새를 맡는다. 촉각의 고행으로는 불편한 자세를 취하며 침대에서도 의식적으로 자세를 바꾸지 않고 또한 자신의 촉감을 금욕하기 위하여 의도적으로 여러 방법을 고안하여 고행을 한다. 이처럼 혹독한 자기 절제와 극기에도 불구하고 그는 이따금씩 죄의 유혹을 받는데 스티븐은 그때마다 그러한 유혹은 악마의 공격에 대한 자신의 저항력을 실험하는 것일 뿐이라고 간주한다.

스티븐이 스스로에게 가한 엄격한 금욕생활은 그의 의지력과 더불어 그의 영웅적 기질을 보여준다. 초기 기독교 교회에서 보는 금욕주의와 은둔생활처럼 스티븐은 육체적 욕구를 극복하고 정신의 우월성을 확고하게 하기 위하여 자신을 극한적으로 몰고 간다. 이 과정에서 스티븐은 그 자신이 순교자나 성인과 유사하다는 것을 입증한다. 그러나 그의 기도가 자신이 저질은 모든 죄를 씻어낼 만큼 충분한지 알 수 없어 승리감은 그리 만족스럽지 않다.

조이스는 자서전적인 이 소설에서 주인공 스티븐을 다소 풍자적으로 제시하며 그와 자신 사이에 거리감을 두었다. 그래서인지 4장의 서술 스타일도 간접화법을 사용하고 있다. 자신과 비슷한 자질의 주인공을 풍자적으로 그려내고 스티븐의 결점을 코믹한 방식으로 제시함으로써 어느 정도 객관성을 유지하는 효과를 거두게 된다.

스티븐은 금욕생활을 철저하게 강화하면서 이제는 죄의 유혹을 떨쳐 버릴 수 있게 되었다고 확신한다. 그러나 "복잡한 신앙심과 자제력"을 기르는 수양을 마친 후인데도 그는 쉽게 화를 내는 자신을 발견하고 놀란다. 마음이 좁아져서 남에 대한 관용과 참을성이 없어진 것이다. 너무도 철저하게 몸을 부정하다보니 그는 심지어 어머니의 재채기 소리와 같은 사소한 것도 참지 못하고 화를 낼 정도이다. 신앙심에 헌신하는 스티븐의 열정이 아무리 강하다 해도 신앙생활의 진정한 목표인 영적인 깨우침에 주력하기보다 금욕만을 강조함으로써 그가 종교생활을 위하여 세웠던 계획에 급속하게 열의가 떨어지고 감정이 메마른 신앙생활이 되어 가는 것이다. 그는 스스로에게 자신의 삶을 교정해 나갈 수 있을지 자문한다. 그리고 급기야 정신적으로 무미건조한 상태로 영혼이 시들어 버렸다고 느낀다.

스티븐의 엄격한 금욕과 빈틈없이 무장된 신앙생활은 다른 사람들과 어울리지도 못하고 생활의 활기도 잃고 결과적으로 자신을 감금하는 감옥을 만든 셈이 되고 말았다. 스티븐은 자신의 삶이 다른 이들의 삶에 합류하지 못하고 있음을 어렴풋이 자각하며 마음이 불편해 진다. 그는 또한 자신에게 스스로 부과했던 영웅적일 만큼 엄격한 생활에도 불구하고 성령에게 기도를 올릴 때 언어에 대한 그의 예민한 감수성을 보이는 지적인 자만심을 근절하지 못한다. 그는 "지혜와 이해와 지식"을 교회가 인위적으로 별개의 것으로 취급하는 점에 대하여 의문을 제기한다.

스티븐의 종교적 훈련에 대하여 조이스는 정신적 깊이보다는 신앙에 헌신하는 시간의 양으로 측정하는 것과 같은 기계적이며 물질적인 성격을 부여했다. 따라서 엄격하게 교리에 맞추어 충실하게 생활했던 스티븐의 신앙생활은 영혼의 충만함을 갖지 못하고 정서가 메말라가며 마음이 황폐해지는 결과를 낳게 된다.

조이스는 또한 성자의 삶이 스티븐에게는 바람직하지는 않다는 것을 독특한 문체로 암시한다. 『초상』의 다른 부분에서 보는 풍부하고 육감적이었던 문체는 4장에서는 무미건조하고 추상적이며 현학적인 양상을 띠고 있다. 4장의 스타일은 다채로운 언어와 복합적인 구문 대신 지극히 논리적이며 이론적이다. 이러한 문체는 스티븐의 금욕적이고 자기부정적인 심리상태를 반영하는 것으로 보인다.

끝내 섹션 1의 끝에서 스티븐은 "나는 내 삶을 개선했다, 그렇지 않은가?"라고 자문하기에 이른다. 주목할 것은 스티븐이 자신의 삶이 변화했다는 것은 확신하지만, 그렇다고 그 변화가 꼭 개선을 의미하는가에 대하여는 의구심을 나타낸 점이다. 그는 영웅적으로 극기와 절제를 하고 있을 뿐, 꼭 더 나은 인성을 지니게 되었다고는 할 수 없다.

▶ 생각해 볼 문제

1. 스티븐의 신앙심을 위한 심신의 단련에서 구체적으로 어떠한 점이 단순히 기계적인 훈련으로 보이는가?
2. 스티븐의 기계적인 신앙생활은 그 자신과 또 다른 사람과의 관계에서 어떤 결과를 낳게 했는가?
3. 스티븐의 신앙생활을 묘사한 문체는 어떠한 서술적 특징을 보이는가?
4. 스티븐은 신앙심을 위하여 자신에게 가한 엄격한 훈련에 만족할만한 결과를 얻었다고 생각하는가?

2-2. Section 2: 신부직에의 권유

교장실에 호출 받은 것은 더 큰 소명을 받기에 앞서서 스티븐이 치러내야만 하는 통과의례와도 같다. 교장을 통하여 이 대목에서도 교회의 목소리를 듣게 되는데, 3장과는 달리 스티븐은 목소리의 작용을 의식하고 있기 때문에 바로 반응하기보다는 거리를 두고 침묵하며 듣고 있다. 그러나 신부가 성직 제안을 했을 때 스티븐은 거의 본능적으로 수락하고자 하는 생각이 들기도 했으나 대답만큼은 입 밖에 내지 않는다. 신부에게 실제로 대답하지 않았지만 권력에 대한 유혹이 스티븐의 마음에 즉각적인 반응을 이끌어낸 것이다.

① 신부직을 권유받음

방학이 끝나고 학교에 돌아왔을 때 스티븐은 교장으로부터 만나자는 전갈을 받는다. 학교의 응접실에서 교장을 기다리며 무슨 연유로 불렸는지 여러 추측을 해보다가 거의 확실하게 짐작이 가는 바가 있게 된다. 교장은 본론에 들어가기에 앞서 무겁지만 정감 넘치는 목소리로 해외에 있는 예수회학교나 교사들의 전근과 같은 대수롭지 않은 이야기를 한다. 도미닉 수도회와 프란체스코 수도회에 대하여, 그리고 성 토마스 아퀴나스(Saint Thomas Aquinas)와 성 보나벤투라(Saint Bonaventure)에 대하여 이야기하다가 그는 카푸친회 성직자들의 신부복장에 대하여 말하면서 그것을 없애야 할지에 대한 스티븐의 의견을 묻는다. 교장이 유머러스하게 카푸친 신부복장을 불어로 스커트를 가리키는 "레 쥐프"(les jupes)라고 칭한다고 말하자, 여성복을 언급하는 말에 스티븐은 다소 어색해지면서 얼굴을 붉힌다. 스커트처럼 보이는 카푸친 신부의 복장에 대한 표현인 "레 쥐프"라는 단어는 스티븐에게 여성의 속옷에 대한 생각을 떠올리게 했다. 그가 "여성이 입는 옷이나 부드럽고 섬세한 원단의 명칭은 언제나 자신의 마음에 섬세하고 죄악에 찬 냄새를 떠오르게 한다"고 생각하며 어린 시절과 여성용 스타킹을 처음 만졌을 때의 감촉 등을 기억하는 이 대목은 "의식의 흐름" 기법이 사용되었다.

스티븐 앞에 서있는 교장의 모습은 상징적 의미가 짙다. 교장의 말보다도 스티븐의 눈에 비친 교장의 모습을 통하여 교회에 대하여 어떤 의미를 나타내고 있다. 3장에서 아널 신부가 표방했던 로마 가톨릭 교회의 이미지가 4장에서 교장을 통하여 또 다른 방식으로 제시된다.

교장은 빛을 등지고 갈색 커튼에 한쪽 팔꿈치를 기대고 창문의 홍벽 총안에 서 있었다. 그는 미소를 머금고 말을 하면서 다른 커튼 줄을 천천히 흔들어대면서 고리를 만들었다. 스티븐은 한동안 시선을 지붕 위로 보이는 기울어가고 있는 긴 여름날의 석양빛으로 향하거나 천천히 솜씨 있게 움직이는 신부의 손가락으로 향하면서 교장 앞에 서 있었다. 교장의 얼굴은 완전히 어둠에 묻혀 있었지만 그의 등 뒤에서 기울어가는 석양빛은 그의 깊게 파인 관자놀이와 두개골의 굴곡을 비추고 있었다. (154)

교장은 병적인 이미지를 가지고 있다. 그는 창을 등지고 있어 빛에서 가려져 있기 때문에 얼굴이 해골 같이 보이며 교장의 "두개골"(skull)은 죽음을 연상시킨다. 이 "해골"(skull)이라는 단어는 1장의 끝에서 스티븐의 클롱고우스 학교시절 그가 교장인 콘미 신부를 찾아가 면담했을 때 교장의 책상 위에 놓여 있었던 해골을 연상시킨다. 교장이 갈색 블라인드의 끈을 올가미처럼 매고 있는데 올가미와 블라인드(blind)는 똑같이 상징적 의미가 강하다. "커튼"("crossblind")의 단어를 그대로 해석하면 "십자가에 눈이 먼"이란 뜻이 된다. 혹시 십자가(교회)의 진정한 의미를 알지 못하는 교장이 십자가를 이용하여 스티븐으로 하여금 자신의 진정한 사명에 눈이 멀게 한다는 뜻일까? 교장이 커튼 줄로 만들어 보이는 고리는 스티븐을 얽어매려는 올가미로 볼 수도 있다. 올가미를 씌운다는 것은 한 개인의 영혼에 엄격한 질서를 부과함으로써 그의 천성을 저버리도록 한다는 뜻이 될 것이다. 교장의 등 뒤로 기우는 석양빛은 스티븐의 앞날의 성숙에 대한 종지부를 찍는 것, 또는 형식적인 종교에 대한 스티븐의 믿음이 기우는 것을 나타내는 것으로 볼 수 있겠다.

4장에서 서술기법은 교장과의 면담이후 서술형태가 바뀐다. 첫 시작부분에서는 집합적인 목소리의 서술이 사용되었으나 교회와 거리를 두려고 하는 스티븐을 보이기 위하여 교장의 면담 이후부터는 개인적인 목소리의 서술로 전환된다. 개인적인 서술은 스티븐에게 훨씬 덜 위협적으로 느껴진다.

스티븐은 교장이 "레 쥐프"와 같은 가볍게 이야기하기에는 부적절한 단어를 왜 입에 올리는지 의아하게 생각하며, 혹시 여성에 대한 언급을 함으로써 자신의 반응을 떠보려는 것은 아닌지 생각한다. 교장의 의도는 여러 가지로 헤아려볼 수 있는데 우선 성직자적인 성도착증(여성의 옷을 입거나 흉내내는 기벽)을 나타내거나, 아니면 교장이 자신과 라이벌이 되는 교단에 대해 품위를 손상시키려는 의도, 또는 여성을 언급함으로써 스티븐의 반응을 살피려는 교장의 간계로도 볼 수 있겠다. 교장이 어둠 속에서 마치 심문하듯 말을 건넸으나 스티븐은 속내를 드러내기를 거부하며 대꾸하지 않는다. 그는 그저 겸손하게 순종하는 가면적 표정을 지으면서 내심 스커트의 성적인 암시에 대하여 반추한다.

이어서 스티븐은 지금까지 자신을 가르쳐 온 사제 교사들에 대하여 생각해 본다. 대체로 그들은 "지적이며 진지한 신부들이었고, 건장하고 씩씩한 학감들"이었다고 생각한다. 클롱고우스 학교 시절부터 신부 교사들 앞에 서 있노라면 소심해지는 자신의 태도는 그 이후로도 계속 이어졌으며 교사들에게 "말없이 순종하는 습관"을 갖게 했다. 그러나 최근 들어 그들의 판단이 다소 유치하다고 생각되었고 그들에 대하여 "유감과 연민"이 느껴지면서 점차 자신이 익숙해진 세계에서 서서히 빠져나오고 있으며 그들의 말을 마지막으로 듣는 것처럼 생각되었다. 스티븐은 신부 교사가 학생들에게 빅토르 위고 (Victor Hugo)와 루이 뵈이요(Louis Veuillot)를 비교하며 프랑스 저널리스트이자 열렬한 가톨릭 신자인 뵈이요의 문체가 더 순수한 프랑스 문체라고 주장하는 것을 들었던 것을 떠올린다. 스티븐의 마음이 다시 어린 시절 예수회 학교 장면으로 돌아가는 장면은 의식의 흐름 기법을 보이는 대목이다.

드디어 교장이 어조를 바꾸어 그에게 "네가 소명을 갖고 있다고 생각한 적이 있는가"라고 물었다. "다시 말해서 네가 네 자신, 네 영혼 안에 예수회 교단에 들어오고자 하는 욕망을 느껴 본 적이 있는가"라고 물었다. 그러면서 교장은 고리를 만들던 커튼 끈(blindcord)을 옆으로 치우고 손을 합장하여 턱을 괴고 생각에 잠겼다. 다시 "blindcord"라는 말이 언급되었는데 동음이의어 (同音異義語) 사용을 즐겨 했던 조이스인 만큼 이 단어에 "커튼 끈"이라는 뜻 이외에도 "blind"(눈이 먼)라는, 곧 신앙의 맹목성이라는 뜻으로도 볼 수 있다.

교장은 스티븐에게 그가 신부직에 대한 소명(vocation)을 받을 것을 생각 해본 적이 있는지 물으며 신부직을 갖기를 권장한다. 교장은 "소명을 받는다 는 것은 인간이 신으로부터 받는 가장 큰 명예"라면서 "이 세상의 왕이나 황 제도 신부의 권세를 갖지 못한다"고 말한다. 그러면서 신부만이 누릴 수 있 는 여러 권세에 대하여 열거한다. 3장에서 아널 신부가 피정기간동안 스티븐 의 두려움과 수치심에 호소하며 그를 교회에 끌어 들였다면 4장에서 벨베디 어 학교 교장은 스티븐의 긍지와 자부심(pride)에 호소한다.

교장은 신부가 지닌 온갖 종류의 권한에 대하여 역설한다. 조이스는 스 티븐이 신부직에 이끌리는 몇 가지 이유를 제시한다. 성직을 수여 받게 되면 미천한 신자의 생활에서 탈출할 수 있다. 그는 제단에서 라틴어로 말하는 신 비로운 세계에 속함으로써 신앙심 깊은 신자들이 속하는 현실 세계로부터 도피할 수 있다는 점이다. 신비로운 성직자의 옷을 입고 초연하게 미사를 거 행할 수도 있을 것이다. 또한 신부는 죄로부터 격리된다. 그리고 교회는 신부 에게 비밀에 부쳐진 지식(secret knowledge)을 허락하고 고해실에서 사람의 결 점도 들을 수 있을 것이다. 이러한 신부의 권세를 강조하는 교장은 "power" 에 대한 언급을 무려 6번이나 되풀이하여 언급한다.

교장의 신부직 권유는 스티븐에게 즉각적인 반향을 일으켜 그의 자부심을 자극했다. 스티븐은 마음이 설레면서 경건하고 진지하게 자신의 의무를 수행하며 사람들로부터 섬김을 받을 신부의 역할에 대해 생각한다. 그리고 자신이 사제가 되어 미사를 집전하는 모습을 상상해 본다. 또한 사제가 갖는 비밀에 싸인 지식과 권세를 갖게 되리라고 자부해 본다. 신부직의 권유를 받는 것은 당시의 아일랜드 소년에게는 대단히 영광스러운 일이었다. 신부가 되면 평생 사회적 존경을 받고 권세라는 보상을 받으며 물질적 걱정은 하지 않아도 되었다. 스티븐은 마음이 들떠 얼마간 이에 호응하는 듯하다.

스티븐은 교장과 함께 학교의 홀 문을 열고 밖으로 나왔는데 교장은 이미 그에게 동료라도 된 듯 손을 내밀어 악수를 청한다. 그 때 스티븐의 눈에 네 젊은 남자들이 리더가 연주하는 경쾌한 손풍금 멜로디에 맞추어 팔을 끼고 머리를 흔들며 걷는 광경이 들어온다. 그러자 스티븐에게 이 음악소리는 "마치 아이들이 쌓아놓은 모래성을 갑작스럽게 밀려온 파도가 무너뜨리듯 그의 마음이 쌓아올린 환상적인 구조물을 일순간에 고통도 없고 소리도 없이 무너뜨렸다." 거리의 음악소리와 젊은이들의 흥겨움은 스티븐에게 생명력이 충만한 세계를 일깨웠고 스티븐의 마음을 잠시 이끌었던 교장의 말은 생생하게 살아있다는 느낌을 주는 이 생명의 소리에 지고 말았다. 스티븐은 눈을 들어 교장을 바라보는데 교장의 얼굴에서 "기울어 가는 날을 음울하게 반영"하고 있는 모습을 보며 슬그머니 잡고 있던 손을 뺀다. 앞서 아넬 신부와 마찬가지로 교장도 경직되고 생기가 없어 보인다.

교장의 "음울한 가면"과 같은 표정은 짓누르는 듯한 학교 분위기를 상기시키면서 스티븐은 자신이 신부가 된다면 "그를 기다리고 있는 삶은 무겁고 질서 잡힌 열정이 없는 삶, 물질적 걱정은 없는 삶"이라고 생각하기에 이른다. 그러자 그의 내면으로부터 어떤 본능이 마음 깊은 곳에서 깨어나면서 신부직 수락에 대하여 적의를 느끼게끔 한다.

> 교육이나 신앙심보다 더 강한 어떤 본능이 기억에서 깨어나 그 삶에 가까이 다가가려하는 그의 안에서 미묘하고 적의에 찬 본능을 깨어나게 하여 그가 수용하지 못하도록 그를 에워쌌다. 차갑고 질서 잡힌 생활을 생각하니 그는 거부감이 들었다. (161)

이 "본능"은 어디까지나 스티븐 개인의 직관과 같은 것으로 교육, 또는 신앙심처럼 외부에서 그에게 주입된 것이 아니라 그의 내부에서 자연스럽게 우러나온 것이다.

스티븐은 밖으로 나와 "예수회 신부 스티븐 데덜러스"(The Reverend Stephen Dedalus, Society of Jesus)로 살아가는 자신의 모습을 상상해 본다. 예수회의 기숙사 앞을 지나면서 자신이 사제가 된다면 어떤 창문이 자기의 것이 될지 궁금해한다. 그러나 사제로서 타인과 함께 살아가야 할 "질서 잡힌 공동생활"에 생각이 미치자 마음이 몹시 불편해온다. 공동생활과 질서는 창의적인 예술가적 자질을 타고난 스티븐에게는 견딜 수 없는 일일 것이다. 공동생활은 불가피하게 개인적인 자유로움을 포기할 것을 요구하게 되고, 엄격한 신앙생활에서 요구되는 질서 역시 예술가적인 자유로운 정신을 경직시키게 될 것이다. 따라서 공동생활과 질서, 이 두 가지를 지키라는 말은 스티븐에게는 자기 자신을 포기하라는 것과 같다. 급기야 그는 "이 세상과 내세에서 영원히 자신의 자유를 끝내겠다는 위협 앞에" 그동안 여러 해에 걸쳐서 질서와 순종을 유지하며 닦아 놓았던 그 일(신부직)에 대한 의지가 이렇게 쉽게 흔들리는 것을 느끼며 스스로도 놀란다. 그 순간 그는 "자신이 신부가 되

어 감실 앞에서 향로를 흔드는 일은 없을 것"이라고 단정하며 자신의 운명을
다음과 같이 결정한다.

> 그의 운명은 사회적 또는 종교적 질서로부터 풀려나는 것이다. 신부의 지
> 혜의 호소도 그의 급소를 찌르지 못했다. 그는 다른 사람들로부터 떨어져
> 자신만의 지혜를 배워 나가도록 운명 지워져 있으며 세상의 함정 사이를
> 헤치고 다니며 그 자신이 다른 사람의 지혜를 배우도록 운명 지워져 있었
> 다. (162)

이어서 그는 교회의 질서 잡힌 삶에서 현실의 무질서한 삶, 유혹과 죄의 삶으
로 굴러 떨어지더라도 이 길을 선택하리라 결심한다.

> 이 세상의 함정이란 죄에 이르는 길이었다. 그는 함정에 빠질 것이다. 그
> 는 아직은 빠지지 않았으나 순식간에 조용히 빠질 것이다. 빠지지 않는다
> 는 것은 너무도 힘들었다. 그는 다가올 어떤 순간에 그의 영혼이 조용히
> 빠지리라 생각했다. 아직은 빠지지 않았으나 이내 빠질 것이다. 아직 빠지
> 지 않았으나 곧 빠지려하고 있었다. (162)

무질서는 살아서 움직이는 삶 그 자체이다. 또한 무질서는 예술의 전제조건
이기도 하다. 예술가적 천성을 지닌 스티븐은 이러한 점을 본능적으로 알아
차렸을 것이다. 스티븐이 성직을 거부하면서 교회에 대하여 취한 태도는 연
민이지 경멸은 아니다. 그는 "조용하게 그러나 돌이킬 수 없이" 신부직을 거
부함으로써 로마 가톨릭으로부터 스스로를 추방했다. 그리고 예수회 신부들
의 권유를 거부함으로써 "은총"으로부터도 스스로 추락했다. 스티븐은 이제
성숙해 감에 따라 독자적인 사고를 하게 되었고 그의 기질로 미루어볼 때 고

루한 성직자에 대하여 지루하게 느꼈을 것이다. 그러나 그 무엇보다도 신부 직 수락에 대하여 그의 "영혼의 자존심"("pride of spirit")이 반발하였고 "섬세 하면서도 적의에 찬"("subtle and hostile") 본능이 막아섰다. 그는 "사회적 종 교적 질서로부터 빠져나가서" 세상 속에서 "타락"("fall")하면서 자신을 위한 독립적인 운명을 창조해 나가리라고 스스로 다짐한다.

② 무질서한 삶

스티븐은 학교에서 나와 집으로 가는 길에 동네의 가난한 초가집들 한 가운데 서있는 퇴색한 푸르스름한 빛깔의 성모 마리아 경당(經堂)을 지난다. 성모 마리아 상은 기둥 위에 새의 모양을 하고 서 있었는데 그는 이것에 "차 가운 시선"을 보낸다. 성모 마리아에 대한 자신의 달라진 태도에 스스로도 놀라면서 그는 마음이 냉정해지는 것을 느낀다. 이제 성모 마리아의 존재에 그는 더 이상 감동을 받지 않게 된 것이다. 3장에서 스티븐이 성모 마리아를 추앙하며 간절한 마음으로 구원을 청하였던 것과는 다르게 4장의 이 장면에 서는 성모 마리아는 더 이상 그의 흠모의 대상이 아니다. 스티븐의 마음이 교 회에서 떠났음을 알 수 있다.

그가 집으로 통하는 골목길에 들어섰을 때 강가의 언덕 위 텃밭에서 썩 은 양배추의 시큼한 냄새가 풍겨온다. 그러자 그는 생활에서 보는 이 "무질 서"함이야말로 자신의 영혼을 걸맞한 대상이며 "자신의 영혼 속에서 쾌재를 부르던 것은 그의 아버지 집의 무질서와 혼란 그리고 식물적인 삶의 침체, 이 무질서였다고 생각하며 미소를 지었다"(162). 그는 "무질서"야말로 "자신 안 의 새로운 야성적인 삶"을 약동시킬 것이라고 느낀다. 그러자 스티븐은 집 뒤의 텃밭에서 일하던 농부의 우스꽝스러운 모습을 떠올리며 자신도 모르게 다시 웃음을 터트린다.

그는 집에 돌아와서 누추하고 어지럽혀있는 집을 보며 자신의 운명은 교회와 같은 질서 잡힌 피난처가 아니라 무질서한 속세에 있다는 것을 다시금 자각한다. 부모님은 집세가 밀려 집주인으로부터 쫓겨 날 판이어서 다른 집을 구하러 갔고 한 무리 동생들만 부엌에 가득 앉아있었다. 식탁 위에는 먹다 남은 빵부스러기, 여러 번 우려낸 차가 조금 남아있었고, 차가 엎질러져 갈색이 된 식탁 위에는 망가진 상아색 손잡이가 달린 나이프가 먹다 남긴 파이에 되는 대로 꽂혀 있었다. 배고프고 불안정한 동생들을 보자 스티븐의 가슴에 "본능과 같은 회한"이 갑자기 밀려온다. 동생들에게는 주어지지 않았던 교육의 혜택을 부모로부터 받은 장남으로서 스티븐은 동생들을 향한 연민을 느끼며 기울어 가는 가세에 대하여 책임감을 느낀다. 그러나 아이들은 어떠한 원망의 표정도 짓지 않았다. 그가 식탁에 앉아 부모님이 어디에 갔는지 묻자 동생 하나가 이렇게 대답한다.

- 집을 구하려고 둘러보러 갔어.
- (Goneboro toboro lookboro atboro aboro houseboro.)

부모님의 행선지를 묻는 스티븐에게 다른 누이동생은 다음과 같이 대답한다.

- 왜냐하면 집주인이 우리를 쫓아내려고 하니까.
- (Becauseboro theboro landboro lordboro willboro putboro usboro outboro.) (163)

아이들은 각 어휘에 "boro"라는 어미를 붙여 리드미컬하고 재미있게 대답하며 대화 내용의 쓸쓸함을 달랜다. 무엇보다도 어휘의 리듬감을 살리기를 즐겨하는 것은 조이스 스타일의 주요 특기이지만, 언어의 재미로 가난한 생활의 불안함을 극복하려하는 제스처이기도 하다.

그 때 저쪽 벽난로 옆에 떨어져 앉아 있는 제일 어린 남동생이 '고요한 밤이면 흔히'('Oft in the Stilly Night')라는 토마스 무어(Thomas Moor)의 "멜로디"(*Melodies*)라는 서정시로 된 노래를 부르기 시작한다. 그러자 다른 동생들도 하나씩 따라서 부르고 점차 동생들은 모두 합창으로 노래를 같이 부른다. 스티븐도 듣고 있다가 노래 부르기에 합류하지만, 문득 어린 동생들이 삶이라는 긴 여정을 시작하기도 전에 이미 지쳐 버린 것 같다는 생각이 들자 처음으로 인간에 대하여 연민을 느낀다. 스티븐은 노래의 리듬을 좋아하지만 현실이라는 주체할 수 없는 무질서함과 혼란스러움에 희망과 절망을 함께 느낀다.

아이들이 부르는 노래는 성가가 아닌 세속의 노래이다. 고달픈 생활을 잊기 위해 아이들이 부르는 노래는 마치 정신적인 세계를 갈구하며 탈세속적인 삶의 방식을 지향하는 로마 가톨릭 교회에 대하여 더블린의 가난한 현실이라는 세속의 세계가 반격하는 것 같다.

▶ **생각해 볼 문제**

1. 교장과의 면담 장면에 나타난 상징적 의미에 대하여 설명하시오.
2. 스티븐에게 성직을 고려해 보라고 말하면서 교장은 사제의 직책에서 어떤 점을 강조하였는가?
3. 스티븐이 성직을 거부한 이유는 무엇이라고 생각하는가?
4. 스티븐은 집에 돌아오는 길에 마을 어귀에 있는 성모 마리아 상에게 어떠한 태도를 보이는가? 그의 태도는 무엇을 의미하는가?
5. "질서"와 "무질서"에 대한 스티븐의 생각에 대하여 설명하시오.
6. 스티븐은 동생들이 부르는 노래를 들으며 어떠한 생각을 하는가?

2-3. Section 3: "세속의 신부", 예술가가 되기로 하다

스티븐은 클론타프 교회(Clontarf Chapel)와 바이런 술집(Byron's public house) 사이를 오가며 자신이 들어갈 대학에 대하여 알아보러 갔던 아버지와 교사가 어떤 소식을 가지고 돌아올지 궁금해 하며 초조하게 기다린다. 스티븐이 아버지를 기다리며 교회와 바이런 술집 사이를 오가는데 이 두 장소는 상징적 의미가 있는 것으로 보인다. 그가 대학을 가기로 한 것은 성직을 포기한 것을 의미한다. 그의 선택에 대하여 아버지는 자부심(pride)을 가지고 받아들였으나 어머니는 섭섭해 했다. 그는 어머니가 자신이 성직을 택하지 않은 것에 대하여 내색은 하지 않았지만 그를 불신하는 것 같아 마음이 편치 않았다. 그리고 어머니와 자신의 삶이 점차 서로 엇갈리고 있다는 것을 느꼈다.

교장과 면담 후 스티븐은 자신이 성직자의 삶을 원치 않는다는 것은 확실하게 깨달았지만 자신이 진정 원하는 바가 무엇인지는 아직 알지 못한다. 그러나 교회와 어머니가 자신에게 기대했던 성직의 삶으로부터 벗어나 아직은 보이지 않는 "운명"에 따른 새로운 모험이 자신을 기다리고 있다는 것을 예감한다.

> 대학에 갈 것이다! 이렇게 해서 그는 자신의 소년시절의 후견인으로 그를 그들 안에 두고 그들에 예속시킴으로써 그들의 목표에 헌신하도록 한 파수꾼들의 도전을 피해 나갔다. 만족감을 느낀 후 자만심이 마치 느리게 밀려오는 파도처럼 그를 고양시켜 주었다. 그가 그 목표를 위해서 헌신하도록 태어났으나 아직은 그것이 무엇인지 알지 못하는 그 목표는 보이지 않는 길을 통해서 그가 빠져나가도록 인도해 주었다. 그리고 이제 그 목표는 다시 그에게 손짓했으며 새로운 모험이 이제 막 그 앞에 펼쳐지려고 하고 있었다. (165)

① 언어에 대한 자각

정신적으로 큰 부담으로 작용했던 성직으로부터 벗어났다고 생각하자 스티븐은 가슴이 벅차오르면서 마음속에서 뛰고 있는 야성에 전율을 느낀다. 원래 음악에 조예가 깊었던 조이스는 스티븐의 감정의 동요를 "발작적인 음악이 한 옥타브 위로 뛰어 올랐다가 감사도(減四度)의 음정으로 내려오고, 다시 한 옥타브 위로 뛰어 올랐다가 장삼도(長三度)의 음정으로 내려오는 음정을 듣고 있는 듯 했다"라는 음악의 리듬으로 비유하고 있다. 정신적 해방감에 한껏 부풀어 있는 스티븐은 자신의 마음속의 야성이 자유로워졌다고 생각하며 이를 숲속을 뛰어다니는 산토끼, 사슴, 영양(羚羊)과 같은 야생동물들의 힘차고 생동감 있는 발자국 소리에 빗대어 표현한다.

마음의 동요가 가라앉자 스티븐은 뉴먼의 글 구절에서 "도도한 선율"("a proud cadence")을 떠올리며 음미한다. 조이스가 글의 흐름에서 음악적 패턴을 따르고 있다는 사실을 알 수 있는 대목이다. 야성적인 음률에 이어지는 이 "도도한 선율"은 앞서 나온 "요정의 서주(序奏)"("elfin prelude")에 이어지는 것으로 한 문단에서 다음 문단으로 이어질 때 음악에서 강약이 교차되듯 문단의 정서가 교차되고 있음을 느낄 수 있다.

스티븐이 당시 문화적 이상을 주창했던 수사학의 대가인 뉴먼(Cardinal Newman)을 떠올리는 것은 스티븐의 문학가적 성향을 암시하는 대목으로 생각된다. 스티븐은 소년시절 내내 자신의 숙명으로 여겨왔던 성직이 자신의 천직이 아님을 재확인하며 "서품의 성유가 그의 몸에 도포되는 일은 영원히 없을 것이다"라고 단언한다. 그의 관심은 그동안 자신을 이끌어 주었던 교회의 지도자를 떠나 문학의 지도자로 옮겨가고 있는 것이다. 스티븐은 자신을 삼인칭으로 바꾸어 "그는 성직을 거절했다. 왜 그랬을까?"(165) 라고 자문한다. 그는 "Why?"라는 자문에 즉답을 하는 대신 그 다음에 이어지는 내용으로 이 질문에 간접적으로 답한다.

그는 돌리마운트(Dollymount)의 길에서 몸을 돌려 바다 쪽으로 걸어가며 얇은 나무판자로 된 다리를 건너면서 한 무리의 수사들을 보게 된다. 크리스천 브라더즈(Christian Brothers) 수도회 수사들이 불(Bull) 해안에서 돌아오고 있었는데 이들은 두 사람씩 다리를 건너고 있었다. 스티븐의 눈에 비친 그들의 복장은 무거워 보였고 모습 또한 초라했다. 수사들이 "힉키 수사(Brother Hickey)", "퀘이드(Quaid) 수사", "맥아들(MacArdle) 수사", "키오(Keogh) 수사"라고 서로 이름을 부르는 소리가 그의 귀에 들려왔다. 이 이름들은 더블린의 하층민 중에서 흔히 볼 수 있었던 이름이기도 하다. 성당 안이 아닌 밖에서 보는 이들은 더욱 초라해 보인다.

> 그들의 신앙심은 그들의 이름, 그들의 얼굴, 그들의 옷차림과 같으리라. 그러나 그들의 겸허하고 통회하는 마음은 그의 마음보다 훨씬 더 큰 헌신을 하느님께 바치고 자신이 공들여 바친 경배보다 열 곱이나 하느님 앞에 기꺼운 선물이 되리라 생각했지만 소용없는 일이었다. (166)

그들에 대한 스티븐의 태도는 경멸보다는 연민에 가깝다. 스티븐이 교회를 무조건 우러러 보기에는 이제 성숙했고 그의 마음이 교회를 떠났음을 말해 준다. 스티븐은 그동안 자신이 섬겼던 종교로부터 벗어나면서 자신의 자존심으로 인하여 사랑과 관용으로부터 멀어질 것이 염려되었지만 자신으로서는 어찌할 수 없으니 이 염려는 부질없는 일이라 간주하며 머리에서 떨쳐버린다.

이어서 스티븐은 평소 마음에 두었던 글 한 구절을 조용히 읊는다.

－ 바다에서 생겨난 얼룩무늬 구름의 하루.

　그 구절, 그 날 그리고 그 광경이 서로 조화를 이루며 하나의 화음을 만들어
냈다. 어휘들. 그것은 이들의 색깔인가? 그는 색깔들이 하나씩 하나씩 빛나
다가 시들어지도록 했다. 일출의 황금색, 사과 과수원의 붉은색과 초록색,
파도의 푸른 색, 회색으로 가장자리가 둘러진 양털 같은 구름. 아니, 이것은
그들의 색깔이 아니라 음악의 악절을 이루는 평형감과 균형감이다. 그렇다
면 그는 이것들이 연상시키는 그림과 색깔보다 어휘의 오르고 내리는 리듬
을 더 사랑했단 말인가? 아니면...... 여러 색채로 풍요롭게 층을 이루는
언어의 프리즘을 통해서 빛나고 예민하게 세상을 반영하는 것보다도 명료
하고 유연하게 끝맺는 산문에서 완벽하게 개인적 감정이 반영되는 내면세
계를 명상하는 데에서 더 많은 기쁨을 끌어내고 있었을까? (166-67)

스티븐이 떠올린 "바다에서 생겨난 얼룩무늬 구름의 하루"라는 구절은 스코
틀랜드의 지질학자인 휴 밀러(Hugh Miller)의 『암석의 증언』(*The Testimony of
the Rocks*)에 나온다. 휴 밀러는 그의 책에서 천지창조에 대하여 과학적 관점
을 적용시킴으로써 빅토리아 시대의 신학적 신화 대신 지질학적으로 시간의
척도(timescale)에 대하여 말하려 했다. 또한 그는 천지창조에 대하여 성서적
인 설명과 지질학적인 설명을 이성적으로 조화시키려고 했는데 그 과정에서
그는 문학적이며 시적인 이해를 하려 했다. 휴 밀러의 이러한 이해가 문학적
감수성이 풍부한 스티븐의 관심을 끈 것 같다. 스티븐은 휴 밀러의 구절을 읊
으며 물위에 어른대는 빛과 구름을 바라보며 언어와 문장, 억양, 리듬에 대하
여 생각하는데 예전에 비하여 훨씬 더 적극적으로 언어 그 자체와 언어에서
우러나오는 리듬에 대하여 순수하게 기쁨을 표현하고 있다. 그동안 그는 언
어 그 자체보다도 언어를 내면의 소용돌이를 표현하는 수단이나 개인적인
혼란에 질서를 부여하는 도구로 보았었다.

이어서 그는 바다의 만을 이루고 있는 강어구와 리피 강물을 바라보며 "기독교 왕국의 제 7의 도시"였던 고도(古都) 더블린이 고대 덴마크 인들의 정복을 비롯하여 여러 나라들의 지배를 받아온 역사를 떠올리며 쓸쓸함을 느낀다. 그는 다시 눈을 들어 서쪽으로 흘러가는 "바다에서 생겨난 얼룩무늬의 구름"을 보며 구름들이 사막과 같은 하늘을 가로질러 한 떼의 유목민처럼 아일랜드 서쪽으로 가는 것을 바라보며 위안을 얻는다. 그리고 유럽에 대하여 생각하며 그들이 사용하는 낯선 언어와 계곡, 성채를 상상한다.

② 다이달로스 신화와 예술가로의 예시

스티븐이 생각에 잠겨있을 때 그의 귓가에 "헬로, 스테파노스(Stephanos)"라고 그의 이름을 희랍식으로 부르는 소리가 들려온다. 바다에서 수영을 하고 돌아오는 한 무리의 급우들이 스티븐을 보고 그의 이름을 희랍어식으로 부르며 농담조로 그에게 말을 건넨 것이다. 급우들은 그를 "데덜러스(Dedalus)! 부스 스테파누메노스(Bous Stephanoumenos)! 부스 스테파네포로스(Bous Stephaneforos)"라고 부른다. 스티븐이란 이름은 첫 기독교 순교자인 스테파노스의 영어식 이름이다. "부스 스테파네포로스 Bous Stephaneforos"는 "희생을 위해 화환을 쓴 황소"라는 뜻이고, "부스 스테파누메노스 Bous Stephanoumenos"는 급우들이 만들어낸 희랍어인데 "스티븐의 황소 영혼"이라는 뜻이 되겠다. 급우들이 장난스럽게 불렀던 "스티븐의 황소 영혼"이란 호칭은 희생 제물로 끌려가는 화관을 두른 소를 가리키는 것이자 동시에 첫 기독교 순교자의 이름이기도 하다. 이 두 호칭에는 "희생"이란 의미가 공통적으로 들어 있다. 스티븐은 급우들이 자신들의 몸에 대한 두려움을 없애기 위하여 떠들어댄다고 생각하며 급우들에게 친밀감을 느끼지 못한 채 "그들과 떨어져" 바닷가로 홀로 향해 걸어갔다. 스티븐이 급우들과 거리를 두며 이들의 세계에 동참하는 것을 거부하는 것을 볼 수 있다.

급우들이 무심코 그의 이름을 신화적인 호칭으로 장난스럽게 불렀을 때 스티븐은 에피퍼니를 체험하게 되는데 지금까지 잠재해있던 생각들이 표면 으로 떠오르며 명확해진다. 그동안 그가 막연하게 느끼고 있었던 것이 급우 들의 호명을 통하여 마치 "예언처럼" 자신의 실체를 알려 주는 것 같았다. 친 구들이 자신의 이름을 고대희랍어식으로 불렀을 때 그는 갑자기 자신과 신 화속의 장인("fabulous artificer")인 다이달로스(Dedalus의 고대 희랍식 호칭) 사이의 동질성에 대하여 생각하게 된다. 급우들이 그를 다이달로스라는 명장 또는 예술가의 계승자, 화관을 쓴 희생하는 황소로 호칭함으로 인해 부지불 식간에 그는 예술가의 소명에 대한 커다란 에피퍼니를 갖게 된 것이다. 그는 "온화하게 긍지에 찬 자존감"("proud sovereignty")을 느끼며 자신의 기이한 이름이 앞날에 대한 예시로 여겨졌다.

친구들이 우연히 조합한 두 단어는 즉시 스티븐에게 자신의 존재 의미 에 대해 눈을 뜨게 했고 다이달로스라는 전설적인 명장의 이름은 그의 마음 에 한 환영을 불러일으켰는데 이것은 그에게 어떤 계시를 내리는 것 같았다.

예전과 달리 그의 이상한 이름은 그에게 하나의 예언으로 여겨졌다. . . . . . 그 전설적인 명장의 이름이 들리자 희미한 파도소리가 들려오는 듯 했 고 날개달린 어떤 형체가 파도 위를 날아서 천천히 공중으로 날아오르는 것을 보는 듯 했다. 도대체 이것은 무슨 뜻이란 말인가? 예언과 상징으로 가득 찬 어느 중세시대 책의 한 페이지를 여는 기이한 도안인가? 바다 위 를 날아 태양을 향해 날아가는 매를 닮은 사람인가? 그가 섬기도록 태어났 으며 안개 같은 유년시절과 소년시절 내내 추구해온 목표에 대한 예언인

가? 그의 작업장에서 지상의 둔한 물체로부터 새롭게 솟아오르는 신비로
우며 불멸의 것을 빚고 있는 예술가의 상징인가? (168-9)

스티븐의 미래에 대한 플랜이 가톨릭 교리로부터 다이달로스 신화로 대치되
려하는 순간이다.

왜 다이달로스인가? 신화 속 다이달로스라는 이름은 예술과 기술을 암
시하지만 한편 "약은", "꾀가 많은", "교활함"("cunning")의 뜻도 들어있다. 신
화의 다이달로스의 한 성질을 이루는 "cunning"이란 단어는 『초상』에서 스
티븐의 세 무기인 "침묵", "교활함", "망명"("silence, cunning, exile") 중 하나
이기도 하다. 자신의 희랍어식 이름을 통하여 "전설적인 명장"("fabuous
artificer")인 다이달로스와 자신을 연결시킴으로써 스티븐은 자신의 예술가적
삶을 실체화하고자 하는 의지를 보인다.

조이스가 자신의 작품에 고전을 많이 인용하는 것이 특징이듯 이제 스티
븐은 교회 성직자의 비밀로 싸여있는 지식보다는 서구고전의 은밀한 토대에
더 관심을 보인다. 『초상』에서 실제로 조이스가 지향한 바는 로마 가톨릭보
다는 고대 희랍신화이었고 이것을 이 작품의 주요 원천으로 삼았다. 이 소설
의 신화적인 요소는 신화 속 다이달로스에 대한 상징적 의미이다. 스티븐은
자신도 명장("fabulous artificer") 다이달로스처럼 날개를 만들어 미궁을 빠져
나와 하늘을 날아오르는 것을 꿈꾼다. 희랍신화에서 다이달로스는 그 섬에 날
아오는 새의 깃털을 촛농으로 붙여 날개를 만들어 아들과 함께 갇혀있던 크
레타 섬의 미궁을 탈출한다. 스티븐은 돌연 현재 자신을 둘러싼 미궁과 같은
모국을 빠져나가 새로운 영혼을 창조하리라 결심한다. 명장 다이달로스가 자
신의 기술을 이용하여 아들과 함께 탈출하듯이 스티븐 역시 자유를 성취하기
위하여 예술(기술)을 사용하여 정신적으로 옭아매는 미궁과 같은 더블린을 빠

져나와 미지의 세계인 유럽을 향하여 날아갈 것이다. 유럽에 대하여 살짝 언급이 됨으로써 작품 끝에서 스티븐이 유럽으로 떠날 것임을 예고한다.

③ 『초상』의 아이러니

스티븐은 신화적인 자신의 이름에서 자신의 운명과 앞날에 대한 예언을 발견했다. "바다 위로 태양을 향하여 날은 매를 닮은 사람"에 대한 이미지는 "그가 섬기도록 태어났으며 안개 속과 같은 어린 시절과 소년시절에도 계속 이어졌었던 목적에 대한 예언"으로 그에게 인식되었다. 그는 과거 자신의 발목을 잡으려했던 것들을 떨쳐내고 새로운 계시에 응답한다. 스티븐은 이처럼 다이달로스라는 이름에서 자신의 운명에 대한 예시를 찾으려 했지만, 그는 빛과 그림자처럼 이 이름에 내포된 또 다른 어두운 운명을 감지하지 못하고 밝은 면만 보고 있다.

다이달로스를 명장, 예술가의 전형으로 본다면, 그와 반대되는 실패를 다이달로스의 아들 이카러스(Icarus)에게서 볼 수 있다. 급우들이 외쳤던 소리, "오, 맙소사. 난 물에 빠지고 말았어!"("Oh, Cripes, I'm drowned!")라는 말은 아버지 다이달로스와 함께 바다 위를 날다가 아버지의 경고를 무시하고 태양에 너무 가까이 가는 바람에 촛농이 녹아 바다로 추락하는 아들 이카러스를 연상시킨다. 그러나 스티븐은 "태양을 향하여 바다 위로 날아가는 매를 닮은 남자"인 다이달로스를 꿈꾸며 이카러스의 추락은 안중에 없다. 그는 자신의 이름을 오직 다이달로스에 대하여만 연결시키고 이카러스적 요소인 실패의 가능성에 대하여는 눈을 감음으로써 그의 이름에 내포되어 있는 아이러니를 알아채지 못한다. 사실 『젊은 예술가의 초상』이라는 작품명 자체도 아이러니컬하게 되어 있다. 조이스는 자신의 자서전적인 이 작품의 주인공인 스티븐을 "젊은 예술가"라고 칭하고 그를 회고적으로 제시하면서 스티븐을 상당부분 코믹하고 풍자적으로 그려 놓았다.

조이스는 미궁을 설계한 신화의 다이달로스처럼 자신의 작품을 면밀한 문학적 건축술로 구조설계를 했다. 다이달로스 부자(父子)에 대한 신화적 의미를 『초상』의 작품구조에 대해서도 적용시켜 볼 수 있겠다. 다이달로스와 이카러스가 구현하는 비상과 추락을 스토리의 흐름에 있어서 climax와 anti-climax로 비유할 수가 있겠는데 『초상』의 내용전개를 보면 각 장의 끝에서는 스티븐의 고양된 기분으로 끝나지만 각 장의 시작은 저하된 분위기로 시작함으로써 작품 내내 그의 비상과 추락이 지속적으로 반복되는 것을 볼 수 있다. 이 점은 『초상』의 현대적 문학성으로 전통적인 소설의 스토리 전개 방식과 다르다. 전통적인 소설에서는 작품의 최종적인 결말을 향하여 전체 내용이 일관되게 구축되어 가는 발전모형의 일직선적 서술구조(linear pattern)를 보이고 있는데 비하여, 『초상』의 경우에는 주인공의 비상과 추락이라는 반복적 스토리 패턴을 보여준다. 이런 점에서 『초상』을 모더니즘 문학의 전형으로 간주할 뿐만 아니라 그 이후에 출간된 조이스의 『율리시스』와 『피네건즈 웨이크』에서 더 확실하게 나타나는 해체주의와 포스트모던적 기법의 싹을 보인다고 할 수 있겠다.

아직은 "젊은" 스티븐의 상상은 오직 다이달로스의 비상에만 골몰하고 있다. 그는 자신을 고전적 영웅 또는 "영혼이 소년시절이라는 무덤에서 수의를 벗어 던지고 나오는" 부활하는 예수로까지 비유하며 마치 인류의 구원자인양 스스로 한껏 높이고 있다. 그러나 현실 속의 그는 "의무와 절망의 세계가 내는 둔탁하고 조잡한 목소리"로부터 잠시 떨어져 있을 뿐이다.

신화에서 다이달로스는 사람의 몸에 소의 머리를 가진 괴물 미노타우로스(Minotaur)를 크레타섬의 왕이 가두어두기 위하여 미궁을 설계하도록 했고 자신이 만든 미로에 갇히게 됨으로써 권력에 의하여 남용되었으나 자신의 천부적 지혜와 재능으로 궁극적으로는 승리한다. 스티븐이 교회의 권위적인 목소리를 거부하고 해변에서 에피퍼니를 체험하는 순간 그의 궁극적인 아버지(father)가 누구인지 선명하게 나타난다. 이제 스티븐은 지금까지 자기를 가르쳐왔던 교회에서 벗어나 자신을 이끌어줄 새로운 아버지 다이달로스처럼 미로와도 같은 교회에서 탈출하여 비상을 하고자 한다. 그가 자신의 정체성을 감지하는 순간 야성이 그의 전신을 전율하면서 황홀감에 차서 이렇게 외친다.

그는 하늘 높이 날고 있는 매나 독수리가 외치듯, 바람에 자신을 맡기고 있다는 것을 큰 소리로 사무치게 외치고자하는 욕망에 목이 아파왔다. 이것은 의무와 절망으로 이루어진 세계의 지루하고 조잡한 목소리도 아니고, 제단에서 창백하게 미사 집전을 하도록 부르는 소리도 아닌, 그의 영혼에 생명을 불어 넣는 소리였다. 한 순간의 야성적인 비상이 그를 구출해 냈으며 그의 입술에 감도는 승리의 외침소리가 그의 두뇌를 쪼개는 듯 했다.
— 스테파네포로스

지금 생각해 보니 그것들은 오로지 시신이 떨쳐낸 수의에 불과했다. 그가 걸을 때 밤낮으로 그를 에워싼 공포심, 그에게 억압을 가해왔던 불확실함, 그를 안팎으로 부끄럽게 만들었던 수치심, 이 모든 것은 무덤에서 나온 린넨 천으로 된 수의가 아니고 무엇인가?

그의 영혼은 지금까지 걸쳤던 수의를 벗어 버리고 소년시절의 무덤에서 걸어 나왔다. 맞다! 맞다! 맞다! 그는 자신의 영혼에서 우러나오는 자유와 힘으로 살아 있는 것, 새롭고 하늘을 향하여 나는 아름답고, 신비로우며 불멸의 것을 오만하게 창조해 내리라. (169-70)

그의 내면 깊은 곳에서 울려나오는 이 외침은 이제 그의 계보가 확실하게 바뀌었다는 것을 말해준다. 스티븐은 고대 희랍 명장에 대한 이미지를 통해서 자신의 정체성을 찾았고 교회보다는 예술을 선택했다. 그는 지금 되돌아보건데 소년시절 자신의 영혼은 한낱 "퇴색한 수의를 입고 건드리기만 해도 시들어버릴 화관을 쓰고 비천하고 핑계를 대는 집에 머물렀다"라고 말하며 자신의 "영혼이 입었던 상처"에 대한 수치심을 느낀다. 이윽고 그는 소년시절에 "자신의 운명으로부터 뒷걸음쳤던 그 영혼은 어디에 있는가?"라고 말함으로써 소년시절에 대하여 종말을 고한다.

스티븐은 자신이 "삶의 야성적 핵심"("the wild heart of life")에 가까이 다가 왔다고 생각하며 행복감에 겨워 한껏 고양된 기분으로 더블린만의 해변을 맨발로 걸어갔다. 스티븐의 황홀함은 이어지는 4장의 마지막 장면에서 절정에 이른다.

④ 조이스의 성/속의 예술관

4장의 마지막 장면은 『초상』의 클라이맥스에 해당된다. 스티븐이 해변가를 홀로 걷고 있을 때 그는 우연히 옷자락을 걷어올린 채 바다를 응시하고 있는 "이상하고도 아름다운 물새를 닮은" 한 소녀가 물가에 서 있는 것을 보게 된다. 그는 이 소녀에게서 성스러우면서도 동시에 세속적인 아름다움을 발견하고 황홀감에 빠진다. 그는 드디어 한 순간 "세속적인 기쁨"("profane joy")에 젖어 "그를 향해 외치는 생명의 출현"을 맞이한다. 스티븐은 소녀를 살아있는 아름다움의 상징으로 보았고 그녀를 "젊음과 미의 천사"로 인식하며 자신의 예술가적 소명에 대한 에피퍼니를 체험한다.

그의 눈앞에 한 소녀가 홀로 말없이 바다를 응시하며 물속에 서 있었다. 그녀는 마법에 걸려 이상하고 아름다운 바닷새와 같은 모양으로 변모한 것 같았다. 그녀의 긴 날씬한 맨 살의 다리는 마치 해오라기의 다리처럼 가냘프고 에메랄드 빛 해초가 살갗에 붙어 흔적을 남긴 것을 빼고는 깨끗했다. 그녀의 넓적다리는 풍만했고 상아처럼 부드러운 색깔을 띠었으며 거의 엉덩이까지 드러나 보였는데 그 주위에 하얀 색 속치마의 가장자리 레이스를 질끈 매어 끌어올린 것이 마치 부드럽고 하얀 새가슴의 깃털모양을 하고 있었다. 그녀의 청회색 스커트는 대담하게 허리까지 접어 올려져 마치 비둘기 꼬리처럼 뒤로 틀어 매어져 있었다. 그녀의 가슴은 새가슴의 깃털처럼 부드럽고 가벼웠으며 비둘기의 검은 깃털처럼 가볍고 부드러웠다. 그러나 그녀의 긴 금발머리는 소녀다웠다. 그리고 그녀의 얼굴 또한 경이로운 인간적인 아름다움을 풍기면서 소녀다웠다.

그녀는 홀로 조용히 바다를 응시하고 있었고 존경과 흠모에 가득 찬 그의 눈길을 알아차리고 그에게 시선을 돌렸는데 수줍어하지도 않았고 방종한 기색도 보이지 않은 채 말없이 그의 시선을 받아주고 있었다. 그녀는 오랫동안 그의 눈길을 받아주다가 조용히 시선을 거두어들이고 개울을 내려다보면서 발을 이리 저리 흔들며 부드럽게 물을 저었다. 부드럽게 흔들리는 물이 소리를 내며 처음으로 정적을 깼는데 그 소리는 나직하고 가냘프고 속삭이는 듯 하여 마치 잠결에 듣는 종소리처럼 희미하게 들렸다. 이리저리, 이 쪽 저 쪽으로 찰랑거리는 물소리. 그러자 그녀의 뺨에 가녀린 불꽃이 미동하고 있었다.

— 오 하느님 맙소사! 터져 나오는 세속적인 희열을 느끼며 스티븐의 영혼은 부르짖었다. (171)

산문형태로 되어 있지만 한 편의 시와 같은 위의 문단은 조이스의 글 중에서도 널리 알려진 유명한 대목이다. 스티븐은 이제 성숙된 언어로 즉흥적으로 자신의 에피퍼니를 표현한다. 소녀를 새의 모습에 비유함으로써 예술(기술)

이라는 힘을 이용하여 날개를 만들어 달고 자유롭게 미궁을 빠져 나가는 다이달로스를 다시 상기시킨다.

스티븐과 소녀 사이에는 서로 시선을 주고받은 것 외에 어떠한 교감도 이루어지지 않았다. 소녀는 단지 그에게 영감을 주는 뮤즈(Muse)로서 스티븐에게 내재해 있는 감정을 이끌어내는 촉매 역할을 하고 있을 뿐 그녀의 생각이나 관점은 완전히 배제되어 있다. 하지만 소녀는 스티븐의 예술가적 심미성이 체현된 대상으로, 그로 하여금 신앙심과 같이 성스러우면서도 육감적인 열정을 체험하게 하였다.

이 장면은 소설의 클라이맥스로서 강렬하면서도 여러 상징적 의미를 함축적으로 내포하고 있는데 우선 다음의 세 가지 상징적 의미를 쉽사리 이 문단에서 끌어 낼 수 있겠다.

첫째, 창조자로서 새로운 삶에 진입하는 스티븐의 세례의식으로 볼 수 있다. 성서에서 예수가 요단강에서 세례 요한으로부터 세례를 받을 때 성령이 비둘기의 형체로 하늘에서 나타나 예수의 소명을 암시한다. 위 문단에서 성서의 세례에서 보이는 물과 비둘기가 나오는 것은 스티븐이 성직자가 아닌 예술가로서 세례를 받는 것으로 유추해 볼 수도 있다. 그 외에 성모 마리아를 상징하는 상아색과 푸른색이 나옴으로써 뮤즈를 암시하는 세속의 소녀에게 성모 마리아의 성스러움을 또한 부여했다. 이 장면이 암시하는 성스러운 종교적 의식은 2장의 마지막 장면인 홍등가가 연상시키는 악마의 미사 (Black Mass)와 대조를 이룬다.

둘째, 해초빛깔의 초록색은 아일랜드의 상징적 색깔이다. 그러나 소녀가 아일랜드를 나타낸다면 스티븐을 모국에 묶어두려는 의도가 있을지도 모르므로 스티븐은 조심해야 할 것이다.

셋째, 소녀에 대한 묘사에는 성모 마리아의 종교적 성스러움과 세속의 아름다움이라는 여성에 대한 서로 상충적인 두 이미지가 동시에 들어가 있다. 그녀는 예술의 여신인 뮤즈로서 스티븐의 예술가에 대한 정의인 성과 속을 아우르는 "세속의 신부"에 대한 이미지를 구현하고 있다.

스티븐은 신부대신 예술가가 되기로 결심했을 때, 5장에서 자신은 "세속의 신부"가 되겠다고 친구에게 말한다. 예술가에 대한 "세속의 신부"라는 정의는 사실 조이스의 의지이기도 하다. 조이스에게 예술가는 세속에서 성직자의 역할을 하는 사람이다. 그렇다면 새처럼 보이는 소녀는 세속의 성모 마리아일까? 어쨌든 스티븐이 교회에서 세상으로 그의 관심을 돌렸을 때 그가 흠모하는 대상은 성모 마리아가 아닌 소녀이다.

스티븐의 예술적 에피퍼니의 체험에 들어 있는 기독교적 성스러움과 이교도적이며 세속적인 아름다움이라는 서로 대립적인 개념은 위의 문단 안에서로 계보가 다른 어휘들을 낳았다. 기독교적인 어휘로는 성서에서 세례를 받는 장면을 연상시키는 "물가(midstream)", "바다(sea)", "흰색(white)", "비둘기(dove)", "새(bird)", "불꽃(flame)", 그리고 마리아를 암시하는 "상아(ivory)"와 "청회색(slateblue)"과 같은 단어를 들 수 있겠다. 반면에 세속적 아름다움을 표현하는 단어로 "날씬한 맨살을 드러낸 다리(slender bare legs)", "살갗(flesh)", "허벅지(thighs)", "엉덩이(hips)", "속치마(drawers)", "허리(waist)", "가슴(bosom)", "긴 금발머리(long fair hair)", "소녀다움(girlish)", "인간적인 아름다움(mortal beauty)", "얼굴(face)", "방종함(wantonness)", "뺨(cheek)", "세속적인(profane)" 등의 어휘를 들 수 있다.

스티븐 자신은 의식하고 있지 않는 것으로 보이지만 그는 자신이 등을 돌린 바로 그 종교적 언어로 그의 예술적 에피퍼니를 표현했다. "영혼", "자만심", "욕정"과 같은 단어는 3장에서는 기독교적 개념으로 사용되었지만 4장에서는 심미적 개념으로 사용된다. 스티븐이 자신의 예술적 세계를 표현하는데 가톨릭 예수회의 언어와 개념을 빌려 쓰고 있다는 점은 아이러니이다.

성과 속의 상충적인 두 개념은 기독교적 순교자와 희랍의 이교도적 장인을 가리키는 스티븐 데덜러스라는 그의 이름 자체에 이미 나타나 있다. "데덜러스"는 이교도인으로 간주되는 고대 희랍 신화 속의 명장의 영어식 이름이며 "스티븐"은 기독교의 첫 순교자인 성 스테파노(St. Stephen)의 영어식 이름이므로 교회와 이교도 신화의 결합과 상징적 의미를 암시하는 것으로 볼 수 있다. 하지만 여기서 스티븐은 이 사실을 인지하지 못하고 자신을 예술을 이교도적인 원천과 영감에서 찾으려한다.

스티븐이 지향하는 예술세계는 기독교적 세계와 이교도적 세계의 합일이라고 볼 수 있다. 그가 예술세계에 대한 에피퍼니를 체험할 때 촉매가 된 두 상징체인 희랍신화의 다이달로스에게서 그리고 해변에 서 있던 소녀를 보며 그가 느꼈던 것은 성스러운 종교적 희열감과 다를 바 없다. 스티븐은 신부직은 거부했으나 결코 넓은 종교적 체험의 범주를 완전히 떨쳐버리지는 않았다. 해변에서 그가 느꼈던 환희는 기독교적 계시와도 같은 예술적 세계였다. 예술가라는 소명은 성직에서 요구되는 헌신과 종교적 열정을 똑같이 필요로 한다. 이 둘이 합쳐졌을 때 기독교 신자로 그가 느꼈던 영적 고갈상태는 충만함으로 바뀌었다. 이 점은 조이스의 예술관이 "이교도적인 신부직"("heretical priesthood")을 바탕으로 하고 있음을 말해준다.

스티븐은 마침내 세속의 세계에서 그가 발견한 아름다움에 도취하여 다음과 같이 외친다.

그녀의 이미지는 그의 영혼에 영원히 들어왔는데 어떤 단어도 그의 황홀
함에서 우러난 성스러운 침묵을 깨지 못했다. 그녀의 눈은 그를 불렀고 그
의 영혼은 그 부름을 받고 달려 나갔다. 살고, 실수하고, 타락하고, 승리하
고, 삶에서 삶을 재창조 하도록 하자! 야성적인 천사가 그에게 나타났는데
그 천사는 필멸의 젊음과 아름다움의 천사요, 삶의 아름다운 궁전에서 온
사자(使者)로 자신 앞에 순간적인 황홀감 속에서 실수와 영광의 모든 길로
통하는 문을 활짝 열어 놓았다. (172)

스티븐이 세속에서부터 발견해낸 아름다움이란 사실은 그의 문학적 상상력
이 빚어낸 세계이다. 또한 위의 인용에서 "야성적인 천사"라는 어휘도 성(천
사)/속(야성적)이 동시에 들어가 있는 단어이다. 스티븐에게는 이제 일상의
삶을 성스러운 체험이 되도록, 매일 먹는 빵도 소멸하지 않는 성찬으로 만들
어 나갈 것이다. 조이스는 이 장면에서 스티븐이 예술가의 세계로 입문하며
그의 에피퍼니 체험을 통하여 계시를 받는 과정을 교회에서 세례의식을 받
는 것처럼 묘사했는데, 스티븐은 신자가 아니라 예술가로 세례를 받은 것이
다. 그는 이제 자신의 영혼의 진정한 소명("the call of life to his soul")을 깨달
았다. 다이달로스가 장인의 기술로 날개를 만들어 미궁을 탈출하듯 스티븐은
창조적 예술의 힘으로 평범한 일상을 천상의 세계로 만들어 세속의 슬픔, 근
심을 초월하도록 할 것이다. 그러자 그의 삶의 목표가 한 순간에 눈앞에 펼쳐
졌다.

　　스티븐은 경이로움에 취하여 해변을 따라서 걸었다. 그리고 비로소 우주
와 자신이 조화를 이루었다는 희열감에 들떠서 내달렸다. 해가 기울고 있었
고 주변에 사람들의 모습도 보이지 않았다. 스티븐은 흥분이 진정되도록 바
닷가 모래언덕의 구멍 속에 누었다. 하늘과 대지가 그를 품어주었다. 졸음이

밀려오며 그는 얼핏 잠이 들었는데 잠 속에서 너무도 아름다운 환상의 세계를 체험한다.

> 그는 나른하게 졸음이 몰려왔고 눈을 감았다. 그의 눈꺼풀은 마치 대지와 대지를 지켜보는 거대한 천체의 회전운동을 느끼기라도 하듯이 파르르 떨렸다. 그의 영혼은 어떤 새로운 세계 속으로 황홀하게 빠져들었는데 그 세계는 바다 속처럼 환상적이었고, 흐릿했고, 불확실했으며 불명료한 형체와 물체들이 여기저기 떠돌아다니고 있었다. 그 세계는 가물거리는 빛인가? 아니면 꽃인가? 희미하게 빛나며 떨리고, 떨리며 펼쳐지고, 터져 나오는 빛이요, 피어나는 꽃처럼 그것은 끝없이 펼쳐졌고 진한 진홍빛으로 터졌다가 펼쳐지며 창백한 장미꽃으로 퇴색하다가, 한 잎 한 잎, 그리고 밀려드는 파도처럼 빛이 되어 하늘을 온통 부드러운 홍조로 물들였는데 홍조는 점점 더 진해졌다. (172)

예술가로의 소명을 깨닫고 난 후 스티븐이 꿈에서 본 세계는 3장에서 설교를 듣고 난 후 그의 악몽에서 보았던 세계와는 완연하게 다르다. 꿈결에서 그는 천상의 아름다움을 보았다.

그가 잠에서 깨어났을 때 어둠이 내리고 있었고 초승달이 보였다. 달을 "잿빛 모래밭에 묻힌 은빛 바퀴의 테"로 비유했는데 바퀴의 테(고리)가 모래에 파묻힌 것은 그동안 스티븐을 옥죄었던 고리일까? 그 고리가 모래밭에 묻혔다면 그는 이제 해방되었다는 뜻일까? 스티븐은 평화로운 마음으로 나직하게 속삭이는 물결소리를 들으며 멀리 섬처럼 보이는 사람들을 바라보고 있었다.

4장 끝에서 스티븐은 고전적이며 로맨틱한 세계에 젖어있다. 그러나 이것은 오직 그 자신의 마음속에서만 가능할 뿐인 내면세계이다. 따라서 3, 4장에서 스티븐이 내면의식에 몰두되어 그의 마음에서 밀려나 있었던 다양한 아일랜드 사람들과 아일랜드 사회, 더블린의 현실 등은 그의 대학생활을 그리고 있는 5장에서 다루어진다.

▶ **생각해 볼 문제**

1. 스티븐은 해변으로 가는 길에 다리를 건너던 수사들을 보며 어떤 생각을 하는가?
2. 친구들이 스티븐을 보고 놀리듯이 불렀던 "Bous Stephanoumenos"라는 호칭은 스티븐에게 무슨 의미가 있는가?
3. 스티븐은 자신과 같은 이름의 고대 희랍의 전설속의 명장("fabulous artificer")인 다이달로스로부터 어떠한 영감을 얻었는가?
4. 해변에서 본 새를 닮은 소녀에 대한 묘사에 나타난 종교적 이미지에 대하여 설명하시오.
5. 소녀의 묘사 장면에 나타난 세속적 이미지에 대하여 설명하시오.
6. 교회를 거부한 스티븐이 지향한 삶은 어떠한 삶인가?
7. "세속의 신부"라는 어구가 지닌 의미에 대하여 설명하시오.

대학을 졸업한 22살의 조이스

1888년부터 1902년까지 조이스가 다녔던 University College, Dublin

제5장

I. 작품구성: 대학시절 – 새로운 예술가 세계로의 출발

Section 1: 스티븐의 대학생활과 그의 미학론 전개

Section 2: 시적 영감에 젖어 창작을 시도

Section 3: 도서관 계단에서 예술가적 자유의 비전을 경험

Section 4: 유럽으로 떠나기에 앞서 마지막 5주간의 일기

　주인공 스티븐의 성장과정을 다룬 이 성장소설의 마지막 제5장은 주인공의 대학시절을 시간적 배경으로 하며, 모두 4개의 작은 섹션으로 구분된다.

이미 사제의 길을 포기한 스티븐은 이제 대학에서 예술가로서의 새로운 미래와 자신의 진정한 정체성을 모색한다. 대학 친구와의 대화 속에서 주인공이 겪고 있는 부모와의 갈등과 내적 고뇌를 독자는 목격할 수 있으며, 대학 캠퍼스 내의 학교생활도 동급생들과의 정치적 대립을 통해 주인공이 주장하는 정치적, 사회적, 문화적 이념과 비전의 면모를 포착하게 된다. 또한 점차 선명해지기 시작하는 주인공 자신의 미학이론들이 피력됨으로써 스티븐이 추구하는 예술가의 목표와 임무를 파악할 수 있다. 스티븐은 예술적 자유를 추구하는 자신의 영혼에 장애가 되는 사랑하는 여자, 가족, 종교, 애국심에 도전하여 편협해져만 가는 아일랜드의 문화적, 사회적 풍토를 거부하고 마침내 조국의 "아직 창조되지 않은 양심"을 새롭게 창출하기 위하여 조국을 등지고 유럽으로 떠날 결심을 굳힌다.

2. 내용분석

2-1. Section 1 : 스티븐의 대학생활과 그의 미학론 전개

제5장이 시작되자마자 대학생이 된 스티븐의 집안 생활이 먼저 그려진다. 느지막이 일어난 스티븐이 혼자 아침식사를 하는데, 생활은 여전히 빈곤하고 초라한 상태. 수업을 듣기 위해 집을 나서자 그는 부모님의 잔소리를 모두 잊고 문학에 관한 명상에 젖는다. 이어서 학교생활이 전개되며 친구들이 소개된다. 스티븐은 친구를 만나 자신의 미학이론을 펼쳐나가고, 독자는 그의 미학이론을 통해 조이스가 시도한 모더니즘의 미학론과의 상관성을 엿볼 수 있다.

① 스티븐의 초라한 가족생활

제5장의 첫 장면은 대학생으로 자란 스티븐의 아침 집안 모습으로 시작된다. 늦게 10시 20분이나 되어 일어나 혼자 초라한 식사를 하고 있는 스티븐의 게으른 모습과 빈궁한 집안의 현실이 매우 사실적으로 묘사된다.

> 그는 세 잔째의 묽은 홍차를 찌꺼기까지 들이켜고 나서, 기름 단지에 담긴 거무스레하게 고인 기름을 응시하며 가까이에 흩어져 있던 튀긴 빵 부스러기를 씹기 시작했다. 누리끼리한 기름덩이를 퍼낸 자리에는 수렁의 구멍 같은 자국이 남아 있었고, 퍼낸 자리에 고인 물은 그에게 클롱고우스 학교에서 보았던 토탄 빛깔의 목욕탕 물을 생각나게 했다. 팔꿈치 곁에 있던 전당표 상자를 샅샅이 뒤진 후에, 그는 기름 묻은 손가락으로 하릴없이 청색과 흰색으로 인쇄된 물표를 한 장씩 집어 들었다. 휘갈겨 쓴 모래색의 구겨진 물표에는 데일리라느니 맥케보이니 하는 권리자의 이름이 쓰여 있었다.
> 반장화 한 켤레
> 검정색 윗저고리 한 벌
> 세 가지의 물품과 흰 옷
> 남자 바지 한 벌
> 그러자 그는 물표를 치우고, 이가 터져 죽은 자국으로 얼룩진 상자 뚜껑을 곰곰이 들여다보다가 멍하니 물었다. (154)

스티븐은 식탁 위에 흩어진 빵조각을 씹어 먹으며, 세 번씩이나 우려낸 묽은 차를 마신다. 누리끼리한 기름덩이는 고기를 구울 때 생기는 기름방울을 한 곳으로 떨어뜨려 모아 굳힌 것으로, 버터 대신 빵에 발라 먹는 걸 보면 궁색한 스티븐의 가족생활을 엿볼 수 있다. 더군다나 상자에는 전당포 영수

증들이 쌓여있고, 그 상자 뚜껑에는 이를 잡아 죽인 자국이 여기저기 남아 있다. 자명종은 찌그러져 있으며 시계바늘은 제대로 시간을 가리키고 있지도 않다. 그제야 세수를 하는 스티븐이고, 그것도 어머니가 세숫물을 떠다 얼굴을 씻겨준다. 그런가 하면 식구들이 모여 있는 집안에서 아버지는 거리낌 없이 게으른 아들을 향해 욕설을 퍼붓지만 스티븐을 비롯하여 가족 누구 하나 그 말에 그다지 개의치 않는다.

스티븐의 한껏 고양된 감정으로 끝을 맺은 앞의 제4장 마지막 장면과 비교해보면 이 첫 장면은 너무나 대조적이다. 서술해 가는 방식도 매우 사실적이며 서술되는 대상도 초라한 가정 내의 현실이다. 어느 면에서 보면 스티븐의 이상은 미적이고 형이상학적이며 낭만적인 측면이 강한 반면 그의 현실은 이것과 정반대로 펼쳐진다. 이러한 괴리 속에서도 스티븐이 자신의 꿈을 굽히지 않고 펼쳐 가는 것을 보면 그가 지나치게 현실에서 유리된 것은 아닌지 하는 의아심을 갖게 하지만, 한편으로는 초라한 현실에도 굴복하지 않는 외골수적인 의지와 강렬한 꿈을 엿볼 수 있게 한다.

또한 위의 인용문이 사실적인 현실 묘사에 충실하고 있으면서도 또한 상징적 이미지를 꾸준히 활용하며 암시적 의미를 불러일으킨다. 예를 들어, 식탁 위에 떨어진 찻물이 고여 검은빛을 띠자 스티븐은 "클롱고우스 초등학교의 잿빛 웅덩이"를 상기한다. 이 잿빛 웅덩이는 제1장에서부터 반복해서 등장하는 이미지로 작품 속에서 하나의 모티브로 작용한다. 즉, 스티븐에게 불유쾌한 기분을 낳게 하는 이 이미지는 스티븐의 의식 밑 잠재의식 또는 무의식에 잠겨 있다가 어느 순간 다시금 기억의 표면으로 솟구친다.

프로이트의 정신분석 심리학에 따르면, 우리의 심리는 물에 잠긴 빙하처럼 물표면 위로 나와 있는 의식의 세계가 있는가 하면, 물 아래 잠겨 있는 더

엄청나게 커다란 부분이 잠재의식의 세계이다. 작가 조이스는 잠재의식의 세계를 파고들어 이를 표현하려고 시도했던 모더니즘의 작가이다. "의식의 흐름 기법"이라는 그의 대표적인 실험적 서술기법은 외부 사물과의 연상 작용을 통해 이처럼 잠재된 의식을 촉발시켜 겉으로 표출시키는 방식이다.

게으른 대학생 스티븐, 아들에 대한 불만으로 욕을 퍼붓는 아버지, 다 큰 대학생 아들의 얼굴을 손수 씻어주는 어머니, 오빠의 세숫물을 떠다주는 어린 동생들—스티븐의 집안 분위기를 한 눈에 짐작할 수 있는 장면이다. 집안의 사소한 물품까지 전당포에 맡긴 것을 보면 집안이 몹시 곤궁한 상태임을 말해주지만, 그래도 장남 스티븐만은 대학교에 다니고 있다. 그만큼 스티븐은 집안에서 좋은 대접을 받으며 부모와 식구들의 소망을 안고 있는 몸이지만, 이처럼 늦게 일어나는 것을 보면 그는 학교 수업에 그다지 열중하는 것 같아 보이지 않는다.

② 작가들에 대한 명상

테라스 뒤편의 골목길은 물이 질퍽거리고 있었다. 그가 젖은 쓰레기 더미 사이를 조심해서 디디며 골목을 천천히 내려가고 있을 때, 수녀원 정신병원의 담장 너머로 어떤 미친 수녀의 비명이 들려왔다.

－예수님! 오, 예수님! 예수님!

그는 머리를 사납게 흔들어 그 소리를 귓전에서 떨어내고 썩어가는 쓰레기 사이를 허둥지둥 걸어갔다. 혐오감과 씁쓸한 기분으로 인해 마음이 쓰라렸다. 아버지의 휘파람 소리, 어머니의 불평, 보이지 않는 미친 여자의 비명 따위가 이제는 불쾌하고 위협적인 수많은 소리로 들려오며 그의 오만한 젊음을 꺾으려들었다. 그는 메아리치는 그 다양한 소리들을 저주하면서 마음으로부터 몰아냈다. 그러나 그가 길을 따라 걷고 있을 때, 물이 뚝뚝 떨어지는 나무 사이로 그에게 비치는 잿빛 아침 햇살이 느껴지고 젖은 잎사귀와 나무껍질에서 이상한 야성적 냄새가 풍겨오자, 그의 영혼은 그 모든 참담함에서 벗어날 수 있었다. (175-6)

집을 빠져나와 학교로 가는 길에 스티븐은 수녀원 정신병원의 담장 밖으로 새어나오는 어떤 미친 수녀의 외치는 소리를 듣는다. 그 소리를 들으면서 방금 전에 있었던 아버지의 성난 꾸지람과 어머니의 끊임없는 불평을 되새겨 본다. 이런 것들은 젊음으로 충만한 그의 자존심을 위협하는 존재들로 미래로 나아가는 그의 앞길을 가로막는 현실의 장애물들이다. 그렇지만 이제 집을 떠나 천천히 학교로 가며 아침 햇살을 즐길 때 이런 현실의 고통들이 그의 마음에서 눈 녹듯이 하나씩 지워져 나간다.

그는 이제 자신이 깊은 관심을 기울이는 문학의 세계로 떠나 명상에 잠긴다. 그는 어느 거리를 지날 때면 어떤 작가를, 그리고 또 다른 어느 거리를 지날 때면 또 다른 작가를 떠올리며 그 작가들의 글귀를 생각해 본다. 스티븐이 언급하는 작가들의 이름을 적어보면, 하웁트만(Gerhart Hauptmann), 뉴먼(Henry Newman), 카발칸티(Guido Cavalcanti), 입센(Henry Ibsen), 존슨(Ben Jonson)이 된다. 하웁트만은 1912년 노벨 문학상을 받은 독일의 극작가이며 소설가로, 조이스는 그의 작품을 번역한 적이 있다. 뉴먼은 19세기 옥스퍼드 대학 신학교수이며 추기경으로, 옥스퍼드 운동이라는 기독교 정화운동을 벌여 많은 사람들을 가톨릭으로 개종시킨 학자이다. 카발칸티는 초기 르네상스를 이끌었던 단테와 동시대 시인이다. 또한 조이스가 젊은 시절 심취했던 입센은 노르웨이의 극작가이다. 조이스는 일찍이 입센의 희곡에 대한 평론을 써서 발표하기도 했다. 벤 존슨은 셰익스피어를 잇는 그 다음 세대의 대표적 극작가이다. 이들 작가의 목록만 보아도 조이스가 고전을 비롯하여 동시대의 문학까지 상당히 폭넓은 지식을 섭렵하고 있다는 것이 확인된다.

문학자의 글귀 외에도 스티븐은 아리스토텔레스와 중세 신학자 토마스 아퀴나스(Thomas Aquinas)의 서적을 탐독하였다. 더구나 이들 책을 통해 학문을 파고들면서 학문 이론에 대한 회의에 빠져버리게 되어, 다른 친구들과 잘 사귈 수 있는 시간을 제대로 갖지 못하였다. 점점 자신의 세계에 침잠되어 타인과의 교류도 제대로 이루어질 수가 없었다.

③ 맥캔의 비판

낙농장의 시계는 5시 5분 전을 가리키고 있었다. 그러나 그가 그곳에서 돌아서고 있을 때 보이지 않는 근처의 시계가 빠르고 정확하게 11시를 치고 있었다. 그 소리를 듣자 맥캔 생각이 나서 그는 웃었다. 수렵꾼 차림의 재킷과 바지를 입고 금발의 염소수염을 한 맥캔의 땅딸막한 체구가 홉킨스 시계포 모퉁이에 서 있는 모습이 생각났던 것이다. 맥캔은 이렇게 말했다.

― 데덜러스, 너는 네 자신 속에 갇혀 있는 반사회적인 인간이야. 나는 그렇지가 않아. 난 민주 시민이거든. 나는 장차 창건될 유럽합중국에서 계급과 성별을 막론하고 모든 사람들이 사회적 자유와 평등을 누리도록 일하고 행동할 작정이야. (177)

학교까지는 아직 먼 운하 근처에서 11시를 알리는 종소리를 들으며 스티븐은 학교 친구인 맥캔(MacCann)을 상기한다. 스티븐의 대학생활이 전개되는 이 5장에서는 스티븐의 학교 동료 중에 몇 명이 스티븐과 관련하여 두드러진 역할을 한다. 그 첫 번째 동료가 맥캔이다. 맥캔은 스티븐을 상당히 신랄하게 그리고 가슴을 찌르도록 비판한다. 그의 견해에 따르면, 스티븐은 지독히도 자신의 자아에만 틀어박힌 반사회적 인간이라는 것이다. 자기처럼 계층과 성을 초월하여 사회적 자유와 평등을 주창하는 미래의 유럽합중국을 창설하는데 함께 일하자고 맥캔은 스티븐에게 강력히 권고한다.

　맥캔의 지적은 우리에게 스티븐의 행동이 갖는 의미를 올바르게 이해하는데 커다란 도움을 준다. 이 작품의 결말에서 보듯이 스티븐은 아일랜드 조국을 등지고 자신이 생각하는 예술가적 사명으로 개인의 절대적 자유를 추구하기 위해 유럽으로 망명의 길을 선택한다. 이러한 스티븐의 개인주의적 행동이 얼마만큼 사회적으로 정당성을 갖는지를 파악하기 위해서는 그의 행동에 대한 비판적인 견해를 함께 고려해 보아야 한다. 바로 그런 비판적 견해를 그의 동료 친구 맥캔에게서 직접 들음으로써 우리는 스티븐이 취하는 행동이 올바른 것인지를 판단해 보게 된다. 따라서 스티븐의 행동이 지나치게 개인주의적이며 반사회적이란 맥캔의 주장은 한편 스티븐의 본질을 찌르는 면이 있다. 맥캔과 스티븐과의 서로 상이한 입장은 이후에 나올 대학 캠퍼스에서 본격적으로 충돌하는데, 그 장면에 가서 다시 구체적으로 분석해보자.

④ 크랜리의 이미지: 머리가 잘린 세례 요한

　오늘 목요일 스티븐의 대학 수업 시간표는 10시부터 11시까지 영문학, 11시부터 12시까지 프랑스 문학, 12시부터 1시까지 물리학으로 되어 있다. 그러나 지금 벌써 11시이고 보니 오전 수업에는 모두 늦은 상태이다. 그는 마음속으로 평소 영문학 강의를 받고 있던 자신의 모습을 떠올려본다. 학생들은 조용히 고개를 숙이고 열심히 받아쓰지만 그는 언제나 무관심한 태도를 보인다. 강의 내용이 머릿속에 들어오지 않고, 그의 생각은 그저 바깥세상을 헤매고 있다.

　그 자신 말고 머리를 꼿꼿이 들고 있는 앞좌석의 학생이 한 명 있는데, 그는 그와 가장 가까운 친구 크랜리(Cranly)이다.

그의 머리 말고도 똑바로 자기 앞 첫째 줄 벤치에 앉아 있던 다른 학생이 동료 학생들이 숙인 머리 위로 머리를 꼿꼿하게 세우고 있었는데, 마치 자세를 굽히지도 않고 감실 앞에 서서 주위의 겸허한 예배자들에게 은총을 내려 주십사 하며 호소하는 사제의 머리 같았다. 그가 크랜리에 대한 생각을 할 때마다 그 친구의 전체 이미지는 떠올려지지가 않고 오직 머리와 얼굴만 생각나는 것은 어찌된 영문일까? 지금 이 순간에도 오전 시간의 잿빛 커튼을 배경으로 잘린 머리나 데스마스크처럼 보이는 그의 얼굴이 꿈에 본 유령처럼 그의 앞에 나타났는데, 그 이마에는 마치 쇠로 만든 관을 쓴 것처럼 곧추선 억센 검정 머리칼이 덮여 있었다. 그것은 성직자 같은 얼굴이었다. 그 창백함이나 널찍이 쫙 퍼진 콧날, 눈 아래와 턱 주변의 명암이 성직자를 연상시켰고, 길고 핏기 없는 입술이 엷은 미소를 머금고 있는 것 또한 성직자를 연상시켰다. 그리고 영혼의 모든 격정과 불안 그리고 갈망을, 매일 매일, 밤마다 크랜리에게 이야기를 할 때면 단지 친구를 경청하면서도 침묵으로 응답하던 그의 모습을 재빨리 기억하면서, 그것은 사람들의 고해를 듣지만 사면해줄 능력을 갖고 있지 않은 죄지은 사제의 얼굴이며, 또다시 기억 속에서 어둡고 여성적인 두 눈의 응시를 느끼게 된다고 스티븐은 자신에게 말하곤 했었다. (178)

크랜리의 이마는 쇠로 만든 관을 쓴 것처럼 검은 억센 머리칼이 뻣뻣이 나있어서 세례자 요한의 잘린 머리를 상기시키거나 또는 데스마스크 같은 느낌을 준다. 더구나 그의 창백한 얼굴, 널찍한 콧날, 눈 아래와 턱 주변의 음영, 핏기 없는 입술은 성직자를 연상시킨다.

크랜리는 스티븐에게 중요한 의미를 갖는 친구이다. 스티븐이 유럽으로 망명을 떠날 결심을 굳히자마자 처음으로 그 뜻을 고백하는 대상이 바로 친구 크랜리이다. 또한 그는 자신의 고민을 곧잘 크랜리에게 털어놓는다. 그런 면에서 크랜리는 스티븐의 고해성사를 받는 사제와 같은 역할을 한다. 물론 이미 교회를 떠난 스티븐이어서 종교적 의미의 고해성사를 하지는 않지만, 크랜리는 친구의 교분으로 스티븐의 고민을 받아주는 것이다. 그러나 한편 스티븐에 대한 크랜리의 반응은 냉담한 편이다. 심지어 다른 학교 친구들과의 관계에서도 크랜리는 쌀쌀하고 냉소적인 편이다. 혼자 고립감을 느끼는 스티븐이 유일하게 크랜리에게만은 자신의 고민을 털어놓으며 그로부터 공감을 얻고 싶어 하지만 언제나 별다른 반응을 얻지 못한다. 따라서 스티븐은 크랜리를 비꼬아 "남의 죄를 씻어줄 권능도 없이 신도들의 고백을 듣는 죄 많은 신부"의 모습과 같다고 생각한다. 심지어 스티븐은 남의 고백을 들어도 냉담한 감성을 보이는 크랜리를 유다로 비유하기도 한다.

크랜리의 차가운 무관심에 반감을 품으며 주변을 돌아다보니 주변의 모든 언어들이 의미를 상실하는 것처럼 보인다. 가게의 천박한 간판 글자들이 죽은 언어더미처럼 다가올 때 스티븐의 영혼은 위축되어 버린다. 언어가 제대로 의미를 갖지 못한 채 제멋대로 서로 어우러지면 그야말로 허튼 소리로 전락하고 만다. 그와는 반대로 그가 예전에 배웠던 라틴어 구절들은 우아한 꽃처럼 향기롭다. 그렇다면 자신이 만들어내려는 미학 원리들이나 시구는 독자들에게 얼마나 깊이 그리고 제대로 이해될 수 있을 지에 대해 스티븐은 회의를 품는다.

5 박쥐와 같은 아일랜드 민족

왼쪽으로 트리니티 대학의 회색 건물이, 거추장스러운 반지 위에 끼워놓은 빛깔 없이 크기만 한 보석처럼, 도시 한 가운데 잊어진 듯 무겁게 자리 잡고 앉아 우울한 분위기를 풍겼다. 그가 신교도들의 질곡에서 발을 빼려고 이리저리 애를 쓰고 있을 때, 아일랜드 민족 시인의 우스꽝스런 동상과 마주쳤다. (180)

스티븐이 트리니티 대학의 담벼락을 따라 걸을 때 그곳에 세워진 아일랜드 민족시인 토머스 무어(Thomas Moore)의 동상을 본다. 그는 이 동상을 거인의 외투를 빌려 입은 왜소한 난장이의 모습으로 생각한다. 아마도 신교도들의 대학인 트리니티 대학의 한편에 서 있는 민족시인의 모습이 초라하게 보인 탓인지도 모르겠다.

또한 그 민족시인의 동상을 보면서 스티븐은 그의 친구 데이빈(Davin)을 연상한다. 데이빈은 농촌에서 올라온 학생으로 아일랜드 민족의 슬픈 전설들에 매료되어 있는 젊은 민족주의자이다. 그는 어려서부터 민족의 신화를 단편적으로 들어왔으며, 게일어(Gaelic: 영어가 확산되면서 사라진 아일랜드 언어로서 이미 조이스의 당시에도 외진 산골 이외의 지역에서는 사용되지 않았음)를 배웠었는데 지금 대학교에 들어와서도 게일어 강습에 참여하고 있다.

데이빈이란 인물에서 알 수 있듯이, 당시 아일랜드에서 활발하게 진행되고 있던 민족주의 운동에 많은 사람들이 동조하였으며, 특히 대학 캠퍼스 내에서도 대부분의 학생들 사이에 민족주의 물결이 휩쓸고 있었다. 이미 오래 전부터 식민지 아일랜드에서는 영국 제국에 대항하는 정치적 독립운동이 간헐적으로 꾸준히 지속되었지만 매번 실패하고 말았다. 영국 총독부의 강압적인 식민지배 하에서 정치적 독립이 현실적으로 가능한 상황으로 전환되지 않자 많은 지성인들이 우회적으로 문화적 측면에서 아일랜드 민족의 독자적 정체성을 찾으려는 문예부흥운동을 벌이기 시작했다. 민족의 고대 전설과 신화를 통해 민족의 전설적 영웅을 다시금 부각시켰으며, 이제는 사라진 켈트 민족의 언어와 운동경기를 부활하려는 시도가 이루어졌다. 이 운동은 아일랜드 민족의 우월성, 고유성, 동질성을 회복시키려는 민족주의 정신의 발현이었다.

그러나 이러한 민족정신의 승화작업은 자체의 비판정신을 무디게 만드는 낭만성을 노출하였다. 영국제국의 앵글로 색슨 문화에 대항하는 아일랜드 켈트 민족문화의 고유성을 내세우다 보니 이것이 철저하게 편협한 국수주의 정신으로 치닫게 되면서 자신의 현실을 무시하고 민족의 정서만을 최고로 고집하는 배타성을 강하게 드러내었다. 이런 면에서 조이스는 문예부흥운동에 동참하지 않고 이와 거리를 두며 신랄하게 비판하였다. 그것은 조이스가 민족주의자가 아니어서가 아니라, 민족주의 이념에 과도하게 몰입되어 현실에 대한 냉철한 자각을 상실할 위험성을 발견하였기 때문이다. 민족의 과거 전설과 신화를 찾는 작업의 중요성을 조이스는 잘 알고 있어서 그 역시 자신의 작품에 이를 적극적으로 활용하고 있지만, 이것에만 몰입되면 자신들의 과거만을 되새기는 퇴영적 의식에 빠지게 되는 위험성을 조이스는 경고한다. 따라서 그는 그의 모든 작품 속에서 민족의 고대 전설과 신화를 발굴하면서도 동시에 이를 희화화하는 이중의 작업을 함께 벌여나갔다.

　　제5장에서 조이스는 데이빈이란 인물을 등장시켜 아일랜드 민족주의 이념을 제시하고 뒤를 이어 스티븐의 비판적 인식을 병치시켜, 민족주의 이념의 타당성과 문제점을 독자들에게 밝히려고 한다. 맥캔, 데이빈, 크랜리 등 스티븐의 학교 친구들과 스티븐 자신의 정치적 입장 차이를 본격적으로 대비시키기에 앞서 조이스는 먼저 아일랜드 민족의 현 상황을 정확히 포착하려는 시도를 한다. 그런 면에서 스티븐에게 들려주는 데이빈의 이야기는 조국 아일랜드에 대한 작가 조이스의 견해와 정치적 이념을 해명하는데 중요한 역할을 한다. 물론 조이스는 작가여서 정치적 입장을 노골적으로 명료하게 전달하기보다는 간접적이고 문학적인 비유의 수사로 접근하기 때문에 모호할 수 있지만, 스티븐을 통해 전달되는 조이스의 정치적 입장이란 정치가

의 견해와는 달리 삶에 대한 전반적인 인식을 함께 포괄하는 광범위한 세계관의 일부분으로 이해할 수 있다.

데이빈이 스티븐에게 들려주는 이야기는 다음과 같다. 10월 어느 날 지방에서 필드하키(hurling match: 아일랜드식 전통 하키) 경기가 격렬하게 끝난 후 열광하는 관객들끼리 소동을 벌이는 바람에 데이빈은 집에 돌아갈 열차를 그만 놓치고 말았다. 할 수 없이 깜깜한 시골길을 헤매며 걸어오던 중에 불이 켜진 어느 외진 작은 집을 발견하였다. 물 한 모금을 얻어먹기 위해 그 집 문을 두드렸더니 한 여인이 문을 열어주었다. 그 여인은 임신한 여자였고 막 잠을 자려고 하였던 듯이 잠옷 바람에 머리타래도 뒤로 풀어 젖히고 있었다. 그 여인은 우유 한 잔을 갖다 주면서 문간에서 긴 이야기를 하며 놓아주지 않았는데, 나중에는 남편이 오늘밤 출타중이니 데이빈에게 묵고 가라고 권하는 것이었다. 그 여인의 노골적인 유혹의 눈길에 너무 놀라 데이빈은 얼른 그 집을 떠났지만, 그는 온통 열에 들뜬 기분이었다.

데이빈이 들려주는 아일랜드의 한 시골 여인에 관한 이야기는 스티븐에게 즉각 아일랜드 민족의 전형성을 상기시키는 이미지를 촉발시킨다. 스티븐은 독특하게도 그것을 아일랜드의 시골 여인에게서 발견하며, 그것을 박쥐로 비유한다.

데이빈이 들려준 이야기의 마지막 몇 마디가 그의 기억 속에서 노래처럼 울렸다. 그 이야기에 나오는 여인의 모습은 학교 마차가 클레인 마을을 지날 때 그가 여러 집 문간에 서 있는 것을 본 적이 있었던 농촌 아낙네들의 모습으로 바뀌어 나타났다. 그것은 그녀와 그 자신이 함께 속해 있는 민족의 한 유형으로서, 어둠과 비밀과 고독 속에서 잠이 깨어 의식을 찾은 후, 숨김없는 여인의 눈빛과 목소리와 몸짓으로 낯선 사람을 자기 잠자리로

불러들이는 박쥐와 같은 영혼이었다. (183)

데이빈이 들려준 그 이상한 시골 여인의 행동은 그야말로 아일랜드 민족의 특성을 대변해주는 전형이라고 스티븐은 생각한다. 즉, 스티븐은 그 여인의 영혼을 박쥐의 이미지와 동일시하는데, 밝은 낮에는 조용한 곳에서 잠자고 있다가 어둠이 깔리면 점차 의식이 깨어나는 박쥐처럼 아직도 남들과 떨어져 홀로 어둠과 무지의 상태에 잠겨있는 아일랜드인의 의식 상태를 가리키는 비유이다. 아직 무지몽매한 상태의 여인이어서 아무런 윤리 의식도 없이 부끄러움도 느끼지 않고 낯선 이방인을 선뜻 자신의 침대로 유혹하는 것이다. 그 낯선 이방인이란 바로 아일랜드를 침략한 영국인들인데도 불구하고, 아일랜드 민족이 아무런 저항의식을 갖지 못하고 오히려 자신들을 마음대로 빼앗도록 내버려둔다는 뜻이다. 더군다나 이 여인이 남편도 없는 사이에 그 이방인을 침대로 유혹함으로써 남편을 배반까지 하는 것은, 마치 아일랜드 민족이 자기 민족의 지도자를 배반하고 영국인을 따라가는 민족적 특성을 빗대는 말이다. 따라서 스티븐이 아일랜드 시골여인을 박쥐와 같은 아일랜드 민족정신으로 비유한 데에는 신랄한 비판과 고발의 내용이 담겨 있다. 즉, 스티븐은 데이빈이 들려준 시골 여인의 일화를 통해 아일랜드 민족이 갖고 있는 무지, 맹목성, 배반의식 등의 특성을 뼈아프게 지적하고 있다. 이와 같이 자기반성과 현실인식에 소홀하고 무지한 아일랜드의 민족주의적 태도에 스티븐은 공감을 보낼 수 없다. 따라서 스티븐은 데이빈을 순박한 친구로 좋아하면서도 동시에 그의 아둔함과 무지를 날카롭게 공박한다. 자기 조국에 대한 스티븐의 신랄한 비판은 앞으로 데이빈과의 대화에서 계속 상세히 전개된다.

예전에 들었던 데이빈의 이야기를 생각하며 걷고 있던 스티븐은 길거리에서 꽃을 파는 누추한 어린 소녀의 목소리에 다시 현실로 돌아온다. 그래프톤 스트리트를 따라 걷던 그는 그의 이름과 동일한 스티븐즈 그린(Stephen's Green)이라는 공원을 지나고, 바로 그 공원 옆의 학교 캠퍼스에 도착한다. 이미 프랑스 문학 수업에 들어가기에는 늦은 시간이여서 스티븐은 바로 물리학 계단강의실로 향한다. 마침 그 강의실에는 사제인 학감 선생님이 난로에 불을 붙이고 있는 중이었다. 난롯가로 다가간 스티븐은 학감 선생님과 인사를 나누고 미에 관한 이야기를 나누기 시작한다. 중세 철학자이며 신학자인 아퀴나스의 미에 대한 정의를 인용하며 아름다움이란 무엇인지에 관해 서로 토론식의 대화를 나눈다. 스티븐이 예술가로의 길을 가고 있다는 것을 이미 알고 있는 학감 선생님은 그를 진지한 대화의 상대방으로 인정하고 있는 눈치다. 학감 선생의 질문을 통해 스티븐이 아리스토텔레스와 아퀴나스의 이론을 바탕으로 미학론을 세우고 있다는 사실을 독자들은 알게 된다.

미학론을 세우는 진지한 작업에서 부딪치는 어려움은 언어 의미의 상대성에 있음을 스티븐은 학감 선생님께 토로한다. 스티븐의 설명에 따르면, 문학적 전통에서 사용되는 어휘와 일반인들 (이를 스티븐은 시장의 전통이라고 부름) 사이에서 사용되는 어휘에는 큰 차이가 있다는 것이다. 그 한 예로서 그는 "detain"이란 동사의 뜻 차이를 제시한다. 더구나 놀랍게도 학감 선생님이 대화중에 등장하는 "funnel"이란 어휘를 제대로 이해하지 못한다. 왜냐하면 램프에 기름을 붓는데 사용하는 깔때기를 가리키는 어휘로 아일랜드에서는 funnel 대신 "tundish"를 쓰고 있기 때문이다. 반대로 영국인 학감 선생님은 두 어휘 모두 자신의 모국어인 영어 어휘인데도 "tundish"라는 용어를 평생 들어본 적이 없다고 한다. "tundish"는 셰익스피어 작품 『이척보척』 (*Measure for Measure*)에 나오듯이 16세기에 쓰이던 단어였지만, 이제는 죽은 언어가 되었고 "funnel"이 이를 대치하여 영국에서 쓰인다. 그러나 16세기에 "tundish"라는 어휘를 받아들인 아일랜드 식민지에서는 현재에 이르기까지 그 단어가 그대로 쓰이고 있어 그만큼 영어를 모국어로 쓰는 영국과 이를 받아들여 쓰는 아일랜드 간에 간극이 생겨버린 것이다. 이처럼 언어의 의미가 시공간의 차이에 따라 상대성을 지니고 있다는 사실을 스티븐은 깨달으며 다음과 같이 홀로 명상에 사로잡힌다.

> 우리가 지금 대화하고 있는 이 언어도 내 것이기에 앞서서 우선 그의 것이다. '가정'이니 '그리스도'니 '맥주'니 '선생'이니 하는 영어 낱말들도 그의 입에서 나올 때와 나의 입에서 나올 때 서로 얼마나 다른가! 나는 이런 낱말들을 말하거나 쓸 때마다 으레 정신적 불안을 겪는다. 아주 친숙하면서도 이국적으로 들리는 그의 언어가 내게는 언제까지나 후천적으로 익힌 이국적 언어로 남아 있을 것이다. 나는 그 낱말들을 만들어내지 않았고 받아들이지도 않았다. 내 목소리는 그 낱말들을 멀리 경계하고 있다. 그가 쓰는 언어의 그늘에서 내 영혼은 조바심한다. (189)

학감과의 대화 중에 우연히 발견한 이러한 언어의 상대성은 스티븐에게 갑작스레 새로운 각성을 일으킨다. 자신이 친숙하게 쓰고 있는 영어가 자기 나라의 언어가 아니라 침략국 영국제국에서 빌려온 언어라는 사실이다. 따라서 영어 어휘가 자기나라에서나 영국에서나 똑같이 쓰이고 있지만 그 어휘의 사용은 양국 간의 문화적 차이에 따라 다르다는 사실을 새삼 발견하게 된 것이다. 이에 따라 스티븐은 영어를 입에 올리고 쓸 때마다 편안한 마음을 가질 수 없는 낯선 언어라는 자의식을 갖게 된다. 그의 자의식은 언어에도 지배와 피지배의 정치적 권력구조가 그대로 스며있다는 점을 인식하면서 생긴 것이다.

　작가가 되려는 스티븐에게 언어는 중요한 문제이다. 그가 지금 새롭게 인식하는 바처럼 글을 쓰는데 중요한 매개체가 되는 언어가 자신의 모국어가 아니라 제국의 언어를 빌려 쓰는 거라면 식민지 아일랜드의 고유한 문화와 정신세계를 어떻게 남의 언어를 가지고 제대로 표현할 수 있는가 하는 문제이다. 이러한 언어의 문제는 과거 유럽의 식민지였지만 후에 독립한 소위 제3세계 국가들이 공통으로 부딪치는 문제이어서 탈식민주의 이론의 중요한 논쟁거리가 된다. 언어란 단순히 의사를 전달하는 투명한 매개체가 아니라 그 언어를 사용했던 사람들의 문화와 역사가 투영된 것이어서, 제3세계 국가들의 작가들은 정치적 독립 이후 자기 나라의 문화적 독자성을 세워나가려고 하지만 정치적 독립 이후에도 영어를 써야만 하는 현실적 상황에서 커다란 고민에 부딪친다. 위의 장면에서 보듯이, 이런 어려움을 조이스는 이미 인식하고 있다. 조이스가 영어로 작품을 써나가면서도 영어가 지닌 제국의 힘을 상쇄시키려고 다른 언어를 혼용하며 언어실험을 한 이유도 바로 이 점에 있을 것이다.

⑦ 인용문장: 맥캔의 청원서 서명을 거부

　학감 선생님과의 대화는 학생들이 물리학 수업을 들으러 계단강의실로 몰려드는 바람에 중단된다. 학감 선생님이 나간 후 곧 물리학 교수가 들어와 출석을 부르고 수업이 시작되지만, 학생들은 그다지 수업에 집중하지 않고 서로들 장난을 친다. 물론 스티븐도 물리학 수업에 열중하지 않고 장난질을 치는 모니한에게 맞장구를 치는가 하면 혼자 사념에 빠지기도 한다.

물리학 수업이 끝나 강의실 건물을 빠져나오던 스티븐은 학생들로 혼잡한 홀 입구에서 멈춰 선다. 입구가 혼잡한 이유는 맥캔이 자신이 활동하고 있는 단체에서 주관하는 청원서에 학생들로부터 지지 서명을 받고 있기 때문이다. 마침 그때 스티븐은 문간에서 물리학 수업에 결석했던 크랜리를 만난다. 자연히 두 사람의 대화는 눈앞에서 벌어지고 있는 맥캔의 청원서를 화제로 삼는다. 먼저 그 청원서에 서명했는지를 묻는 스티븐의 물음에 크랜리는 라틴어로 서명했노라고 대답하며, 왜 서명했는지를 묻는 물음에 또 다시 라틴어로 "만국 평화를 위해서"라고 크랜리는 응답하지만, 그의 서명에 스티븐이 별로 달가워하지 않는다는 것을 눈치 챈다. 그때 맥캔이 그들에게 다가와 스티븐에게도 청원서에 서명하기를 권유하지만 스티븐은 냉담하게 거절한다. 두 사람의 서로 상반된 입장들을 듣기 위해 주변의 학생들이 몰려들고 각기 양자의 편을 두둔한다. 그만큼 이 문제는 당시 학생들 사이에 중요한 정치적 이슈였던 것처럼 보인다. 앞에서도 잠깐 언급되었지만 맥캔과 스티븐의 입장 차이를 통해, 특히 서명을 거부하는 스티븐의 재치 있는 대꾸를 통해, 스티븐의 정치적 입장을 이해할 수 있으므로 스티븐과 맥캔이 서로 논박하는 대목을 자세히 음미해 볼 필요가 있다.

맥캔은 유창하고 활력에 넘친 어조로 러시아 황제의 공식 발표문, 스테드, 전면적 군비 축소, 국제 분쟁 조정, 시대적 징후, 가능한 최소한의 비용으로 최대 다수의 사람들이 최대의 행복을 누릴 수 있도록 하는 것을 사회의 과업으로 삼을 새로운 인간성 및 새로운 삶의 복음 따위에 대해 떠들어대기 시작했다.

그의 말이 끝나자 집시 같이 생긴 학생이 시대의 종말에 호응하여 소리쳤다.

－세계 동포주의를 위해 만세!

· · · · · · ·

－난 네 대답을 기다리고 있어, 맥캔이 짧게 말했다.

－그 문제엔 조금도 흥미가 없는 걸, 스티븐은 지겹다는 듯이 말했다. 너도 그걸 잘 알잖아. 왜 그 따위 문제로 시비를 거니?

－좋아! 맥캔이 입을 다시며 말했다. 그럼 너는 반동분자구나?

－네가 목검을 휘두른다고 내가 겁낼 줄 아니? 스티븐이 물었다.

－은유를 쓰는군! 맥캔이 퉁명스레 말했다. 알아듣기 쉽게 말하라고. 스티븐은 낯을 붉히며 외면했다. 맥캔은 자기의 주장을 굽히지 않으면서 적의를 띤 유머로 말했다.

－삼류 시인들은 세계 평화 같은 시시한 문제를 초월하고 계시겠다는 뜻이군.

· · · · · · ·

스티븐은 구경꾼들을 밀쳐내고, 황제의 초상화 쪽을 향해 화난 듯이 어깨를 들이밀며 말했다.

－네 우상이나 잘 모셔. 우리에게 예수 같은 분이 꼭 필요하다면, 정말 정당한 예수를 모셔야만 해.

· · · · · · ·

－데덜러스, 맥캔이 또렷하게 말했다. 나는 네가 훌륭한 친구라고 믿어. 하지만 너는 아직 이타주의의 존엄함과 인간 개인의 책임감을 배우지 못하고 있어. (196-9)

맥캔이 열정적으로 연설하는 내용을 살펴보면, 그는 러시아 황제 니콜라스 2세가 주장하는 바와 같이 "세계평화, 군축, 국제간의 분쟁이 발생하면 중재"의 필요성을 주장한다. 즉, 맥캔이 내세우는 것은 "세계 인류 공통의 평화를 위해" 헌신하자는 이념으로, 1899년 헤이그에서 니콜라스 2세가 국제평화회의에서 주장했던 내용이다. 마찬가지로 영국의 저널리스트 윌리엄 토머스 스테드(1849~1912)도 이에 동조하여 세계 평화 운동을 적극 지지하였다. 이와 동일한 선상에서 세계 전체의 평화와 화합을 주장하는 맥캔의 이념을 문자 그대로 순수하게 받아들인다면 그야말로 고결하기 이를 데 없는 내용이다. 그러나 니콜라스 2세가 이러한 주장을 하게 된 역사적 문맥과 아일랜드의 정치적 상황을 고려해 본다면 맥캔의 주장이 얼마나 비현실적 사고인지를 독자들은 알게 된다. 실제 내막을 살펴보면, 니콜라스 2세는 반동 정치가였으며, 러시아가 비록 늦었기는 하지만 다른 유럽 열강들처럼 제국주의 침략에 앞장서도록 이끌었던 인물이었다. 러시아가 다른 유럽 열강보다 뒤늦게 식민지 쟁탈전에 끼어들었기 때문에, 다른 유럽 제국들을 견제하기 위해 그는 겉으로만 고결한 원칙을 내세운 것이다. 이런 니콜라스 황제의 주장을 주변 문맥 없이 문자 그대로만 받아들였을 때 이것은 극히 비현실적인 것이 되고 만다.

더구나 현재 아일랜드는 영국 제국의 지배 하에 오랫동안 식민지 상태에 있는 형편이다. 아일랜드는 무엇보다 정치적 독립이 무엇보다 선행되어야 할 처지에 있는 나라이지만, 이를 무시하고 세계의 보편적 평화를 주창하는 제국주의자의 발언은 식민지 국가들이 필요로 하는 자주권과 독립을 지지하는 것이 아니라 제국주의를 표방하는 열강들 간에 화합이 필요하다는 제국주의 국가의 입장을 반영한 것이다. 니콜라스의 주장은 오히려 유럽 제국들 간에 서로 화합하여 갈등을 일으키지 말고 식민지를 적절하게 배분하자는 의도에서 생겨난 것이다. 이러한 배경을 무시하고 열강의 지배 하에 있는 식민지 국가에서 이를 지지한다는 것은 자가당착일 수밖에 없다.

따라서 세계의 보편적 평화와 형제애를 위해 일하자는 맥캔의 주장은 명목상 좋은 이념일 수는 있지만, 아일랜드의 식민지 현실을 더욱 고착시키는 반동적 이념이 되고 만다. 그리고 이 점을 간파한 스티븐은 "내가 서명이라도 하면 돈 한 푼이라도 줄 건가?" 하고 맥캔에게 냉소를 퍼붓는다. 거창한 표어를 싫어하는 스티븐이어서 이처럼 오히려 저속하게 반응하는 것이다. 이에 물러서지 않고 스티븐을 "반동분자"라고 몰아세우며 맥캔이 자꾸 귀찮게 굴자, 마침내 스티븐은 독설을 퍼붓는다. "네 자신의 우상이나 섬기렴. 우리가 또 하나의 예수를 가져야 한다면, 정상적인 예수를 갖도록 해." 아일랜드 민족이 가톨릭 국가로서 기독교를 절대적으로 신봉함으로써 종교에 정신적인 예속을 가져왔기 때문에, 이제 또 하나의 예수와 같은 우상을 섬기려고 한다면 제대로 된 올바른 이념을 섬겨야 한다는 스티븐의 반격이다. "이타주의의 존엄성과 인간 개인의 책임감"을 강조하며 스티븐의 반사회적 태도를 비판하는 맥캔의 주장은 극히 개인주의적 입장을 고수하는 스티븐에게 날카로운 칼날이 될 수는 있지만, 맥캔의 주장도 아일랜드의 현실에서 보면 받아들여질 수 없는 허상임을 알 수 있다.

⑧ 조국은 자기 새끼를 잡아먹은 암퇘지

맥캔과 한바탕 언쟁이 벌어지자 크랜리는 스티븐을 데리고 그 자리를 떠난다. 두 사람이 교정을 가로질러 가던 중 친구 린치(Lynch)와 데이빈을 만나고, 크랜리와 린치가 서로 힘을 겨루며 씨름을 하는 사이 스티븐은 데이빈과 대화를 나눈다. 그들의 대화는 역시 맥캔의 청원서 서명에 관한 것이다. 데이빈도 그 청원서에 서명을 했다고 하자, 스티븐은 "네 방에 있던 그 조그만 공책도 불태워야 하겠구나." 하고 그를 놀려댄다. 여기서 "그 조그만 공책"이란 아일랜드 독립운동을 위해 결성된 피니언(Fenian) 단원들을 훈련시키는 훈련교본을 말한다. 데이빈은 열렬한 민족주의자여서 그런 교본을 갖고 있었던 모양인데, 그의 이러한 행동은 민족주의를 부정하고 세계의 공통된 형제애를 주장하는 맥캔의 청원서와 정반대가 된다. 이러한 모순에도 불구하고 데이빈이 청원서에 서명한 이유는 서술되어 있지는 않지만, 아마도 맥캔이 떠들어대는 세계 평화와 보편적 형제애의 이념이 그 당시 이상주의에 빠지기 쉬운 학생들의 마음을 유행처럼 사로잡은 탓인 듯싶다. 여하튼 이 일에 대해 너는 민족주의의 깃발을 태워버려야 하지 않겠냐고 스티븐이 데이빈을 놀려대자, 그는 자신이 무엇보다 아일랜드 민족주의자임을 주장하며 스티븐을 타고난 냉소가라고 응대한다.

　　한편 생각이 단순한 데이빈은 스티븐을 제대로 이해하기가 힘들다. 때로는 영국문학을 비방하는가 하면 때로는 아일랜드 민족주의자들을 조롱하기도 하는 스티븐의 교묘한 입장이 데이빈에게 혼란을 주기 때문이다. 그렇지만 자신이 아일랜드인임을 스티븐이 명백히 하자, 이번에는 스티븐에게 함께 아일랜드 언어, 즉 게일어를 배우자고 데이빈은 강력히 권한다. 이에 스티븐은 아일랜드 민족에 대한 자신의 입장을 다음과 같이 확실하게 밝힌다.

　　─이 민족, 이 나라, 이 삶이 나를 만들었어, 그[스티븐]가 말했다. 나는 내 자신을 있는 그대로 표현할 거야.
　　─우리 편이 되도록 노력해봐, 데이빈이 다시 말했다. 너도 가슴속으로는 아일랜드인이지만 너의 자존심이 너무 강해.
　　─나의 조상들은 자기네 언어를 버리고 다른 나라의 언어를 택했어, 스티븐이 말했다. 그들은 소수의 외국인들이 자기네를 지배하도록 허용했던 거야. 그들이 진 빚을 내가 내 삶과 몸을 바쳐 갚을 것 같으니? 뭣 때문에 내가 그렇게 하겠어?

－우리의 자유를 위해서지, 데이빈이 말했다.

－톤의 시절부터 파넬의 시절에 이르도록 명예롭고 진실한 사람들은 자신의 생명과 젊음과 애정을 너희에게 바쳤지. 그렇지만 너희는 그분들이 곤경에 처했을 때 그분들을 적에게 팔아넘기거나 저버렸고, 아니면 그분들을 비난하며 다른 사람들 편을 들곤 했었지. 그런데도 나더러 너희 편이 되라는 거니? 나는 차라리 너희 민족이 망하는 꼴부터 보고 싶구나.

－그들은 자기네의 이상을 위해 죽었어, 스티비, 데이빈이 말했다. 우리의 날이 다가올 거야. 내 말을 믿어줘.

스티븐은 자기 나름의 생각을 좇으며 한동안 잠자코 있었다.

－영혼이란 내가 말했던 그런 순간에 처음 탄생하는 거야, 스티븐이 막연하게 말했다. 그것은 더디고 어두운 탄생이며 육체의 탄생에 비해 더 신비한 거야. 이 나라에서는 한 사람의 영혼이 탄생할 때 그것이 날지 못하도록 가로막는 그물이 있어. 넌 내게 국적이니 국어니 종교니 말하지만, 나는 그런 그물을 빠져 날아가도록 노력할 거야.

데이빈은 담배대에서 재를 떨어내었다.

－내겐 너무 심오한 말이야, 스티비, 그가 말했다. 하지만 우리에게는 나라가 먼저야. 아일랜드가 더 중요해, 스티비. 시인이 되든, 신비론자가 되든, 그건 다음 일이야.

－넌 아일랜드가 무엇인지 아니? 스티븐은 냉혹하고 난폭한 어조로 말했다. 아일랜드는 제 새끼를 잡아먹는 늙은 암퇘지야. (203)

위의 대화에서 보듯이, 스티븐은 자신의 존재가 아일랜드 민족이나 국가와 분명히 분리될 수 없는 명백한 사실임을 밝힌다. 그러나 자신의 정체성이 아일랜드인임에도 불구하고 스티븐은 데이빈이 권유하는 것처럼 다른 일반 사람들처럼 민족주의 운동에 동참할 수 없는 이유를 또한 명백히 언명한다. 스티븐의 논리에 따르면, 아일랜드 조상들은 오래 전부터 영국인 침입자들이 지배하도록 스스로를 굴복시켰으며 그들의 모국어를 버리고 침입자의 언어인 영어를 채택했다는 것이다. 민족의 자주독립을 위해 헌신했던 애국자 톤(Wolfe Tone)이나 파넬(Stewart Parnell)의 경우에서 보듯이 아일랜드 민중은 그들의 민족 지도자를 스스로 영국 지배자들에게 팔아넘긴 무지하고 자기인식을 모르는 배신자들이라고 스티븐은 혹심하게 비판한다. (톤과 파넬의 독립운동 실패 사건은 이 소설의 제1장에서 자세히 설명되어 있다.) 그런 면에서 스티븐은 아일랜드 조국을 자신의 새끼를 잡아먹는 어미 암퇘지라고 비유한다. 이런 민족을 위해 자신을 희생해 나갈 이유가 있는가 하고 스티븐은 되묻는다. 스티븐의 암퇘지 비유는 일반 아일랜드 독자들이 들으면 모욕감을 느낄 정도로 냉혹하다. 그들 애국자들은 자신들의 이상을 위해 영광되게 죽은 거라고 데이빈은 돌려 말하지만, 그러나 스티븐의 이러한 지적을 누가 부정할 수 있겠는가?

스티븐은 자신의 민족과 조국에 대해 원망을 품고 있어 일반 사람들처럼 단순히 민족주의 운동에 참여하기를 거부한다. 이처럼 자신의 조국을 부정할 수 없음을 인정하면서도 동시에 부정하려는 스티븐의 심리는 상당히 미묘하다고 하겠는데, 그 심리의 중심에는 항상 "배반"이라는 독특한 모티브가 작동한다. 민족을 사랑하여 헌신적으로 몸을 희생하여도, 그 민족은 나중에 "배반"을 하고 만다는 묘한 피해 심리가 스며있다. 조이스는 이런 심리를 그의 작품 『율리시스』에서 "사랑하는 더러운 더블린"(dear, dirty Dublin)이라고 표현하였는데, 바로 조국에 대한 사랑과 미움이 동시에 존재하는 복합심리이다. 그러기에 조이스는 조국을 떠나 유럽을 떠돌며 끝내 유럽에서 생애를 마감하였지만 그의 작품들은 모두 더블린을 소재로 하고 있다. 조국을 떠나있으면서도 그의 영혼은 늘 조국 위에 떠돌고 있었던 애증의 산물이 그의 작품들이다.

민족 대중의 배반에 맞서 한 개인이 할 일이란 이제 무엇인가? 이에 대해 스티븐은 철저하게 저항적 개인주의 원칙을 내세운다. 사람들은 "국가, 언어, 종교"의 절대성을 앞세우지만, 스티븐은 이것들이 자신의 자유를 억압하는 그물로 정의한다. 그러기에 스티븐은 이들 그물을 넘어서 자유롭게 훨훨 날아가겠노라고 선언한다. 한 개인에게는 태어날 때부터 무수한 그물들이 씌어진다. 그 그물들은 개인의 정체성을 형성시키는 중요한 요소이기는 하지만, 한편 발전해나가는 개인의 자아를 옭아매는 틀이기도 하다. 그리고 그 틀에서 벗어나려고 하는 사람이 있으면 그는 사회에서 배제 당한다. 그러나 진정 값있는 영혼은 이러한 규율과 틀에 도전하여 이를 초월해야 한다. 이제 스티븐은 이런 도전을 감행하겠다고 선언하는 것이다.

자주 인용되는 이 구절은 스티븐이 장차 조국을 떠나 유럽으로 망명을 가게 될 자신의 개인주의적 운명에 대한 정당성을 알리는 선언서이다. 스티븐이 개인의 가치를 앞세우는 점에서 이기주의자처럼 보이기도 하지만, 개인의 가치를 앞세우는 이기주의적 도전과 발전이 없다면 새로운 창조는 가능하지 않을지도 모른다. 스티븐의 도전은 전통에 도전하는 모더니즘의 실험정신과도 일치한다.

9 스티븐의 미학론 1: 연민과 공포

스티븐의 지독한 독설에 데이빈은 머리를 쩔레쩔레 흔들며 자리를 피한다. 데이빈과 크랜리가 테니스 시합을 시작하자 스티븐과 린치는 함께 담배를 피우며 교정을 거닌다. 스티븐은 곧 자신의 미학론을 린치에게 들려준다. 장차 예술가가 되려는 스티븐의 미학론은 작가 조이스의 모더니즘 미학론과 유사성이 있어 중요하지만, 스티븐의 미학론 설명이 상당히 장황하게 펼쳐지기 때문에 여기서는 몇 개의 항목으로 나누어 설명하자.

먼저 스티븐은 아리스토텔레스의 비극론을 차용하여 비극의 핵심 원리가 되는 연민과 공포의 감정을 설명한다.

> 연민은 인간의 고통 속에서 볼 수 있는 모든 엄숙하고 항구적인 것 앞에서 우리의 마음을 사로잡아 그것을 고통 받는 사람과 결부시키는 감정이야. 공포는 인간의 고통 속에서 볼 수 있는 모든 엄숙하고 항구적인 것 앞에서 우리의 마음을 사로잡아 그것을 은밀한 원인과 결부시키는 감정이지. (204)

아리스토텔레스는 그리스 비극작품의 특성을 논하면서 희극(comedy)과는 달리 비극작품(tragedy)이 독자에게 일으키는 감정은 연민과 공포라고 정의하였다. 그리스 비극작품의 주인공은 대체로 평범한 인물이 아니라 영웅이나 왕과 같이 신분이 높고 품격이 출중한 인물이다. 그런 인물이 이미 정해진 절대적 운명에 따라 파멸과 고통에 이르게 될 때 독자들은 공포를 느끼게 되지만 동시에 그 불쌍한 주인공에게 연민의 감정을 갖게 된다. 이러한 강렬한 감정이 발산되면서 독자들은 궁극적으로 카타르시스라는 감정의 정화 과정을 겪게 되며 비록 실패로 끝나지만 절대적 운명에 도전하는 주인공 영웅의 행위에서 인간의 존엄성을 느끼게 된다.

아리스토텔레스는 비극에 나타나는 연민과 공포의 감정을 언급했지만, 그 두 감정에 대해서는 정의를 내리지 않았다고 스티븐은 지적하면서 자신이 이것을 정의하겠다고 나선다. 따라서 린치에게 들려주는 그의 정의를 살펴보면 연민과 공포는 모두 인간의 마음을 "사로잡는" 감정이다. 이 정의를 부연 설명하기 위해 든 예에서 보듯이, 길거리에서 유리조각에 찔려 죽은 한 소녀는 우리에게 공포나 연민을 불러일으킬 정도로 우리 마음을 "사로잡는"
게 아니어서 그 죽음을 비극이라고 부를 수는 없다고 스티븐은 설명한다.

⑩ 스티븐의 미학론 2: 정적 정서와 동적 정서

우리의 마음을 "사로잡는" 감정이냐 아니냐에 따라 비극의 여부를 규정
할 수 있다면, 그 "사로잡는"의 개념을 어떻게 정의내릴 지가 더 규명될 필요
가 있다. 이에 스티븐은 우리의 마음을 사로잡는 비극적 감정의 성격을 더욱
파헤쳐 나간다.

> ─ 사실상 비극적 정서란 공포와 연민이라는 두 방향으로 바라보는 한 얼
> 굴로, 이 두 감정은 모두 비극적 정서에 해당하지. 나는 방금 "사로잡히다"
> 라는 어휘를 썼는데, 비극적 정서는 정적이라는 뜻이야. 아니, 극적 정서가
> 정적이라고 하는 편이 낫겠군. 부적절한 예술이 자극하는 감정은 욕망이
> 냐 혐오냐를 가릴 것 없이 모두 동적이거든. 욕망은 우리를 충동하여 무엇
> 을 소유하거나 찾아가게 하는가 하면, 혐오는 우리를 충동하여 무엇을 버
> 리거나 떠나가게 하니까. 그러므로 이 욕망이나 혐오를 자극하는 예술은,
> 그것이 외설적이냐 교훈적이냐를 막론하고, 모두 부적절한 예술이지. 그러
> 므로 일반적 용어로 말하면, 미적 정서는 정적이야. 마음은 사로잡혀서
> 욕망이나 혐오를 초월하도록 고양되지. (205)

스티븐의 정의에 따르면, 인간의 감정은 크게 2가지, 동적(動的) 정서와
정적(靜的) 정서로 구분될 수 있으며, 우리가 훌륭한 예술을 통해 얻는 미적
(美的) 정서는 궁극적으로 우리의 마음을 평정하게 만드는 정적 정서에 해당
한다. 이와 반대로 인간의 욕망이나 혐오 같은 정서는 우리의 마음을 충동질
하여 자극시키므로 궁극적으로 동적 정서가 되고, 동적 정서는 미적 정서에

해당되지 않는다. 예를 들어, 외설적이거나 교훈적인 작품들은 동적 정서를 낳기 때문에 훌륭한 예술품이라고 할 수 없다. 이처럼 동적 정서는 육체적인 경지를 넘어서지 못하기 때문에 심미적 정서를 일으키지 못한다. 따라서 정적 정서는 훌륭하고 올바른 미적 정서의 산물이다.

이런 기준에 따르면, 연민과 공포를 야기 시키는 비극적 정서는 정적 정서에 속한다. 연민과 공포는 처음 인간의 감정을 자극하는 면에서 동적 정서라고 할 수도 있겠지만, 이 감정들은 순전히 육체적인 감정에 머무르는 게 아니고, 궁극적으로 카타르시스라는 정화작용을 유발하기 때문에 정적 정서로 끝을 맺는다. 그럼으로 진정한 의미의 훌륭한 비극 작품은 정적 정서라는 심미적 정서를 생산한다.

마찬가지로 훌륭한 예술작품이 지닌 아름다움은 우리에게 미적 정서의 정지 상태를 일깨우거나 유발한다. 그 미적 정지 상태는, 스티븐의 명명에 따르면, "아름다움의 리듬"에 의해 환기되고 지속되며 해소된다. 이때 아름다움의 리듬이란 미적 정서를 일으키는 예술작품의 각 부분이 다른 부분과 서로 조화를 맺는 관계이다. 이것을 스티븐은 "형식적인 미적 관계"라고 부른다. 스티븐의 표현을 빌리면, "리듬은 어떤 미적 전체 속에서 부분과 부분이 갖는 관계라든지, 어떤 미적 전체가 한 부분 또는 여러 부분과 갖는 관계라든지, 혹은 한 부분이 미적 전체와 갖는 관계 같은 최초의 형식적인 미적 관계"를 말한다. 그렇다면, 스티븐이 여기 미학론에서 유도해내려는 결론은, 미적 정서란 형식의 조화에 의해 산출된다는 점이다. 스티븐은 자신의 미학론을 "미적 정서"를 규명하는 데에서 출발하였지만, 미적 정서가 훌륭한 형식에 의해 만들어지기 때문에, 그의 궁극적인 관심은 형식의 중요성을 강조하는데 있는 것처럼 보인다. 모더니즘 미학이 전반적으로 형식의 중요성을 우선시하는 형식주의(formalism)를 내세우는 것과 스티븐의 미학론은 바로 이 점에서 서로 일치된다.

⑪ 스티븐의 미학론 3: 통합, 조화, 광휘

스티븐과 린치는 미학론을 토론하며 걷다보니 이미 학교 교정을 빠져나와 리피강(江) 하구의 그랜드 운하에 이르렀다. 운하를 가로지르는 다리 앞에서 방향을 바꿔 운하를 따라 걸으며 스티븐은 더욱 본격적으로 자신의 미학론을 발전시켜 나간다. 그는 아퀴나스, 플라톤, 아리스토텔레스 등의 미학론을 인용하면서 아름다움을 이해하는 첫 걸음은 상상력의 힘으로 미적 이해라는 행위 자체를 올바르게 포착하는 것이라고 설명한다. 따라서 이제 스티븐의 미학론은 아퀴나스의 미학론에 의거하여 미적 인식의 단계를 보다 세분화시켜 나간다.

> ─ 미에 관한 나의 얘기를 끝맺어야겠군, 스티븐이 말했다. 그러니까 감지되는 것들의 가장 만족스런 관계는 예술적 인식의 필수 단계와 상응하고 있음에 틀림없어. 따라서 이 관계만 찾아내면 보편적 미의 성질을 발견하게 되는 셈이야. 아퀴나스의 라틴 말을 번역하면, "아름다움을 위해서는 세 가지가 필요한데, 그것은 통합, 조화, 광휘이다." 이 세 가지가 심미적 인식단계들과 상응할까? 이해하겠어? (211-2)

중세의 스콜라 철학자 아퀴나스에 의하면 보편적 아름다움의 특성으로 통합(wholeness), 조화(harmony), 광휘(radiance)의 3가지 요소를 들고 있다. 스티븐은 이 3가지 요소가 사물의 아름다움을 인식해 가는 3가지 인식단계로 변용한다. 그리고 스티븐은 3가지 인식단계를 명확하게 설명하기 위해 어떤 한 바구니를 인식해 가는 과정을 예로 든다.

　　첫 번째 인식단계인 <통합> 과정은 어느 대상을 시간과 공간을 통해 통합적으로 파악되는 과정이다. 두 번째 단계 <조화>는 통합적으로 파악된 어느 사물의 전체를 각 부분으로 파악하되 각 부분을 개개의 개체로서가 아니라 서로 간에 연관된 관계로서 인식하는 단계이다. 세 번째 단계 <광휘>는 어느 사물에 내재된 숨겨진 의미와 진실을 포착하는 단계이다. 이 마지막 단계는 셸리의 비유처럼 불이 숨을 죽인 석탄불과 같다. 겉은 검은 재로 싸여 있지만 입김을 세게 불면 안에서 타오르던 불길이 세차게 붉은 빛을 내며 타오른다. 바로 검은 재 안에 숨어있는 붉은 빛이 겉으로 환하게 확 드러나는 것이 광휘의 단계이다. 최종적 단계인 광휘에 대한 스티븐의 설명을 인용하면 다음과 같다.

> 내 생각에 아퀴나스가 뜻하는 광휘라는 말의 의미는 사물 속에 내재하는 하느님의 목적을 예술적으로 발견해서 표상시키는 것이거나, 혹은 미적 이미지를 보편적인 이미지로 만들어 그 이미지로 하여금 본래의 상태를 능가하여 빛을 내도록하는 일종의 일반화시키는 힘이지. 그러나 그것은 어디까지나 문예 이론적인 이야기일 뿐이야. 나는 그것을 그렇게 이해하고 있어. 우리가 저 바구니를 하나의 물체로 인식한 후 그것을 그 형식에 따라 분석하고 그것을 한 물체로 인식할 때, 우리는 논리적, 미적으로 허용될 수 있는 유일한 종합을 하는 거야. 즉 우리는 그 물체가 바로 그 물체 본연의 것이며 다른 어느 것도 아니라는 것을 알게 돼. 아퀴나스가 말하는 광휘란 스콜라 철학에서 말하는 본체, 즉 사물의 본성을 가리키지. (213)

　　아름다운 사물의 인식단계에서 최종적으로 도달한 <광휘>는 사물이 지닌 본래의 미적 속성이 드러나는 것으로 사물의 본성이다. 아퀴나스의 스콜라 철학에서는 이를 내면의 빛으로 일컫는데, 이는 사물 속에 내재하는 하느님의 은총에 해당된다. 이것을 예술의 개념으로 바꾸면 사물의 미적 속성이 된다.

스티븐의 이러한 예술적 인식의 단계 설명이 올바른 것인지 아니면 정확한 것인지에 대한 논의는 꾸준히 있어 왔다. 한편으로는 스티븐의 설명이 미학적으로도 정확하지는 않지만, 그 정확성의 문제는 중요한 점이 아니라고 지적하는 비평가들의 견해도 있다. 그리고 사실상 이러한 설명이 얼마만큼 정확한지를 해명해 보려면 많은 어려움을 낳는다. 단지 우리에게 여기서 중요한 것은 스티븐의 미학론이 조이스의 미학론과 얼마만큼 유사한 것인지를 밝히는 것이다. 다시 말하면 스티븐의 미학론이 조이스가 자신의 작품에서 활용한 기법들에 얼마만큼 올바르게 적용될 수 있는 것인지가 중요한 문제로 부각된다. 즉, 스티븐의 미학론이 조이스의 작품세계를 이해하는데 실질적인 도움을 주는 것인가 하는 문제이다. 그리고 바로 그러한 관점으로 스티븐의 미학론을 살펴보면, 스티븐이 말하는 미적 인식단계 중 마지막인 광휘는 조이스가 자신의 작품에서 자주 사용했던 에피퍼니(epiphany)의 기법과 아주 유사하다는 것을 알 수 있다.

"신성한 존재의 현현"이라는 뜻을 지닌 에피퍼니는 본래 신의 내재를 입증하는 기적의 표상으로서 예수의 탄생을 지칭하는 종교적 개념이었다. 조이스는 그 종교적 개념을 예술의 개념으로 변형시켜 "천박한 말씨나 행동 속에서, 혹은 마음속의 기억할만한 단계를 통한 갑작스런 영적 현현"이라고 정의하였다. "영적 현현"이라는 점에서 조이스의 에피퍼니 정의는 여전히 종교적 냄새를 풍기는 듯하지만, 사실상 조이스는 이를 미학적 개념으로 크게 전용시켰다. 즉, 지각하는 사물 자체만을 다른 사물과 분리시켜 총체적으로 파악하고, 다음에 그 사물 자체의 특징을 이해하면, 마지막으로 그 사물만의 본질이 드러나게 된다. 그때 사물의 "영혼"이라고 부르는 그것의 본질이 광휘처럼 발산되는 순간이 에피퍼니인 것이다.

조이스는 에피퍼니의 수법을 초기 작품에서 많이 사용하였다. 그의 단편들은 모두 에피퍼니의 수법을 사용하여 간결한 짜임새에도 불구하고 마지막 순간에 작품의 중심 주제가 확 드러나는 에피퍼니의 극적 수법들로 이루어졌다. 물론 조이스는 『율리시스』를 써나가면서 자신의 에피퍼니의 수법을 풍자하기도 했지만, 적어도 『젊은 예술가의 초상』에서도 이 수법을 멋지게 사용하였다. 그 대표적 예는 스티븐이 제4장의 바닷가 해변에서 물을 헤젓고 있는 소녀를 보며 예술가적 소명을 확신하는 장면이다. 그만큼 조이스는 젊은 시절 에피퍼니의 수법에 몰두하였다.

⑫ 스티븐의 미학론 4: 서정적 형식, 서사적 형식, 극적 형식

내가 지금까지 말한 것은 가장 넓은 의미에 있어서의 아름다움, 즉 문예의 전통에서 그 낱말이 가진 의미에 있어서의 아름다움을 말하고 있어. 일반 사회에서는 아름다움의 뜻도 달라지겠지. 우리가 아름다움이란 말을 후자의 의미로 사용할 때에도 우리의 판단은 우선 예술 그 자체에 의해, 그리고 그 예술의 형식에 의해, 영향 받게 되는 거야. 그 [미적] 이미지는 예술가 자신의 마음 또는 감각과 다른 사람들의 마음 또는 감각 사이에 놓여져야 한다는 것은 분명해. 우리가 이 점에 유의한다면 예술은 필연적으로 세 가지 형식으로 나누어지며 한 가지 형식에서 다른 형식으로 발전해간다는 것을 알게 될 거야. 그 세 가지 형식이란, 첫째는 서정적 형식으로 예술가가 자신의 이미지를 자기 자신과 직접적으로 관련해서 제시하는 형식이고, 둘째는 서사적 형식으로 예술가가 자신의 이미지를 자기 자신 및 다른 사람들과 간접적으로 관련해서 제시하는 형식이며, 셋째는 극적 형식

으로 예술가가 자신의 이미지를 다른 사람들과 직접적으로 관련해서 제시하는 형식이야. (213-4)

스티븐의 설명에 따르면, 아름다움의 이미지가 일반사회에서 대중에게 전파되기 위해서는 예술 형식에 의해 영향을 받는다. 그리고 예술 형식은 전통적으로 세 가지 — 서정적 형식, 서사적 형식, 극적 형식 — 로 구분된다. 이것을 우리가 익히 알고 있는 문학 형식과 대비해 보면, 서정적 형식이란 쉽게 말하면 서정시의 형태이다. 서정시는 낭만주의 시인 워즈워드의 시에서처럼 예술가가 미적 대상을 보고 느낀 감정을 독자들에게 직접적으로 토로하는 형태를 취한다. 따라서 독자들은 서정시를 읽으면서 작가의 목소리를 바로 듣는 듯하다. 그래서 스티븐은 이 형식을 "예술가가 자신의 이미지를 자기 자신과 직접적으로 관련해서 제시하는 형식"이라고 정의한다.

스티븐이 말하는 서사적 형식이란 일반적으로 소설을 뜻하는 것으로 생각하면 된다. 소설에서는 작가가 직접 등장하는 것이 아니라 항상 화자가 존재하여 사건의 진행을 말해주며 이끌어간다. 화자의 등장으로 그만큼 독자와 작가 사이가 멀어져 있다. 즉, 작가의 느낌과 감정이 독자들에게 직접적으로 전달되는 서정시와는 달리 화자의 개입으로 한 단계를 거치게 된다. 그만큼 작가의 감정이 직접 토로되는 것이 아니라 간접적으로 제시되는 것이 소설이 지닌 형식적 특성이다. 또한 소설에서 작가의 감정이 간접적으로 전달되는 만큼 객관성을 확보하게 된다.

극적 형식은 드라마를 지칭한다. 드라마는 작가가 말하고자 하는 느낌이나 생각이 직접 독자에게 전달될 수 없다. 드라마는 필연적으로 배우들이 등장하여 그들의 대화와 동작으로 독자들에게 의미를 전달한다. 그래서 스티븐은 극적 형식을 "예술가가 자신의 이미지를 다른 사람들과 직접적으로 관련해서 제시하는 형식"이라고 정의한다. 소설에서처럼 작가의 모습을 대신하는 화자와는 달리 드라마에서의 배우들은 작가의 감정을 전달하는데 있어 동작이라는 더 객관화된 형태로 독자와 만난다. 따라서 서정시보다는 소설이, 소설보다는 드라마가 작가의 목소리를 더 객관화시킨 형태가 된다.

이러한 예술양식의 분류는 이미 오래 전부터 있어온 것이지만 스티븐이 구태여 다시 설명하는 이유는 무엇일까? 이것도 조이스 자신의 작품기법과 관련하여 생각해 보아야 한다. 스티븐은 세 가지 형식 중에서 극적 형식을 가장 뛰어난 문학 형식으로 인정한다. 극적 형식에서는 예술가의 개성, 즉 예술가의 개인적 목소리가 가장 정제되어 나오기 때문에 가장 객관화된 문학 형식이 된다. 따라서 현대의 소설은 작가의 개인적 목소리를 정제시키는 여러 형식 기법을 중요시한다. 이를 뒷받침 해주는 모더니즘 문학 이론이 바로 다음에서 이어지는 몰개성론이라 하겠다.

⑬ 스티븐의 미학론 5: 몰개성론

예술가의 개성이란 처음엔 어떤 외침이거나 운율 또는 기분과 같은 것이었다가, 그 다음 단계에는 유연하고 부드러운 이야기가 되며, 마지막엔 그 자신의 존재에서 벗어나 스스로를 정제하는, 말하자면 스스로의 개성을 소멸하여 몰개성의 길을 걷게 되는 거야. 이 극적 형식에 있어서의 미적 이미지는 인간의 상상력 속에서 정화되고 거기서 재투사된 삶이야. 이런 미적 창조의 신비는 물질적 창조의 신비처럼 완성되는 것이지. 예술가는 창조의 신처럼 자신의 수공품 안에, 뒤에, 위에, 혹은 그 너머, 보이지 않은 채, 스스로를 정화시켜, 무관심한 듯, 자신의 손톱만 다듬고 있지. (215)

스티븐의 예술적인 표현에 의하면, "예술가의 개성이란 처음엔 어떤 외침이거나 운율 또는 기분과 같은 것이었다가, 그 다음 단계에는 유연하고 부드러운 이야기가 되며, 마지막엔 그 자신의 존재에서 벗어나 스스로를 정제하는, 말하자면, 스스로의 개성을 소멸하여 몰개성의 길을 걷게 되는 거야." 이 구절은 예술형식의 세 단계를 하나씩 일컫고 있다. 서정적 형식은 작가의 개성이 마치 감정의 외침이나 낭만적 분위기를 자아내게끔 운율이나 기분으로서 이루어지며, 서사적 형식은 끊임없이 이어져 가는 유동적인 서술 형태로 이루어지고, 극적 형식에 이르면 예술가의 개성은 자신의 모습에서 정제되어 사라지고 그야말로 개성의 독특성이 드러나지 않는 몰개성의 상태가 된다.

이러한 몰개성의 이론(the impersonal theory)은 모더니즘이 추구하는 입장이다. 모더니즘 시인인 엘리엇(T.S. Eliot)은 낭만주의 시인들을 공격하여, 진정한 시란 "정서로부터의 도피"(the escape from emotion)라고 몰개성론을 주장하였다. 즉, 낭만주의 시인들은 워즈워드(William Wordsworth)가 주창하듯이 "강렬한 감정의 자발적인 토로"(the spontaneous overflow of powerful feelings)가 시를 쓰는데 있어 최고의 덕목으로 손꼽으면서 작가의 강렬한 감정을 시에서 직접적으로 노출시키려고 하였다. 그렇지만 감정과 지성의 조화로운 통제를 주장하는 모더니즘 시는 감정의 촌스러운 노출보다는 이를 객관화된 이미지로 환원시키는 지성의 통제를 강조한다. 엘리엇의 주장과 스티븐이 여기서 내세우는 입장은 몰개성론의 측면에서 서로 동일하다는 것을 우리는 발견하게 된다. 작가와 독자 사이에 거리감을 유지하게 되어야 작품이 객관화된 극적 형식을 갖게 된다.

이런 몰개성론을 종합하여 스티븐은 다음과 같은 유명한 구절을 남긴다. "예술가는 창조의 신처럼 자신의 수공품 안에, 뒤에, 위에, 또는 그 너머, 보이지 않은 채, 스스로를 정화시켜, 무관심한 듯, 자신의 손톱만 다듬고 있지."
이 구절을 좀 더 쉽게 설명해 보자. 성경의 창세기에 의하면 하나님은 자신의
형상을 따라 흙덩이를 빚어 자신의 입김을 불어넣음으로서 인간을 창조하였
다. 따라서 하나님의 존재가 피조물인 인간의 내부에 존재하고 있다. 그러나
하나님은 인간을 창조하신 후 에덴 동산으로 내보내고 자신의 모습을 직접
드러내지 않는다. 인간에게는 자신을 창조한 하나님의 존재가 보이지 않고
어디에선가 돌아앉아 있는 듯싶다. 그렇지만 비록 하나님의 존재가 인간 세
계의 저편에 돌아서서 무관심한 듯이 사라져 갔지만, 하나님은 또한 언제나
인간의 내부에 존재하고 있다. 마찬가지로 예술가는 자신의 체험, 느낌, 사고,
삶을 엮어 작품을 만들어 낸다. 자연히 예술가의 존재가 그의 작품 속에서 숨
쉬고 있다. 그렇지만 예술가가 작품을 만들고 난 이후 그 작품은 작가와는 동
떨어져 별도로 존재한다. 따라서 작품에서 작가의 모습을 찾기는 쉽지 않고,
심지어 전혀 상관없는 듯 보이기도 하지만, 작품에는 언제나 작가의 숨결이
담겨 있는 것이다. 이처럼 작품에는 예술가의 존재가 담겨 있어도 그 존재가
직접적으로 드러나지 않을 뿐이다. 마치 손톱을 다듬으며 돌아 앉아있는 듯
이 생각된다. 이러한 비유는 결국 위에서 말한 몰개성 이론을 뒷받침해주는
설명이다.

⑭ 에마에 대한 질투

　　비가 더 세차게 내렸다. 그들이 왕립 아일랜드 아카데미 옆으로 난 통
로를 지나가고 있을 때 많은 학생들이 도서관의 주랑 밑에서 비를 피하고
있는 것이 보였다. 크랜리는 기둥에 기대선 채 뾰족한 성냥개비로 이를 쑤
시며 친구들의 말에 귀를 기울이고 있었다. 몇몇 여학생들이 출입문 근처
에 서 있었다. 린치가 스티븐에게 속삭였다.

―네 애인이 여기 와 있군.

　스티븐은 세차게 내리는 비를 아랑곳하지 않고 몰려있는 학생들 아래쪽 계단에 조용히 자리를 잡고 서서 이따금씩 그녀에게 눈길을 던지고 있었다. 그녀 또한 친구들 사이에서 말없이 서 있었다. 시시덕거릴 신부가 곁에 없군. 지난번에 그녀를 보았던 일을 회상하면서 그는 의식적으로 반감을 느꼈던 심정을 되새겼다. . . . 그가 그녀를 너무 가혹하게 판단했던 것은 아닐까? . . . 그녀의 마음도 새의 마음처럼 단순하고 변덕스러울까? (215-6)

　스티븐이 린치와 미학론을 토의하는 중에 빗방울이 떨어진다. 지나가던 사람들이 모두 도서관 현관에 몰려 비를 피하고 있을 때, 마침 스티븐의 여자친구(나중에 이름이 에마 클러리 Emma Clery로 알려짐)도 친구들의 함께 그곳에서 비를 피하고 있는 것을 스티븐은 발견한다. 이따금씩 그녀에게 눈길을 보내지만 그 둘 사이에 어떤 대화가 이루어지지 못하는 것을 보면 현재 서로 간에 관계가 그다지 원만하지 않은 듯싶다. 그녀가 선생님이신 신부에게 친근하게 구는 것을 스티븐이 못마땅하게 여기고 있기 때문이다. 스티븐이 그녀가 신부님과 "시시덕거린다"고 표현하는 걸 보면 아마도 스티븐이 질투하고 있는가 보다. 그녀가 신부 선생님과 친하게 지내는 이유는 특별히 언급되지는 않았지만, 그녀가 신앙에 열성적이어서 신부님과 가깝게 지내는 것으로 추측해볼 수 있다. 그렇지만 가톨릭 신앙에서 멀어진 스티븐에게 그러한 그녀의 모습이 마음에 들지 않는 것이다. 여하튼 그녀에 대한 사랑을 떨쳐버릴 수 없는 스티븐이어서 비를 피하고 있는 그녀의 모습이 눈에 띄자 여태껏 논의하던 자신의 스미학론이 공허하게 생각되고 힘이 빠져버린다. 그만큼 스티븐은 그녀를 좋아하지만 그녀의 반응은 별로 시원치 않았던 모양이다.

　잠시 후 소낙비가 그치고 그녀는 다른 친구들과 떠나버리지만 스티븐은 그녀 때문에 마음이 씁쓸하다. 자신이 그녀에게 너무 혹심히 생각했던 것은 아닌가 하는 반성도 해본다. 나중에 스티븐은 유럽으로 떠나기 전 그녀에 대한 마지막 미련까지도 훌훌 떨쳐버리지만, 그녀를 바라보는 스티븐의 시선에는 아직 사랑의 미련이 남아 있다.

▶ 생각해 볼 문제
1. 스티븐의 현재 가정생활을 사실적으로 설명하시오.
2. 스티븐과 맥캔의 이념적 차이를 당시의 정치적 상황에 맞추어 설명하시오.
3. 스티븐이 데이빈의 민족주의 운동에 참여하지 않는 이유를 설명하시오.
4. 스티븐이 크랜리와 의견 대립하는 내용과 이유를 설명하시오.
5. 스티븐은 아일랜드 민족의 영혼을 박쥐에 비유한다. 이 비유의 의미는 무엇인가?
6. "배반"의 모티브가 이 작품에서 사용된 예를 찾아 그 중요성을 설명하시오.
7. 모더니즘 문학론과 스티븐의 미학론이 어느 면에서 서로 일치하는지 설명하시오.
8. 스티븐의 미학론을 짧게 요약하여 설명하시오.

2-2. Section 2: 시적 영감에 젖어 창작을 시도

천사의 목소리를 들은 듯한 황홀한 꿈을 꾸다 새벽녘에 스티븐은 잠을 깬다. 그 꿈의 영감을 이어가기 위해 그는 시를 쓰기 시작한다. 그 황홀한 꿈을 꾸게 한 영감의 원천은 전날 잠깐 스쳤던 에마이다. 그는 그녀와 사귀었던 옛날을 회상하며 시적 이미지(詩像)를 더듬는다. 그렇지만 질투심에 그녀와 헤어졌던 일을 생각하면서 시적 영감도 중단된다. 아마도 그녀는 신앙심이 몹시 깊어 신앙을 버리려는 스티븐과의 관계도 소원해졌던 것처럼 보인다. 반대로 스티븐은 신앙심에 매여 있는 그녀가 불만이다. 그러나 그가 완성한 빌러넬 시에는 아직도 자기 탐닉의 감정이 토로되고 있어 그가 주장하였던 몰개성론이 이 시에서 실제로 실현되지는 않는다.

   이것은 스티븐이 아직도 성숙한 작가로 성장하지 못했다는 걸 말해주는 증거가 될 수 있다. 아마도 이것이 조이스가 이 소설 작품의 제목 "젊은 예술가의 초상"에서 "젊은"이라는 형용사를 삽입시킨 이유인가 보다. 즉, 원숙한 예술가가 아니라 그것을 향해 나아가는 "미숙한 예술가의 초상"을 그리고 있는 것이다. 예술적 이론은 완벽하게 완성시켰지만 실제 작품으로는 아직 그 단계까지 이루지 못한 예술가에 조이스는 초점을 맞춘 것이다. 이미 원숙한 단계에 이른 예술가 조이스가 자신의 젊은 시절을 되돌아 회상하며, 그때 여물지 못했던 자신의 예술가적 자아를 냉정하게 분석하는 것이다. 작품으로 드러나는 예술적 성과뿐만 아니라 친구들과의 대립을 통해 이기적 개인주의에 몰입해 있는 스티븐이라는 젊은 예술가의 전형적 유형을 조이스는 만든 것이다.

① 황홀한 꿈에서 깨어 시를 쓰기 시작

   새벽녘에 그는 잠에서 깨어났다. 오, 얼마나 감미로운 음악인가! 그의 영혼은 온통 이슬에 젖어 있었다. 잠에 빠진 그의 육신 위로 파리하고 서늘한 빛의 물결이 지나갔었다. 마치 그의 영혼이 서늘한 바다 한가운데 누워 있듯이, 그는 가만히 누워서 희미하게 들리는 감미로운 음악을 의식하고 있었다. 그의 마음은 진동하는 아침의 인식, 아침의 영감으로 서서히 잠에서 깨어나고 있었다. 가장 정결한 물처럼 순수하고, 이슬처럼 감미로운, 음악처럼 감동적인 어떤 정기가 그의 육신을 채웠다. 그러나 치품천사(熾品天使)들이 그에게 숨결을 불어넣고 있듯이 그 정기는 너무도 조용히, 너무도 차분하게 그의 몸으로 흡입되고 있었다. 그의 영혼은 서서히 잠에서 깨어나면서도 완전히 깨어나기를 두려워했다. 때는 바람이 숨을 죽인 새벽 시간이라 광기가 잠을 깨고, 신기한 식물들이 빛을 받아 피어나고, 나방이

소리 없이 날아오르고 있었다. (217)

스티븐은 새벽녘에 잠이 깬다. 감미로운 음악소리를 들으며 천사가 찾아오는 달콤한 꿈을 꾼 모양인지 그의 영혼이 흠뻑 물에 젖은 기분이다. 그러나 한편 젊은 청년의 꿈에 하늘의 천사가 찾아와 그의 영혼을 흠뻑 적신다는 게 현실적으로 이해되기가 힘들다. 따라서 그의 꿈에 나타난 천사란 비유적 표현이라고 보는 게 더 적합할 듯싶다. 즉, 스티븐의 꿈속에서 그가 연모하는 에마가 그를 찾아온 것이며, 이에 따라 성적으로 흥분된 스티븐은 온몸이 푹 땀에 젖은 것이다. 그는 꿈속에서 느꼈던 감동이 사라지기 전에 글로 표현하기 위해 빌러넬(villanelle: 3行 5聯과 4行으로 구성된 시 형식)을 짓기 시작한다. 스티븐이 이전 어린 시절 시를 쓰려고 시도했지만 실패했던 것과는 달리 이번에는 한 연씩 차분히 써나간다.

스티븐은 자신의 비전을 글로 표현하는 창작 작업을 다음과 같이 표현한다. "상상력이라는 처녀의 자궁 속에서 말씀이 육화(肉化)되었다. 가브리엘 천사가 처녀의 방으로 찾아왔던 것이다"(217). 즉, 작가의 비전이 상상력을 통해 언어로써 구현되는 과정을 마치 하나님의 아들(성자)이 예수라는 인간의 몸으로 태어나는 육화로 비유한다. 여기서 "처녀의 자궁"이란 성 처녀 성모 마리아를 일컫는 것이며, "말씀"은 하나님의 말씀 또는 하나님이란 성스런 존재 자체이다. 그러기에 성경은 "태초에 말씀이 있었으니"라고 시작된다. 그러므로 말씀은 하나님을 지칭하는 표현이다. 그리고 대천사 가브리엘은 성 처녀 마리아에게 찾아와 성령으로 잉태하였다는 하나님의 뜻을 전한다.

예수의 탄생이란 초월적인 무한한 존재가 인간의 몸으로 이 세상에 출연하는 것으로 가톨릭적인 상상력의 소산이다. 그리고 스티븐은 그러한 가톨릭의 상상력을 차용하여 예술작품의 창조를 설명하고 있다. 이처럼 스티븐은 가톨릭 종교를 부정하지만 그의 상상력은 가톨릭의 기본 교리에 크게 의존한다. 그것은 스티븐이 인간의 삶에 권력을 행사하며 하나의 제도로 고착화되어버린 가톨릭 종교를 부정하지만, 근본적으로 가톨릭의 교리는 인간과 우주를 설명하는 신화체계와 같아서 그의 예술적 상상력을 뒷받침해주는 보고(寶庫)가 된다.

② 예술가란 영원한 상상력의 사제

시적 이미지의 첫 구절이 떠오른 스티븐은 이를 놓칠세라 재빨리 종이를 찾지만 책상 위에서 어떤 것도 발견하지 못하자 주머니 속에 있던 담배갑 표지에 쓰기 시작한다. 그리고는 다시 누워 어린 시절 그녀와 만나 즐거운 때를 보냈던 기억을 되새긴다. 그의 기억에 따르면 그녀는 그에게 유혹하듯이 다가오기도 하지만, 또한 그가 가까이 다가가려고 하면 그를 회피하여 그의 마음을 안타깝게 만든다. 여기에서도 스티븐은 그녀를 유혹하는 여인이라는 이미지를 사용한다.

그녀는 독실한 신자인 듯, 스티븐의 이단적인 반항심을 두려워한다. 그래서 그와 멀어지는가 보다. 여하튼 그녀는 모런 신부님의 말씀에 절대적인 신뢰를 보이고, 신앙심이 점차 사라져 가는 스티븐은 이런 모습에 배신감과 소외감을 맛본다. 그래서 그는 다시금 그녀에게서 아일랜드의 전형적 모습으로 비유했던 박쥐와 같은 영혼을 보는 듯 하여 마음이 한층 더 쓸쓸해진다. 왜 그녀는 어리석은 말로 사람들을 현혹시키는 신부 선생님의 말을 그처럼 신봉하는 것일까? 그 신부 선생님은 농부 출신으로 그의 형제 중의 하나는 영국제국의 앞잡이 노릇을 하는 경찰이 되었고, 다른 형제는 술집의 천박한 심부름꾼이 되어 있는데도, 그녀는 종교의 테두리에서 벗어나지 못하는 것일까? 그 대신 진정한 사제는 예술가라고 스티븐은 강조한다. 그에 따르면 예술가란 "일상적인 경험이라는 빵을 영원한 생명을 지닌 빛나는 몸체로 변형시키는 영원한 상상력의 사제"이다.

> 그러나 그는 아무리 그녀의 이미지를 비난하고 조롱하려고 해도 자기의 분노는 역시 일종의 경의의 형태일 수밖에 없다고 생각했다. 그는 경멸하며 강의실을 떠났지만, 그건 전적으로 진실이었다고 하기 어려웠으며, 그때 그는 기다란 속눈썹이 재빨리 그늘을 던지고 있던 그 시커먼 눈 뒤에 그녀가 속한 민족의 비밀이 숨어 있을지도 모른다는 생각을 했다. 그는 거리를 걸으면서 혼자 마음 아프게 생각했다. 그녀야말로 자기 조국의 여인상이며, 어둠과 비밀과 고독 속에서 자아의 의식을 되찾는 박쥐 같은 영혼으로, 아무 애정이나 죄의식도 없이 자기의 다정한 애인과 잠시 머물다가 결국은 그를 버리고 고해소의 격자 창살 너머로 고해 신부의 귀에 대고 철없는 탈선 행위를 고백할 것이라는 생각이었다. 그녀에 대한 그의 분노는 그녀의 정부(情夫)에 대한 야비한 비난이 되어 터져 나왔지만, 그 정부의 이름과 목소리와 모습은 그의 좌절된 자존심에 상처를 주었다. 그 정부는 농부 출신의 사제로서, 형제 중의 하나는 더블린에서 순경으로 있었고 다른 하나는 모이컬런에서 술집 사환으로 일했다. 경험이라고 하는 일용할 양식을 언제나 살아 있는 빛나는 생명체로 변형시키는 영원한 상상력을 갖춘 사제인 스티븐 자신을 제쳐두고, 기껏해야 형식적인 의식을 수행하는 법이나 배운 그런 자에게 그녀는 자기 영혼의 부끄러운 나신(裸身)을 낫낫이 드러내려고 하는 거였다. (210-1)

스티븐이 예술가를 정의하는데 있어서도 역시 기독교적 상상력의 체계를 빌려오고 있다. 예수님은 로마 병정에 붙잡히기 전 제자들과 가진 최후의 만찬에서 빵을 떼어 제자들에게 나누어주며 "이것은 나의 몸이니 이를 먹으면 영원히 살리라"고 말씀하셨다. 이를 본받아 기독교의 성찬식은 사제의 집전으로 예수님의 몸과 피를 상징하는 빵과 포도주를 나누어 마시는 의식이다. 위에 인용한 구절에서 "경험이라고 하는 일용할 양식"은 예술가가 체험하는 일상적 경험세계로 궁극에는 예술작품의 소재가 된다. 그리고 "언제나 살아있는 빛나는 생명체"는 예술가가 자신의 일상적 체험을 소재로 하여 만든 예술작품으로, 일상적 체험은 순간적으로 끝나지만 이것이 예술작품으로 변형되면서 빛나는 영원한 생명을 갖게 된다. 따라서 예술가야말로 단순히 의식을 주재하는 사제가 아니라 상상력을 발휘하여 영원한 존재를 만드는 상상력의 사제이라고 스티븐은 생각한다.

③ 에마에 대한 육체적 욕망

예술가는 영원한 상상력의 사제이어서 예술적 성찬을 주도하는 자라는 뿌듯한 자긍심에 가득 차 스티븐은 앞서 에마에게서 받았던 마음의 상처를 씻어버린다. 그러자 다시금 그의 시적 상상력이 소생되어 계속 시를 써나간다.

욕망의 불길이 다시 그의 영혼에 불을 붙였고 그의 온몸을 불태우며 충만케 했다. 그의 욕망을 의식한 그녀는 빌라넬 속의 유혹자가 되어 향기로운 잠에서 깨어나고 있었다. 나른한 표정이 감도는 그녀의 시커먼 눈은 그의 눈을 향해 열리고 있었다. 빛나고, 따스하며, 향기로우면서, 팔다리에 생기가 넘치는 그녀의 나신이 그에게 굴복했고, 빛나는 구름처럼 그를 에워쌌으며, 물처럼 유동적인 생명으로 그를 감쌌다. 그리고 우주를 둘러싸고 흐르는 수증기의 구름처럼 혹은 물처럼, 정체불명의 원소를 가리키는 기호

들이 언어의 유동적인 글자가 되어 그의 뇌리로 흘러나왔다. (223)

스티븐은 에마를 생각하며 시상을 발전시켜 나가는데, 그에게 영감을 처음에 부여한 것은 꿈속에서 본 천사의 모습과 감미로운 음악소리였지만, 그후 그의 영감을 이끌어가는 것은 사실상 에마의 이미지처럼 보인다. 아니면 그가 꿈속에서 보았던 천사란 실제로는 에마인지도 모르겠다. 여하튼 그녀의 이미지는 스티븐의 시 속에서 감각적으로 유혹하는 여인으로 나온다. 10년 전 마차를 함께 타고 차가운 밤공기를 헤치며 집으로 오던 어린 시절 그녀는 자신에게 노골적으로 친근한 태도를 보였지만 그는 그 당시 머뭇거렸다. 이제 새롭게 시를 써 보낸다면 그녀는 그의 시를 가족들에게 돌리며 웃음거리로 만들 것인가? 스티븐은 이렇게 자문하지만, 그녀가 자기의 사랑을 그런 식으로 진정성 없이 받아들이지는 않을 거라고 스스로 답을 내린다.

그러자 스티븐은 에마에 대해 자신이 너무 매몰차게 대했던 것은 아닌가 하는 반성을 한다. 자신에 대한 그녀의 사랑이 여전히 순수하다는 믿음이 생기자 그녀에 대한 부드러운 연민의 마음이 스티븐을 사로잡는다. 또한 그녀에 대한 육체적 사랑의 불길이 그의 온몸을 휘감는다.

전통적으로 예술의 영감을 부여하는 자는 "여신"으로 표현되지만, 스티븐에게는 여성의 이미지가 이처럼 감각적으로 유혹하는 여인으로 표현되어 있다는 점이 특이하다. 작가 조이스에게 여성이란 어떤 존재인가? 조이스 작품들 속에 여성은 어떤 존재 또는 어떤 이미지로 구현되는가? 그의 작품에서 여성 인물은 개별자적 주체로 존재하고 있는가, 아니면 남자 주인공의 부수적 존재로서만 그 역할을 담당하고 있는가? 하는 물음이 제기된다.

2-3. Section 3: 도서관 계단에서 예술가적 자유의 비전을 경험

도서관 현관 앞에서 활기차게 날아다니는 철새들을 바라보면서 스티븐은 이것들이 자신의 새로운 출발을 예견하는 상징적 전조임을 깨닫는다. 이제 미래의 비전을 찾은 스티븐은 친한 친구 크랜리를 만나 집안의 고민을 털어놓는다. 특히 아들이 부활절 성찬식에 참석하기를 바라는 어머니와 더 이상 종교를 받아들일 수 없는 스티븐과의 갈등이 그 괴롭게 만든다. 크랜리와의 대화에서 스티븐은 자신의 결심을 확고히 선언함으로써 굳센 신념을 재확인시킨다.

① 도서관 계단 앞에서 비상하는 철새들

그게 무슨 새였을까? 그는 물푸레나무 지팡이에 지친 듯이 기대며 도서관 계단에 서서 새들을 바라보고 있었다. 새들은 몰스워드 가에 있는 어느 집의 튀어나온 처마 주위를 빙빙 날아다녔다. 늦은 3월의 저녁 공기는, 힘없이 걸린 뿌연 엷은 푸른 천 같은 저녁하늘을 배경으로 새들의 시커먼 모습

이 바르르 떨며 날쌔게 날아다니는 것을 또렷이 보여주었다. (214)

스티븐은 늘 갖고 다니는 물푸레나무 지팡이를 짚고 도서관 현관 앞 계단에 서서 날아다니는 철새를 보고 있다. 3월 말의 청명한 하늘을 배경으로 남쪽에서 돌아온 철새들이 활기차게 날아다닌다. 옆으로 내닫는 놈, 커브를 그리는 놈, 날개를 퍼덕이는 놈, 공중제비를 하는 놈. 그 철새들은 활기차게 날아다니는 모습을 보면 제비임이 틀림없다. 그들의 울음소리도 실감개에서 풀려나는 명주실 같이 날카롭게 허공을 가른다. 신앙을 버리겠다고 선언하는 아들에 대해 어머니는 심하게 꾸짖기도 하고 눈물로 달래기도 하였는데, 공중으로 솟았다가 빠르게 하강하고 선회하는 제비의 모습은 그의 지친 마음을 달래준다. 이러한 새들의 도약하는 날갯짓은 무엇을 뜻하는 전조인가? 하고 스티븐은 자문한다. 18세기 스웨덴의 신비주의 철학자 스베덴보리 (Emanuel Swedenborg)의 주장처럼 새들이 날아다니는 현상의 뒤에는 어떤 신비한 상징적 의미가 있는 것이 아닐까? 그의 지친 마음속에서 무언가 새로운 미지의 세계가 손짓하는 것 같아 스티븐은 두려움과 기대감으로 전율한다. 먼 바다를 건너 어둠을 헤치고 날아온 제비들은 그가 꿈꾸어 오던 고독의 상징인가 아니면 새로운 출발의 상징인가?

그리고 그가 지금 날아다니는 새를 지켜보듯이 인간은 오랜 세월에 걸쳐 하늘을 지켜보았다. 그의 머리 위쪽의 주랑은 그에게 막연하게나마 고대 사원을 생각나게 했고, 그가 지친 듯이 기대고 있는 물푸레나무 지팡이는 점쟁이의 꾸부러진 지팡이를 생각나게 했다. 그의 지친 가슴속에서 미지의 것에 대한 공포감이 꿈틀거렸다. 그것은 상징들과 조짐들에 대한 공포요, 버들가지로 엮은 날개를 달고 영어(囹圄) 상태에서 도망쳐 나왔다고 하는 자기와 이름이 같은 매처럼 생긴 사나이에 대한 공포요, 갈대로 서판에 글을 쓰고 따오기처럼 좁은 머리에 끝이 뾰족한 달 모양을 얹고 다니는 작가들의 신 토스에 대한 공포였다. (225)

불투명한 자신의 미래에서 뭔가 희망적인 전조를 발견하고 싶어하는 스티븐에게 활기찬 새들의 비상하는 동작은 매우 암시적으로 다가온다. 자신이 서 있는 도서관은 고대 사원이며, 자신이 기대고 있는 물푸레나무 지팡이는 예언자들이 짚고 다니는 지팡이와도 같아서 지금 자신은 날아다니는 철새에게서 상징의 의미를 해석하는 예언자라고 스티븐은 자기 암시를 주고 있다. 이미 스티븐은 자신의 현실을 박차고 미지의 세계로 떠나려는 계획을 세우고 있지만, 그 미지의 세계에 대한 불안감이 때로 공포처럼 그를 떠나가지 않는 모양이다.

스티븐은 철새들의 비상하는 모습에서 희랍 신화에 나오는 장인 다이달로스를 상기한다. (다이달로스 신화는 이미 제4장에서 설명되었다.) 버들가지로 엮은 날개를 달고 미로의 속박에서 벗어나 매처럼 자유롭게 하늘을 비상하는 다이달로스는 자신이 추구하고자 하는 미래 비전의 이미지이다. 또한 새 모양을 한 학문의 신이며 작가들의 신 토스는 그가 장차 작가가 되고자 하는 미래 꿈의 모형이기도 하다. 이들 철새에게 스티븐은 자신의 미래 꿈을 투영하는 것이다.

② 예이츠 연극에 대한 대중의 민족주의 편협성

출발의 상징일까, 아니면 고독의 상징일까? 기억의 귓전에서 흥얼거려진 시구들이 국립극장을 개관하던 날 밤 홀에서 있었던 장면을 기억의 눈앞에 서서히 구성해내고 있었다. 그는 위층의 발코니 좌석에 혼자 앉아서,

아래층 특별석에 자리 잡은 더블린의 문화인들이며 휘황한 무대 조명에 둘러싸인 번지르르한 무대 의상과 인형처럼 보이는 인간들을 지쳐 빠진 눈으로 바라보고 있었다. 그의 등 뒤에서는 건장한 경관이 땀을 뻘뻘 흘리면서 언제라도 행동을 취할 태세인 듯했다. 여기저기 흩어져 있던 학우들의 날카로운 휘파람, 야유, 그리고 조롱하는 외침소리가 거센 돌풍처럼 홀 주위에서 일고 있었다.

— 아일랜드에 대한 모독이야! (226)

하늘을 나는 새들에게서 스티븐은 자유로운 출발을 암시하는 상징인지 아니면 고독함의 상징인지를 자문한다. 그러자 예전 홀로 고독하게 대중과 싸웠던 기억이 되살아난다. 그가 회상하는 이 장면은 1899년 5월 8일 예이츠(W.B. Yeats)의 시극(詩劇) 『캐슬린 백작부인』(*The Countess Cathleen*)이 더블린의 애비 극장(Abbey Theatre)에서 공연되었을 적에 실제로 일어났던 사건이다. 아일랜드의 문예부흥운동을 주도한 예이츠는 아일랜드에 연극 극장을 세우고 아일랜드적인 신화와 전설을 주제로 한 드라마를 여러 편 공연하였으며, 이들 작품들은 당시의 민족주의 분위기와 어울려 관객들의 커다란 호응을 얻었다. 예이츠의 작품 『캐슬린 백작부인』도 아일랜드 민족의 정체성을 세워가려는 목적 하에 쓰인 작품으로 여성 주인공이 아일랜드를 핍박하는 이방인들과 투쟁하는 내용을 그려나갔다. 그러나 이 작품에서 아일랜드 민족을 표상하는 여성 주인공 캐슬린이 기근으로 죽어 가는 농부들을 구원하기 위해 자신의 영혼을 악마에게 파는 소재에 대해 가톨릭에서는 분노하였고 또한 극단적인 민족주의자들은 민족을 모욕하는 일이라고 반발하였다. 그래서 첫 공연이 있던 날 대부분의 관객들이 소동을 일으켜 공연이 제대로 진행되지 못할 지경이 되었다. 이에 예이츠를 비롯한 소수의 예술가들은 분격하였고 아일랜드 관객들의 편협성에 반발하였다. 조이스도 역시 이처럼 지나치게 국수주의적인 관객들의 편협한 감수성과 얕은 지적 능력에 실망을 표시하여 혼자 이 공연에 열렬한 찬사의 박수를 보냈다고 한다. 스티븐의 입을 통해 이 사건을 회상함으로써 스티븐은 자신과 아일랜드 일반인 사이에 커다란 간극이 존재하고 있음을 확인하게 된다. 이 사건은 그로 하여금 작가의 상상력을 제한하는 저급한 독자들의 나라인 자신의 조국에서 창작 활동하는 일이 불가능함을 깨닫고, 이제 보다 자유롭게 예술적 상상력을 펼 수 있는 유럽대륙으로 망명을 결심하는 실마리를 마련한다.

③ 학생들의 시시껄렁한 논쟁

애비 극장에 대한 스티븐의 상념은 도서관 열람실의 전등을 켜는 스위치 소리에 깨어나 현실로 되돌아온다. 크랜리와 딕슨과 함께 스티븐이 도서관을 나서니 그 건물 앞에서 템플이 여러 명의 친구들에게 둘러싸여 뭔가를 열심히 떠들고 있다. 별달리 대수롭지 않은 내용이지만 템플은 스티븐의 눈치를 많이 보며 자신의 말재주와 재치를 스티븐이 인정해주기를 은근히 바란다. 반면 크랜리는 성격이 차분하고 무례한 탓인지 항상 방관자처럼 행동한다. 또한 그는 템플과도 사이가 좋지 않아, 템플의 모욕적인 흉에 분격하여 마침내 막대기를 휘두르며 그를 쫓아 버린다.

친구들이 한창 시끄럽게 논쟁을 벌이고 있을 때 스티븐이 사랑하는 에마가 도서관을 나온다. 다시 스티븐의 가슴은 두근거린다.

그녀가 도서관의 현관에서 빠져나오더니 스티븐의 뒤쪽에 서 있는 크랜리의 인사에 머리를 숙여 답례를 표시했다. 이 녀석 역시 그녀와? 그랜리의 뺨에 가벼운 홍조까지 떠오르지 않는가? 아니면 템플의 욕설에 얼굴이 붉어진 것인가? 햇빛이 기울었다. 그는 분간할 수가 없었다.

그것이 그 친구의 무관심한 침묵이라든지 거친 비판의 이유였을까? 그것은 스티븐의 열렬하고 방종한 고백을 그처럼 자주 부숴버리곤 하던 그 무례한 말투의 갑작스런 참견 등의 언행을 모두 설명해 주고 있는가? (232)

놀랍게도 에마는 스티븐에게는 눈도 주지 않고 크랜리의 인사에만 답례를 하고 스쳐 지나간다. 순간 스티븐은 크랜리의 뺨에 생긴 홍조를 발견하고는 그에 대한 의심을 퍼붓는다. 자기와 가장 가까운 친구인 크랜리가 자신을 배반하고 에마와 가깝게 지내는 건가? 크랜리에게 품는 스티븐의 의혹은 확인되지는 않는다. 아마도 스티븐이 질투심 때문에 그녀와 가깝게 지내는 남자들에게 모두 의혹의 눈초리를 보내는 지도 모르겠다. 여하튼 에마가 스티븐을 알은 체 하지 않고 지나가는 것을 보면 두 사람 사이의 관계가 분명히 갈라지고 있는 듯싶다. 그녀가 지나간 뒷자리엔 그저 땅거미가 내려앉았지만, 그의 마음속엔 그녀의 이미지가 쉽게 사라지지 않는다. 오히려 그녀가 남긴 체취가 더욱 또렷해지는 것 같아서 그의 욕망은 더욱 동요한다.

그때 스티븐은 목덜미에 기어가던 이 한 마리를 잡아낸다. 집도 가난하고 위생시설도 제대로 되지 않은 때라서 이가 기어가는 게 다반사였던 모양이다. 에마와 원만한 관계를 맺지 못하는 그의 불만이 이제 이 한 마리에 집중되어, 공중에서 땅바닥으로 떨어뜨리면서 곤두박질치는 이의 몸뚱이를 상상해본다. 현실로 돌아온 스티븐은 이제 에마와 영원히 헤어지겠다는 의지를 굳힌다.

크랜리와 스티븐의 관계도 우리 독자들에게는 흥밋거리이다. 스티븐은 크랜리에게 자신의 고민을 모두 털어놓지만, 크랜리의 반응은 냉담한 편이다.

때로는 아무런 반응 없이 묵묵부답으로, 때로는 혹심하게 비판하거나 또는 무례할 정도로 남의 말을 끊는다. 이런 크랜리를 나중에 스티븐은 예수를 배반한 제자 가롯 유다와 동일시하는데, 자신의 가장 친한 친구에게서조차도 자신의 뜻을 이해해주지 못하는 것에 대한 섭섭함의 반작용이라고 하겠다.

④ 어머니의 사랑

교정에 모여 앉아 여러 가지 사소한 논쟁을 벌이는 친구들에 싫증난 스티븐은 크랜리에게 할 말이 있다는 권유의 말로 함께 조용히 자리를 박차고 나온다. 남쪽으로 잠시 걸어가던 스티븐은 이제 자신의 가족 내 고민을 털어놓는다. 스티븐의 주된 고민거리는 어머니와의 관계이다.

> ─크랜리, 나 오늘 저녁 아주 언짢은 말다툼을 했어.
> ─가족들하고? 크랜리가 물었다.
> ─어머니하고.
> ─종교 때문에?
> ─그래, 스티븐이 대답했다.
> 잠시 침묵이 지난 후 크랜리가 물었다.
> ─어머니의 연세가 어떻게 되니?
> ─많지는 않아, 스티븐이 말했다. 어머니는 내가 부활절 성찬을 받으라는 거야.
> ─그래 받기로 했나?
> ─안 받을 거야, 스티븐이 말했다.
> ─왜? 크랜리가 말했다.
> ─나는 하나님을 섬기지 않겠어, 스티븐이 대답했다. (238-9)

부활적 성찬 예식은 성체성사와 함께 고해성사로 이루어진다. 즉, 성찬을 받기 위해서는 먼저 죄 지은 몸을 정화시키는 고해성사가 먼저 이루어져야 한다. 어머니는 아들이 부활절 성체성사와 고해성사에 참가하기를 강력히 원하지만 이미 신앙을 버린 스티븐은 어머니의 청을 거부하여 어머니와의 갈등이 야기되었다. "나는 하나님을 섬기지 않겠어"라고 스티븐은 친구에게 확실하게 말한다. 이 말은 제3장에서 사탄이 하나님께 도전하며 던졌던 말과 똑같은 표현이기도 하다. 스티븐도 이제 문맥은 다르지만 하나님을 섬기지 않겠노라고 선언하는 것이다. 크랜리는 유화적인 제스처로 달래려고 하여도 스티븐은 완강하게 이에 굴복하지 않는다.

그러면서도 스티븐의 종교에 대한 태도는 흥미로운 데가 있다. 예를 들어, 성찬을 믿지 않기 때문에 부활절 성찬을 받지 않겠다고 선언했지만, 성찬을 믿지 않느냐고 재차 묻는 크랜리의 물음에 스티븐은 "믿지도 않고 믿지 않는 것도 아냐"라고 대답한다. 이 대답은 자기모순적인 어법이지만 한편 음미해 볼 필요가 있다. 스티븐은 분명 종교적 믿음의 차원에서 성찬을 믿지 않지만, 종교적 성찬이 내포하는 의미 ─ 빵과 포도주에 하나님의 성스러운 존재가 육화된다는 의미 ─ 를 부정하는 것은 아니다. 즉, 단순한 신앙적 믿음의 차원에서는 이를 거부하지만, 이 세계를 설명하는 철학적 또는 종교적 세계관의 측면에서는 이를 거부하지 않는다. 그렇기 때문에 이미 앞서서 스티븐이 기독교적 교리를 자신의 미학론 등에 그대로 차용해 올 수 있었던 것이다. 이러한 스티븐의 미묘한 입장 때문에, 크랜리는 그에게 다음과 같이 말을 한다. "이상한 일이야. 네가 불신한다고 장담하는 그 종교에 실은 네 마음이 푹 젖어 있구나."

스티븐의 신념은 너무나 강경하여 어머니와도 갈등을 일으키는 것이어서 크랜리는 그를 설득하기 위해 "어머니의 사랑"을 끄집어낸다.

> 이 냄새나는 똥더미 세상에서 다른 모든 것이 불확실하더라도, 어머니의
> 사랑만은 확실해. 네 어머니는 너를 처음 뱃속에 넣고 다니시다가 너를 세
> 상에 태어나게 했어. 어머니의 심경을 우리가 어떻게 알겠니? 어머니의 심
> 경이 어떠하든 그 심경이 적어도 진실한 것만은 틀림없어. 틀림없다고. 우
> 리의 사상이니 야심이니 하는 것이 다 무엇이니? 다 장난이야, 사상이란
> 건! 매애 매애 하고 염소 같이 울어대는 템플 녀석에게도 사상이라는 게
> 있어. 맥캔도 역시 사상을 갖고 있고. 거리를 나다니는 멍청이도 모두 사
> 상을 가지고 있단 말이야. (241-2)

어머니의 사랑 앞에서는 누구도 이를 어기고 자신의 고집을 세울 수는
없는 것이어서 크랜리는 어머니의 사랑을 강조하며 스티븐의 감성을 자극한
다. 아이를 여러 명 키우시느냐고 고생이 많았던 어머니를 위해 장남인 스티
븐이 어머니의 뜻을 따르라는 충고한다. 아무리 험한 세상이라도 어머니의
사랑만은 무한한 것이어서, 그 어떤 신념이나 사상도 어머니의 사랑 앞에서
는 무의미하다는 크랜리의 감성적인 충고이다. 그렇지만 스티븐은 자신의 신
념을 굽힐 생각을 조금도 하지 않는다. "2천년 동안 권위와 숭배를 축적해온
(로마 가톨릭의 신이라는) 상징에 거짓된 봉헌"을 드리는 것만큼 두려운 것
은 없다고 설명한다. 그만큼 스티븐은 자신의 양심에 충실하기 때문에, 이를
위해 그 어떤 것도 희생할 각오가 되어 있다. 그는 예수를 예로 들며, 예수
또한 신념을 위해 인간적인 사랑에 구속되지 않았음을 말한다.

⑤ 아버지의 경력
한편 자신의 집안 사정을 묻는 크랜리에게 스티븐은 아버지에 대해서도

언급한다.

> 의학도, 조정 선수, 테너 가수, 아마추어 배우, 고함이나 지르는 정객, 소지
> 주, 소투자가, 술꾼, 호인, 재담꾼, 남의 비서, 양조장의 유지, 세금 징수원,
> 파산자, 현재는 자신의 과거나 찬미하며 사는 분이지. (241)

스티븐 아버지의 전력은 화려하다. 대체로 그의 아버지는 친구를 좋아하
는 술꾼이었고 이야기꾼이었다. 조상에게서 땅을 물려받아 소지주로 풍족하
게 살았지만, 점차 투자에 실패하고 낭비가 심해 결국은 파산하고 말았다. 그
의 실패는 이미 제2장에서 점점 몰락하는 가정사가 기록되는 부분에서 잘 나
타나 있다. 그리고 지금은 그저 찬란했던 과거를 회상하며 지내고 있을 뿐이
다. 그렇지만 스티븐의 아버지도 장남인 스티븐에 대해 기대치가 매우 높다.
자녀들이 많고 생활이 몰락했어도 스티븐을 대학까지 보낼 정도로 그에 대
한 기대가 높았다.

⑥ 나를 자유롭게 표현할 방어의 무기

> 그렇다면 떠나야지. 떠날 때가 되었어. 이제 떠나라고 청하는, 그리고 그의
> 우정도 끝이 났다고 일러주는 어떤 목소리가 스티븐의 외로운 가슴에 부
> 드럽게 속삭였다. 그래, 그는 떠나야 했다. 그는 다른 사람과 다투고 있을
> 수는 없었다. 그는 자기의 역할을 알고 있었다. (245)

크랜리와 많은 대화를 나누었지만 어머니라는 혈육의 정에서 벗어나지
못하는 친구의 한계에 스티븐은 실망한다. 궁극적으로 진정한 자아를 찾기
위해서는 가장 마지막으로 끊기 어려운 어머니에 대한 정마저도 과감하게

끊는 아픔을 가져야 한다고 스티븐은 생각한다. 이에 따라 이제 그 모든 것과 헤어져 자신의 외로운 길을 홀로 떠나야 할 때가 왔다고 그는 느낀다. 그것은 자신만의 길이며, 자신이 짊어져야 할 역할임을 깨닫는다.

> — 이봐, 크랜리, 그가 말했다. 너는 내가 무엇을 하려는지 그리고 무엇을 하지 않으려는 지를 물었었지. 이제 내가 무엇을 하고 무엇을 하지 않을 것인지를 말해주겠어. 내가 더 이상 믿지 않는 것은, 그것이 나의 가정이든 나의 조국이든 나의 교회든, 결코 섬기지 않겠어. 그리고 나는 내 자신을 삶이나 예술 양식을 빌려 가능한 한 자유로이, 가능한 한 완전하게, 표현하고자 노력할 거야. 그리고 내 자신을 방어하기 위해서 내 스스로에게 허용할 수 있는 유일한 무기인 침묵, 유랑 및 간계를 이용하도록 하겠어.
>
> . . . .
>
> 넌 내가 지닌 두려움들을 고백하게 했어. 하지만 난 네게 내가 두려워하지 않는 것들도 말해 주지. 난 외로이 지내는 것, 다른 사람에게 자리를 내어주고 쫓겨나는 것, 그리고 내가 버려야 할 것이 있으면 무엇이나 버리는 것, 이런 것들을 두려워하지 않아. 또한 난 과오를 저지르는 걸 두려워하지 않아. 심지어 그것이 커다란 과오라서 평생 동안 따라다닐 과오라 할지라도, 어쩌면 영원히 지속될지도 모르는 과오라 하더라도 난 두려워하지 않아. (246-7)

스티븐은 크랜리와 헤어지기에 앞서 자신의 뜻을 확실히 선언한다. 그것은 가정이든, 조국이든, 교회이든 자신이 믿지 않는 것은 결코 섬기지 않겠다는 스스로의 다짐이기도 하다. 가정, 조국, 교회가 대변하듯이 자신을 둘러싼 모든 사적/공적 관계망 또는 전통에 더 이상 구속받지 않겠다는 신념의 표현이다. 그 대신에 "속박 받지 않는 자유 속에서 영혼이 그 자신을 표현할 수 있는 삶이나 예술의 양식"을 발견하겠노라는 포부를 밝힌다. 결국은 삶의 세계를 자유로운 영혼으로 그려나가기 위해 모든 억압과 속박을 거부하겠노라는 예술가의 확고한 신념이다.

또한 스티븐의 말 중에 흥미로운 것은, 자유를 찾아 나서는 자신을 방어하기 위한 무기로써 "침묵, 유랑, 간계"를 선택한다. 이 세 가지 사항의 의미는 무엇이며, 이 세 가지 사항이 각자 작가 조이스의 생애 또는 그의 작품세계와 어떤 관계를 맺고 있는 지는 많은 연구 대상이 된다. 이것들은 너무나 함축적인 어휘들이어서 그 내포된 뜻을 무한히 확장시켜 풀어갈 수도 있겠지만, 여기서는 그저 이들의 소박한 뜻만을 살펴보자. 우선 침묵은 무언가 의사전달을 위해 꼭 말해야만 하는 사항을 일부러 생략하는 방식일 것이다. 조이스의 작품 속에는 때로 독자에게 의미를 전달할 지점에서 의미를 생략하는 의도적인 침묵의 서술방식이 사용된다. 또한 유랑은 조이스가 젊은 시절 선택한 삶의 방식이며 그의 작품『율리시스』의 중심 주제인 방랑과도 흡사하다. 교활한 계략이란 뜻을 지닌 간계는 여기서 나쁜 의미를 갖기 보다는 명민한 지혜라는 뜻으로 받아들이는 편이 좋겠다. 현대 모더니스트 작가 중에서도 가장 실험성이 강한 조이스는 그의 작품에서 여러 가지 교묘한 서술 전략과 언어실험을 시도하였다. 그런 의미에서 조이스의 작품은 가장 교활한 서술 계략이 실행된 텍스트라고 하겠다.

스티븐은 마지막으로 크랜리에게 자신의 선택이 잘못된 결과를 가져온다고 해도 그는 결코 후회하지 않을 거라고 당당하게 말한다. 남이 가지 않았던 길을 그가 선택하였지만, 홀로 외로운 길을 걸어가는 것을 두려워하지 않으며, 어떤 잘못을 저질러도 두려워하지 않고 과감하게 시도해 나갈 것이라고 선언한다. 크랜리는 스티븐에게 고독한 삶의 길을 진정으로 이해하는지를 묻지만, 스티븐은 그걸 기꺼이 감수할 용기가 있음을 드러낸다. 이제 스티븐에게는 그 원대한 뜻을 실행해 나갈 일만 남았다.

▶ **생각해 볼 문제**

1. 이 소설 작품에는 여러 가지 새의 이미지가 사용된다. 특히 제5장에서 사용된 새의 이미지를 설명하시오.
2. 제5장에서도 에피파니의 수법이 어떻게 사용되고 있는지를 분석해보시오.
3. 아일랜드 문예부흥운동이 이 작품의 배경으로 어떤 작용을 하는 지를 설명하시오.
4. 이 소설에서 크랜리의 이미지를 분석하고, 크랜리가 맡아 하는 역할을 설명하시오.
5. 어머니와 스티븐의 미묘한 모자관계를 상세히 분석하시오.
6. "어머니의 사랑"에 대한 스티븐의 태도와 입장을 설명하시오.
7. 스티븐이 예술에 몰두하기 위해 채택한 3가지 책략―"침묵, 방랑, 간계"의 의미를 각각 설명하시오.
8. 스티븐이 제일 두려워하는 것은 무엇이며, 또한 두려워하지 않는다고 그가 크랜리에게 내세우는 사항이 무엇인지를 설명하시오.

2-4. Section 4: 유럽으로 떠나기에 앞서 마지막 일기

스티븐이 조국을 떠나기 앞서 약 5주간의 일기가 그대로 서술된다. 그는 이제 하나씩 주변 일들을 정리하고 있다. 마지막으로 에마와 만나 자신의 결심을 알려준다. 그녀와 헤어지면서도 아직도 그녀에 대해 미련이 남아 있음을 드러내지만, 이내 이런 마음을 지워버리고 홀로 고독한 길을 떠나는 것이 자신의 운명임을 확신한다. 어머니는 그의 짐을 챙겨주시면서 마지막 기원의 말씀을 하신다. 그는 이제 조국을 떠나 유럽으로 떠나면서 다시금 그의 정신적 아버지인 그리스의 장인 다이달로스에게 기도를 드린다. 그러면서 자신이 떠나는 목적이 민족의 새로운 의식을 창조하려는 원대한 포부임을 공포한다.

① 어머니와의 종교적 언쟁

3월 20일부터 스티븐의 일기가 시작된다. 이 소설은 스티븐의 자서전과 같은 소설이지만 그를 객관화시켜 3인칭 화법으로 서술되었다. 하지만 이제 스티븐 자신의 일기가 그대로 서술됨으로 1인칭 화법으로 바뀌었다. 이미 앞에서 스티븐은 유럽으로 떠날 마음을 결정지은 듯싶은데, 약 5주간의 일기는 하나씩 주변을 정리하는 스티븐의 모습을 보여준다. 이로써 스티븐은 이제 독자적인 자아를 확립한 주체가 되었다. 그런 면에서 처음의 3인칭 서술화법을 버리고 이제 1인칭 서술화법을 채택한 것도 이 소설의 주제와 긴밀한 관계를 뜻하는 의미 있는 서술방식의 변화이다.

또한 주목할 사항은 이 소설이 취하는 성장소설이란 장르 형식이다. 19세기에 유행했던 성장소설은 주인공이 주체적 자아를 확립해가는 성숙 과정을 그린다. 따라서 전통적인 성장소설은 그 말미에서 사회가 요구하는 가장 이상적인 인간 모형에 주인공이 도달하며, 이때 주인공이 성인으로서의 자아를 성취했다고 말한다. 예를 들어, 찰스 디킨즈(Charles Dickens)의 대표적인 성장소설 『올리버 트위스트』(*Oliver Twist*)를 살펴보면, 주인공 올리버는 부모에게 내버려져 고아원에서 자랐고, 또한 런던의 도둑 소굴에서 소매치기들과 섞여 자랐지만, 마침내는 구출을 받아 신사가 된다. 신사란 그 당시 사회가 이상으로 삼는 가장 대표적인 성인의 모형인데, 올리버는 그가 지닌 선한 성품으로 나쁜 환경에서도 오염되지 않고 신사로 성장할 수 있었다. 이제 스티븐도 뚜렷한 자아를 지닌 주체로 성장하였지만, 그는 사회가 요구하는 이상적 인물로 성장한 것이 아니라, 오히려 이를 거부하는 정반대의 주체자가 되었다. 그는 사회가 요구하는 전통적 가치를 거부하는 반항자의 표상인 점에서 전통적인 성장소설의 패턴을 뒤집는다. 그가 전통적 가치에 영합하는 대신 새로운 사회의 가치를 모색하는 주체적 자아로 성장하였다는 면에서 새로운 형태의 성장소설이 탄생하였다.

3월 20일 첫 일기에는 스티븐의 "반항"과 어머니의 사랑을 화제로 크랜리와 오래 대화를 나누었다고 쓰여 있다. 바로 앞의 섹션3에서 크랜리와 나누었던 내용과 흡사하여, 바로 그 내용을 적은 일기가 아닌가 하는 생각을 해보게 된다. 그러나 "그는 의연한 태도를 취했고, 나는 유연하고 상냥하게 굴었다"는 일기 내용을 보면 섹션3의 장면과는 다른 것처럼 보인다. 그렇다면 여전히 두 사람은 스티븐의 종교적 거부를 중심 화제로 토론을 벌였나 보다.

3월 21일의 일기에는 크랜리의 외모가 풍겨주는 인상이 적혀 있다. 그의 준엄한 표정은 세례 요한의 참수 당한 머리 또는 데스마스크를 상기시킨다. 이런 이미지는 앞에서도 이미 언급된 사항으로 스티븐의 의식에 깊이 아로새겨진 모양이다. 또한 3월 23일의 일기에는 에마에 대해 언급한다. 도서관 앞에서 잠깐 스쳐지나간 이후 그녀를 보지 못한 스티븐은 혹시라도 아픈 것은 아닐까 하고 걱정한다. 아직도 그녀에 대한 미련을 그는 버리지 못하고 있다.

3월 24일 – 어머니와의 논쟁으로 시작됐다. 논제: 성모 마리아. 내가 남자에다 젊어서 불리했다. 곤경을 모면하기 위해 예수와 아버지 간의 관계를 들어 마리아와 아들 간의 관계에 맞세우다. 종교는 산부인과 병원이 아니라고 했다. 어머니는 관대하게 봐주었다. 내가 이상한 생각에 사로잡혔고 책을 너무 많이 읽은 탓이라고 하셨다. 사실이 아님. 읽은 것도 적으려니와 이해한 것은 더욱더 형편이 없음. 그러자 어머니는 내 마음이 불안정해서 언젠가 신앙으로 되돌아올 거라고 말씀하셨다. 그것은 죄악의 뒷문으

로 교회를 떠났다가 회개의 천창(天窓)으로 다시 되돌아온다는 걸 의미한
다. 회개할 수는 없어요. 어머니께 그렇게 말하고 6펜스를 달라고 했다. 3
펜스만 얻었다. (248)

3월 24일의 일기에는 종교 문제로 어머니와의 언쟁이 기록되어 있다. 언
쟁 이유는 성모 마리아에 관해서이다. 스티븐의 어머니는 아마도 어머니로서
성모 마리아가 아들 예수의 고난에 대해 느끼는 안쓰러운 마음에 대해 주로
말한 모양이다. 그러기에 스티븐은 "남자에다 젊어서" 어머니의 심정을 이해
하지 못한다고 공격을 받은 듯하다. 이에 스티븐은 성 처녀로서 예수를 잉태
한 사실을 인정할 수 없다고 맞받아 쳤고, 어머니는 불경스러운 스티븐을 그
래도 용서한다. 그리고 언젠가는 회개하고 다시 교회로 돌아올 거라고 아들
에게 말해 주지만, 아들의 귀에는 마이동풍이다.

② 에마와의 마지막 만남

4월 초에 쓰인 일기에는 에마에 대한 내용이 꾸준히 나온다. 아마도 스
티븐의 마음에 가장 걸리는 사람인 듯싶다. 그녀와 사이가 벌어졌어도 스티
븐은 언제나 관심의 촉수를 그녀에 대해 내밀고 있다. 특히 에마가 크랜리와
만나는 것에 심한 질투를 느낀다.

4월 3일자 일기에는 아버지에 대한 내용이 나온다. 시내에서 데이빈과
이야기를 나누고 있을 때 아버지가 나타난 것이다. 데이빈과 헤어지고 난 후
아버지는 스티븐에게 법률가의 소질이 있으니 법률을 전공해보라고 권유한
다. 아직 아버지는 스티븐이 유럽으로 떠날 계획을 알지 못하고 있는 것 같
다.

4월 15일 – 오늘 그래프톤 거리에서 정면으로 그녀와 마주쳤다. 사람들에게 밀려 그렇게 되었다. 우리 둘은 서로 멈춰 섰다. 그녀는 왜 한 번도 오지 않았느냐고 물으면서 내게 대한 온갖 얘기를 들었노라고 했다. 그건 그저 시간을 끌려는 것에 불과했다. 내게 시를 쓰냐고 물었다. 누구에 관해 시를 쓰겠느냐고 그녀에게 되물었다. 이 말이 그녀를 더욱 당황하게 만들었고, 나는 미안해서 내 자신이 야비하게 생각되었다. 곧 대화의 방향을 돌리고, 단테 알리기에리가 발명하여 모든 나라에서 특허를 얻은 정신적, 영웅적 냉각장치를 열어놓았다. 서둘러 내 자신과 내 계획에 대해서 이야기했다. 이야기 도중에 불행히도 난 혁명가처럼 갑작스러운 몸짓을 했다. 내가 한 줌의 완두콩을 허공에 던지고 있는 녀석처럼 보였을 것임에 틀림이 없었다. 사람들이 우리를 쳐다보기 시작했다. 잠시 후 그녀는 악수를 하고 떠나면서, 내가 말한 대로 모두 이루어지기를 바란다고 말했다. (252)

4월 15일 스티븐은 마침내 에마를 길거리에서 우연히 만났다. 그녀는 스티븐에게 왜 찾아오지 않았느냐고 말하지만 그건 그냥 하는 말뿐이라는 걸 그는 잘 알고 있다. 그렇지만 그녀도 스티븐이 유럽으로 떠나려고 한다는 소문을 이미 알고 있는 모양이다. 여전히 시를 쓰고 있느냐고 그녀가 묻자, 스티븐은 누구에게 향한 글을 쓰겠냐고 되묻는 바람에 그녀를 곤란에 빠뜨린다. 어색한 분위기를 바꾸기 위해 그는 에마가 그저 플라토닉한 사랑의 대상일 뿐이었다고 생각함으로써 스스로를 자제한다. 마치 단테의 작품 『신곡』에 나오는 가장 대표적인 플라토닉한 사랑의 대상이 되는 여인 베아트리체를 생각하면서. 스티븐은 떠나려는 자신의 계획을 알려 주면서 무언가 커다란 일을 저지르려는 사람처럼 큰 제스처를 취했지만, 나중에 생각해보니 우스꽝스럽기만 하다. 그녀와 마지막 악수를 나누고 헤어졌지만 그녀에 대한 미련은 쉽게 떨쳐지지 않는다.

③ 민족의식을 창조하는 예술가의 길을 떠남

4월 26일 - 어머니는 새로 구한 나의 중고품 옷가지들을 정돈하고 있다. 내가 고향과 친구들을 떠나 내 자신의 삶을 살면서 사람의 마음이란 무엇이며 그것이 무엇을 느끼는지를 배울 수 있도록 어머니는 기도하겠다고 말씀하신다. 아멘. 그렇게 될지어다. 오라, 오, 인생이여! 나는 경험의 현실을 수백만 번이라도 맞부딪치기 위해, 그리고 내 영혼의 대장간에서 아직 창조되지 않은 내 민족의 양심을 벼리어내기 위해 떠나노라.

4월 27일 - 그 옛날의 아버지시여, 그 옛날의 장인(匠人)이시여, 지금 그리고 앞으로 영원히, 내 곁에 서서 도와주소서. (252-3)

4월 26일 일기를 보니, 어머니는 곁을 떠나는 장남 스티븐을 위해 비록 헌옷이지만 깨끗이 빤 옷들을 가방에 정돈해 준다. 어머니의 뜻을 거스르고 떠나는 아들을 향해 새로운 낯선 생활에서 사랑이 무엇인지 배울 수 있기를 바라노라고 기원한다. 어머니와의 헤어짐이 역시 가장 가슴 아픈 일인 것처럼 보인다. 그렇지만 미래를 향해 떠나는 스티븐의 결심은 단단하다. "오라, 오 인생이여! 나는 경험의 현실을 수백만 번이라도 맞부딪치기 위해, 그리고 내 영혼의 대장간에서 아직 창조되지 않은 내 민족의 양심을 벼리어내기 위해 떠나노라." 스티븐은 이러한 선언을 통해 치기만만한 젊은 예술가의 확고한 미래 비전을 제시한다. 그가 추구하고자 하는 것은 아직까지 누구도 창조하지 못했던 아일랜드 조국의 민족 의식(양심)을 새롭게 세우기 위한 것이다. 여기서 양심(conscience)은 의식(consciousness)과 동일한 의미로 쓰이고 있다. 즉, 민족의 진정한 각성된 의식을 창조하겠다는 스티븐의 포부이다.

사실상 조이스는 1904년 더블린을 떠나기에 몇 달 전부터 처음으로 쓰기 시작했던 단편들을 비롯하여 유럽에 머물면서 계속 덧붙여간 단편들을 함께 모아 그의 첫 산문 작품집을 출판하였다. 그것이 『더블린 사람들』 (*Dubliners*)이다. 이 책의 출판사 편집자에게 보낸 편지에서 조이스는 이 작품에서 표현하려던 자신의 의도는 바로 아일랜드의 "도덕사"를 쓰는 것이었음을 밝히었다. 그렇다면 내 민족의 진정한 의식을 창조하겠다는 스티븐의 의도가 마침내 『더블린 사람들』이란 일종의 도덕사로 그 첫 결정체를 얻은 것이라고 하겠다. 바로 그 작품에서 조이스는 더블린 시민들의 영적, 정신적, 도덕적, 육체적 마비를 중점적으로 그려 나갔다. 자기 민족의 마비된 의식을 신랄하게 고발하는 단편들인 것이다.

4월 27일 스티븐은 고국을 떠나면서 거의 기도처럼 고대 그리스 신화에 등장하는 예술의 신 다이달로스의 이름을 부르며 자신을 도와주기를 간구한다. 스티븐은 혈육상의 아버지 곁을 떠났지만 대신에 자신의 영적 아버지의 도움을 청하고 있다. 종교를 버린 스티븐에게 영적 아버지는 종교적 신이 아니라 다이달로스라는 예술가의 원형이다. 이제 스티븐은 예술가로서의 길을 떠난다.

▶ **생각해 볼 문제**

1. 스티븐이 어머니와 의견이 갈린 점이 무엇인지를 설명하시오.
2. 에마에 대한 스티븐의 태도를 정확하게 분석하시오.
3. 이 작품이 활용한 성장소설의 특성을 설명하고 전통 수법과의 차이를 분석하시오.
4. 스티븐이 유럽으로 떠나면서 다이달로스에게 기원하는 이유와 그 의미를 설명하시오.
5. "아직 창조되지 않은 내 민족의 양심을 벼리어내겠노라."라고 스티븐은 선언한다. 그 선언의 의미와 중요성을 설명하시오.

김종건. 『제임스 조이스 문학』. 고려대학교 출판부, 1995.

민태운. 『제임스 조이스의 소설』. 전남대학교 출판부, 2001.

_____. 『조이스의 더블린: <더블린 사람들> 읽기』. 태학사, 2005.

이상옥 옮김. 『젊은 예술가의 초상』. 민음사. 2001.

전은경 옮김, 『제임스 조이스 1 & 2: 언어의 연금술사』. 책세상, 2002.

전은경, 홍덕선, 민태운 공저. 『조이스 문학의 길잡이: 더블린 사람들』. 동인, 2005.

홍덕선. 『James Joyce's *Dubliners*: 주석본』. 신아사, 2002.

_____ 옮김. 『젊은 예술가의 초상』. 문학과 지성사, 1997.

Anderson, Chester G. "Baby Tuckoo: Joyce's 'Feature of Infancy'." *Approaches to Joyce's "Portrait."* Ed. Thomas F. Staley and Bernard Benstock. Pittsburgh: U of Pittsburgh P, 1976. 135-69.

Attridge, Derek and Daniel Ferrer. *Poststructualist Joyce: Essays from the French.* Cambridge UP, 1984.

Beebe, Maurice. "The Portrait as Portrait: Joyce and Impressionism." *Irish Renaissance Annual I* (1980): 13-31.

Beja, Morris. Ed. *James Joyce: "Dubliners" and "A Portrait of the Artist as a Young Man": A Casebook.* London: Macmillan, 1973.

Benstock, Shari. "The Dynamics of Narrative Performanc: Stephen Dedalus as Storyteller." *ELH* 49 (Fall 1982): 707-38.

_____ and Bernard Benstock. "The Benstock Principle." *The Seventh of Joyce.* Ed. Bernard Benstock. Bloomington: Indiana UP, 1982. 10-21.

Bidwell, Bruce, and Linda Heffer. *The Joycean Way: A Topographic Guide to* "Dubliners" *and* "A Portrait of the Artist as a Young Man." Dublin: Wolfhound P, 1981.

Blades, John. *James Joyce: "A Portrait of the Artist as a Young Man."* London: Penguin Books. 1991.

Bloom, Harold. Ed. *James Joyce's "A Portrait of the Artist as a Young Man."* New York: Chelsea House, 1988.

Bradley, Bruce. *James Joyce's Schooldays.* New York: St. Martin's Press, 1982.

Brivic, Sheldon. *Joyce between Freud and Jung.* Port Washington: Kennikat Press, 1980.

Brown, Homer Obed. *James Joyce's Early Fiction: The Biography of a Form.* Cleveland: P of Case Reserve U, 1972.

Burgess, Anthony. *Joysprick: An Introduction to the Language of James Joyce.* London: Andre Deutsch, 1973.

Buttigieg, Joseph A. *"A Portrait of the Artist" in Different Perspective.* Athens: Ohio UP, 1987.

Cheng, Vincent J. *Joyce, Race and Empire.* Cambridge: U of Cambridge P, 1995.

Cixous, Hélène. *The Exile of James Joyce.* Trans. Sally A. J. Purcell. New York: David Lewis, 1972.

Connolly, Thomas E. "Kinesis and Stasis: Structural Rhythm in Joyce's *Portrait.*" *Irish Renaissance Annual II* (1981): 166-84.

Daleski, H. M. "The Double Bind of Consciousness: *A Portrait of the Artist as a Young Man.*" *Unities: Studies in the English Novel.* Athens: U of Georgia P, 1985. 171-88.

Deming, Robert H. Ed. *James Joyce: The Critical Heritage*, 2 vols. New York: Barnes & Nobles, 1970.

Doherty, Gerald. "From Encounter to Creation: The Genesis of Metaphor in *A Portrait of the Artist as a Young Man.*" *Style* 21(Summer 1987): 219-36.

Ellmann, Maud. "Polytropic Man: Paternity, Identity, and Naming in *The Odyssey* and *A Potrait of the Artist as a Young Man.*" *James Joyce: New Perspectives.* Ed. Colin MacCabe. Susses: The Harvester Press, 1982. 73-104.

Ellmann, Richard. *James Joyce.* Rev. ed. New York: Oxford UP, 1982.

Epstein, Edmund L. *The Ordeal of Stephen Dedalus: The Conflict of the Generations in James Joyce's "A Portrait of the Artist as a Young Man."* Carbondale: Southern Illinois UP, 1971.

Friedman, Alan Warren. Ed. *Forms of Modern British Fiction.* Austin: U of Texas P, 1975.

Harkness, Marguerite. *"A Portrait of the Artist as a Young Man": Voices of the Text.* Boston: Twayne Publishers, 1990.

Henke, Suzette A. *James Joyce and the Politics of Desire.* New York: Routledge, 1990.

Henke, Suzette A. and Elaine Unkeless. Eds.. *Women in Joyce.* The Harvester Press, 1982.

Herr, Cheryl. *Joyce's Anatomy of Culture.* Urbana: U of Illinois P, 1986.

Herring, Phillip F. *Joyce's Uncertainty Principles.* Princeton: Princeton UP, 1987.

Joyce, James. *The Critical Writings.* Ed. Ellsworth Mason and Richard Ellmann. New York: Viking, 1959.

_____. *Ulysses.* Eds. Hans Walter Gabler, Wolfhard Steppe, & Claus Melchior. New York: Random House, 1986.

_____. *A Portrait of the Artist as a Young Man.* Ed. Chester G. Anderson. New York: Viking Press, 1968.

_____. *Dubliners.* Eds. Robert Scholes and A. Walton Litz. New York: Viking Press, 1969.

_____. *Finnegans Wake.* New York: The Viking Press, 1939.

_____. *Stephen Hero.* London: Jonathan Cape, 1956.

_____. *Letters of James Joyce.* Vol II, Ed. Richard Ellmann. New York: Viking Press, 1966.

Joyce, Stanislaus. *My Brother's Keeper: James Joyce's Early Years.* New York: Viking, 1958.

Kenner, Hugh. *Dublin's Joyce.* Bloomington: Indiana UP, 1956.

_____. *Joyce's Voices.* Berkeley: U of California P, 1978.

Kershner, R. B. *Joyce, Bakhtin, and Popular Literature: Chronicles of Disorder.* Chapel Hill: The U of North Carolina P, 1989.

Levin, Harry. *James Joyce: A Critical Introduction.* Norfolk, Conn., 1960.

Magalaner, Marvin and Kain, Richard M. *Joyce: The Man, the Work, the Reputation.* New York: New York UP, 1956.

Mahaffey, Vicki. *Reauthorizing Joyce.* Gainesville: UP of Florida, 1995.

Manganiello, Dominic. *Joyce's Politics.* London: Routledge & Kegan Paul, 1980.

McCabe, Colin. *James Joyce and the Revolution of the Word.* London: The Press, 1995.

Murray, Patrick. *Companion to "A Portrait of the Artist as a Young Man."* Dublin: The Educational Company, 1990.

Norris, Margot. *Joyce's Web: The Social Unraveling of Modernism.* Austin: U of Texas P, 1992.

Parrinder, Patrick. *James Joyce.* Cambridge: Cambridge UP, 1984.

Peake, C. H. *James Joyce: The Citizen and the Artist.* Stanford: Stanford UP, 1977.

Peterson, Richard F. "Stephen and the Narrative of *A Portrait of the Artist as a Young Man.*" *Work in Progress: Joyce Centenary Essays.* Ed. Richard F. Peterson, Alan Cohn, and Edmund L. Epstein. Carbondale: Southern Illinois UP, 1983. 15-29.

Radford, F. L. "Dedalus and the Bird Girl: Classical Text and Celtic Subtext in *A Portrait.*" *JJQ* 24 (Spring 1987): 253-74.

Restuccia, Frances L. *Joyce and the Law of the Father.* New Haven: Yale UP, 1989.

Robinson, K. E. "The Stream of Consciousness Technique and the Structure of Joyce's *Portrait.*" *JJQ* 9 (Fall 1971): 63-84.

Rossman, Charles. "Stephen Dedalus and the Spiritual-Heroic Refrigerating Apparatus: Art and Life in Joyce's *Portrait.*" *Forms of Modern British Fiction.* Ed. Alan Warren Friedman. Austin: U of Texas P, 1975. 101-31.

Scholes, Robert, and Richard M. Kain. *The Workshop of Daedalus: James Joyce and the Raw Materials for "A Portrait of the Artist as a Young Man."* Evanston: Northwestern UP, 1965.

Schutte, William M. Ed. *Twentieth Century Interpretations of "A Portrait of the Artist as a Young Man."* Englewood Cliffs: Prentice-Hall, 1968.

Scott, Bonnie Kime. *Joyce and Feminism.* Bloomington: Indiana UP, 1984.

_____. *James Joyce.* Brighston: Harvester P, 1987.

Spoo, Robert. *James Joyce and the Language of History.* New York: Oxford UP, 1974.

Staley, Thomas F and Bernard Benstock. Eds. *Approaches to Joyce's "Portrait."* Pittsburgh: U of Pittsburgh P, 1976.

Sullivan, Kevin. *Joyce among the Jesuits.* New York: Columbia UP, 1958.

Thomas, Calvin. "Stephen in Process/Stephen on Trial: The Anxiety of Production in Joyce's *Portrait.*" *Novel* 23 (Spring 1990): 282-302.

Thornton, Weldon. *The Antimodernism of Joyce's "Portrait of the Artist as a Young Man."*

Syracuse: Syracuse UP, 1994.

Tindall, William York. *The Literary Symbol.* New York: Columbia UP, 1955.

Wales, Katie. *The Language of James Joyce.* London: Macmillan, 1992.

찾아보기

ㄷ

ㄹ

ㅁ

ㅈ

ㅊ

ㅋ

지은이

민태운 서강대학교와 서울대학교에서 수학한 뒤 미국 Southern Illinois University at Carbondale 에서 조이스 연구로 영문학 박사학위를 받았다. 현재 전남대학교 인문대학 영문학과 교수로 재직 중이다. 저서로는 『제임스 조이스의 소설』(2001)과 『조이스의 더블린』(2005) 등이 있다.

전은경 전북대학교 영문과 졸업 후, 영국 University of Leeds에서 영문학 석사, 미국 University of Wisconsin-Milwaukee에서 제임스 조이스의 『피네건즈 웨이크』에 대한 연구로 영문학 박사 학위를 받았다. 현재 숭실대학교 영문과 교수로 재직 중. 조이스 문학에 대한 다수의 논문과 저서(공저) 『조이스 문학의 길잡이: 〈더블린 사람들〉』(2005)이 있음. 역서로는 리처드 엘먼 (Richard Ellmann) 저서인 조이스 전기 『제임스 조이스』(2002)가 있다.

홍덕선 성균관대학교 영문학과 졸업 후, 미국 University of Tulsa에서 영문학 석사, University of South Carolina에서 조이스 연구로 영문학 박사학위를 받았으며, 현재 성균관대학교 영문학 과 교수로 재직 중이다. 조이스의 작품 번역 『젊은 예술가의 초상』(1998), 조이스의 작품 주 석 『Dubliners』(2002)이 있다. 그 외에 저서 『몸과 문화』(2009)와 번역 『혹스무어』(2008), 『필름클럽』(2009)이 있다.

조이스 문학의 강의: 『젊은 예술가의 초상』

발행일: 2009년 12월 25일
지은이: 민태운 · 전은경 · 홍덕선
발행인: 이성모
발행처: 도서출판 동인 / 주소 • 서울시 종로구 명륜동2가 아남주상복합Ⓐ 118호 / 등록 • 제1-1599호
TEL: 02-765-7145 / FAX: 02-765-7165
E-mail: dongin60@chol.com / HomePage: donginbook.co.kr

ISBN 978-89-5506-423-0
정가 12,000원